HANNAH CORVEY

Ex und tot

LIEBE, HASS UND WAHNSINN Christine Gabriel lebt mit ihrem Partner Stefan, den gemeinsamen Söhnen und Stefans Tochter Cosima, die aus einer früheren Beziehung stammt, in einer schlecht funktionierenden Patchwork-Familie. Stefan sieht Cosima durch Christine abgelehnt und ignoriert – sein eigener Vater wollte lebenslang keinen Kontakt zu ihm, sein Stiefvater war grob und lieblos. Nach einem Familienurlaub, in dem sich die Situation weiter zuspitzt, trennt sich Christine mit anwaltlicher Unterstützung von Stefan. Der sinnt auf Rache, zumal er es nicht hinnehmen kann, dass die gemeinsamen Söhne bei Christine leben. Seine neue Partnerin Sylvia fängt ihn zunächst auf und scheint alles zu tun, um ihm eine heile Familie bieten zu können. Doch Stefan kennt ihr dunkles Geheimnis nicht. Er gerät in einen Strudel sich überschlagender Ereignisse, die in die Katastrophe zu führen drohen.

© Konrad Gös, www.heidelfoto.de

Hannah Corvey stammt aus einem kleinen Ort an der Mosel. Sie studierte Anglistik und Französische Philologie in Trier, absolvierte ein Verlagsvolontariat und promovierte anschließend in Sprach- und Übersetzungswissenschaft. Nach Stationen in Nancy, Frankfurt und München lebt und arbeitet sie seit 2001 in ihrer zweiten Heimat Heidelberg. In ihren Krimis spürt sie Abgründe hinter der gesellschaftstauglichen Fassade auf und ist fasziniert von den Leichen im Keller, die überall lauern.

HANNAH CORVEY

Ex und tot

Kriminalroman

GMEINER SPANNUNG

Personen und Handlung sind frei erfunden.
Ähnlichkeiten mit lebenden oder toten Personen
sind rein zufällig und nicht beabsichtigt.

Immer informiert

Spannung pur – mit unserem Newsletter informieren wir Sie
regelmäßig über Wissenswertes aus unserer Bücherwelt.

Gefällt mir!

Facebook: @Gmeiner.Verlag
Instagram: @gmeinerverlag
Twitter: @GmeinerVerlag

Besuchen Sie uns im Internet:
www.gmeiner-verlag.de

Im Ehnried 5, 88605 Meßkirch
Telefon 07575/2095-0
info@gmeiner-verlag.de

1. Auflage 2019

Lektorat: Claudia Senghaas, Kirchardt
Herstellung: Mirjam Hecht
Umschlaggestaltung: U.O.R.G. Lutz Eberle, Stuttgart
unter Verwendung eines Fotos von: © Martin Koos / photocase.de
Druck: CPI books GmbH, Leck
Printed in Germany
ISBN 978-3-8392-2369-7

Du altes Beingerüst von einem armen Sünder,
Bekehre Herz und Sinn der neuen Bosheitskinder!

Johann Jakob Scheuchzer

1. KAPITEL

»Ja, gut so, noch ein Stück höher und dann raus mit ihm.« Der Mann stemmte die Stange des Wagenhebers nach unten, sein Kollege hebelte an der Frontseite des alten Sportwagens. Das grelle Licht der aufgestellten Scheinwerfer ließ den Schriftzug auf dem Rücken der Jacke in hellem Silber reflektieren, FEUERWEHR.

Knarrend hob sich der Alpha Spider nach oben. Die Farbe des Lacks glich der des dunkelroten Rinnsals, das unter dem Auto hervor über den Betonboden der Garage lief. Etwa einen Meter entfernt stand der Notarzt.

Er hatte die Arme vor der Brust verschränkt.

»Okay, jetzt vorsichtig nach vorne raus.«

Die beiden Feuerwehrleute knieten sich links und rechts neben die Turnschuhe, die wie die Schenkel eines Vs nach oben zeigten. Danach verschwanden ihre Arme unter der Karosserie des Wagens und begannen zu schieben. Langsam wurde mehr von den Beinen des Mannes sichtbar. Um den Reißverschluss seiner Jeans herum war der Stoff rot gefärbt.

Die Männer schoben weiter. Das Rollbrett, auf dem der Mann lag, gab ein quietschendes Geräusch von sich, wie das eines fremdartigen Tieres. Dann kam der Torso zum Vorschein. Eine helle Knochenspitze ragte aus der rechten Flanke, der Brustkorb war merkwürdig flach, die dunkelroten Flächen auf dem weißen T-Shirt erinnerten an die Zeichnungen von Koi-Karpfen.

»Ganz raus«, sagte einer der Feuerwehrmänner.

Jetzt kam der Kopf. Ein Teil des Schädels stand versetzt

zu dem anderen Teil, das Gesicht war eingedrückt, die Nase kaum noch erkennbar. Zwei hellgraue Augen starrten gebrochen ins Leere.

»Ihr könnt abräumen«, sagte der Notarzt zu den beiden Rettungssanitätern am Eingang der Garage. Sie nickten und brachten Defibrillator, Beatmungsbeutel und den rot-gelben Notfallkoffer nach draußen.

Der Arzt trat an den Toten heran und ging in die Hocke. »Ruft ihr den Bestatter?«, fragte er an die Feuerwehrmänner gewandt und begann, etwas auf einem Formular zu notieren.

2. KAPITEL

Stefan Heidmann schälte sich aus dem Bett. Er hatte schlecht geschlafen, was angesichts seines Privatlebens kein Wunder war. Neben ihm lag Vincent, sein älterer Sohn, der kleine Aron schlief in seinem Kinderbett im Elternschlafzimmer. Aus diesem war Stefan vor über anderthalb Jahren ausgezogen.

Es war Freitagmorgen, am späten Nachmittag holte er Cosima ab, und das bedeutete Stress. Seine elfjährige Tochter war jedes zweite Wochenende und jeden Mittwoch auf Donnerstag bei ihm und seiner neuen Familie. Nun standen die Sommerferien vor der Tür, und Cosima würde zwei Wochen da sein. Aber es gab Probleme – seine Lebensgefährtin Christine machte Probleme.

Am Anfang war Stefan überzeugt gewesen, mit Christine die Frau fürs Leben gefunden zu haben, er hatte sich bei ihr so verstanden gefühlt. Aber das war lange her.

Damals war er fasziniert gewesen von dieser schlanken Frau mit dem langen dunklen Haar, der hellen Haut und den besonderen grünen Augen. Christine war intelligent und humorvoll, sie hatte eine unaufdringliche Art und ein kehliges Lachen. Stefan hatte geglaubt, mit dieser Frau ginge alles.

Außerdem schien Christine wunderbar mit Cosima zurechtzukommen, er hatte die beiden schnell miteinander bekannt gemacht. Und schon bald wünschte er sich eine richtige Familie.

Nach anderthalb Jahren war Vincent geboren worden, aber von da an war das Verhältnis zwischen Stefans Lebensgefährtin und seiner Tochter immer schlechter geworden. Der kleine Aron war von ihm aus nicht geplant gewesen, aber natürlich liebte Stefan alle drei Kinder.

Er musste sich beeilen, Freitagmorgen fand eine regelmäßige Besprechung mit seinen Mitarbeitern statt.

Nach einer kurzen Dusche traf er in der Küche auf Christine, die offenbar bereits schlechter Laune war und ihn keines Blickes würdigte. Als sich Stefan einen Kaffee machte, ging sie wortlos, und kurz darauf hörte er die Schlafzimmertür ins Schloss fallen.

Ein paar Minuten später verließ er die geräumige Altbauwohnung in einem ruhigen Wohnviertel von Mannheim, lief zu seinem Wagen und fuhr durch den Stadtverkehr zu seinem Büro. Sein kleines Unternehmen *konzept 44* hatte sich auf den Umbau von Firmengebäuden und deren Nutzung durch Nachfolgefirmen spezialisiert. Das Geschäft lief gut, mittlerweile hatte Stefan sechs Mitarbeiter, und die Aufträge wurden zunehmend lukrativer.

Er gab Gas, die Besprechung begann um acht. Aber seine Gedanken waren woanders. Wie schon so oft fragte er sich, warum seine Familie nicht zu fünft funktionierte. Stefan konnte eine regelrechte Feindseligkeit bei Christine ausmachen, dabei zerriss er sich förmlich dabei, alle zu ihrem Recht kommen zu lassen.

Natürlich dachte er häufig daran, sich zu trennen, aber es war für ihn kaum vorstellbar, nicht mehr bei seinen beiden Söhnen zu leben. Die Wochenenden, an denen er seine Jungs bei sich hätte, wären zudem nicht immer die, an denen seine Tochter da war. Ein Leben als Wochenend-Vater mit drei Kindern von zwei Frauen erschien ihm schlimmer, als im jetzigen Zustand auszuharren.

Langsam lenkte Stefan den Wagen über den Hof vor seiner Firma und parkte ihn direkt neben dem Eingang. Er fühlte sich matt und abgeschlagen, so als habe er bereits einen Arbeitstag hinter sich. Gleich mussten sie erneut über den Auftrag eines anspruchsvollen Kunden sprechen. Ein Sanitätshaus in Speyer zog in größere Räumlichkeiten, und die Sanierungsarbeiten des neuen Gebäudes waren aufwendiger als erwartet.

Stefan stieg aus seinem Auto, betrat das Bürogebäude und eilte hinauf in den ersten Stock. Drei Minuten vor acht. Er ging hinüber zu dem Besprechungsraum und trat ein, fünf seiner Mitarbeiter saßen bereits dort.

»Morgen«, er grüßte in die Runde und nahm am Kopfende des Tisches Platz. So gereizt wie er war, musste er aufpassen, dass er nicht laut wurde. Cosimas Mutter hatte ihn einmal als cholerisch bezeichnet, dumme Pute, hatte er gedacht. Und nicht gewusst, dass es das reine Vergnügen mit ihr gewesen war, im Vergleich zu dem, was er jetzt hatte.

»Also, noch mal zu dem Objekt in Speyer«, kam Stefan direkt zur Sache. »Was ist mit der Halle? Der Mieter will die untervermieten und setzt voraus, dass der Boden einwandfrei in Ordnung ist. Haben wir Kostenvoranschläge?« Er blickte seine Angestellten ungeduldig an. Seit Monaten hatte er das Gefühl, am Limit zu leben. Alle zerrten an ihm herum und wollten irgendetwas. Sein Rücken meldete sich auch wieder. Die regelmäßigen Massagen, die er privat zahlte – für diese Termine kam keine Krankenkasse auf –, taten gut, allerdings verspannte sich kurz darauf alles wieder.

Stefans Woche war ausgefüllt mit Arbeit, seine Wochenenden ausgefüllt mit den Kindern, er hatte so gut wie keine Zeit mehr für sich.

Vor ein paar Jahren hatte er sich ab und an einmal eine Auszeit gegönnt. Er war zu den einschlägigen Messen des Baugewerbes gefahren, zu Schulungen oder Kongressen, hatte Clubs besucht oder einen Escort-Service in Anspruch genommen, den er sich im Internet ausgesucht hatte. Seit einem sehr unangenehmen Erlebnis, an das er nicht gerne zurückdachte und das ihn in die Notaufnahme eines Hamburger Krankenhauses gebracht hatte, war er aber kaum noch unterwegs. Das war auch Christine aufgefallen, sie hatte misstrauisch nachgefragt, aber misstrauisch war sie immer.

Dass er sich für seine Familie förmlich zerriss, sah sie offenbar nicht, und auch nicht, wie entspannt ihr Job als Übersetzerin im Vergleich zu seinem war. Christine war unzufrieden, und wenn Stefan etwas nicht leiden konnte, war es Unzufriedenheit. Dazu kam ihre Eifersucht auf Cosima, mit der sie nach und nach alles kaputt machte. Aber er ließ nicht zu, dass seine Tochter aus der Familie gedrängt wurde. In ihren unzähligen Auseinandersetzungen hatte er Christine immer wieder klargemacht: »Friss oder stirb, ich werde auf keinen Tag mit Cosi verzichten.«

Seit einem Jahr ging Cosima zu einer Kinderpsychologin, die ihr half, mit der Situation umzugehen.

Immer wieder dachte Stefan daran, wie es wäre, wenn es Christine nicht mehr gäbe oder sie als Pflegefall in einem Heim läge. Dann würden seine beiden Söhne bei ihm leben. Und Cosima war bald zwölf, er wusste, dass Kinder in diesem Alter mitunter entscheiden konnten, bei welchem Elternteil sie wohnen wollten. Er könnte seine drei Kinder bei sich haben, das Geschäft warf mittlerweile genug ab, um eine nette Kinderfrau anzustellen. Vielleicht würde er ja irgendwann sogar noch einmal eine Partnerin finden, eine, die seine Kinder akzeptierte. Tief in sich spürte er, dass er den Traum von Familie noch nicht ganz aufgegeben hatte.

Seinen eigenen Vater hatte er nie kennengelernt, dieser hatte die Mutter während der Schwangerschaft verlassen und lebenslang keinen Kontakt zu seinem Sohn gewollt. Der Mann wohnte nur rund 30 Kilometer von Stefan entfernt, seine Adresse stand im Telefonbuch.

Nach Vincents Geburt war Christine seinerzeit auf die Idee gekommen, ihm eine Karte zu schicken, dazu ein Foto des wenige Tage alten Jungen auf dem Arm seines Vaters.

Keine Reaktion.

An Weihnachten hatte sie ihm eine zweite Karte geschickt mit einem Bild von dem proper in die Kamera lachenden Vincent.

Ebenfalls keine Reaktion.

Sie fand heraus, dass er immer noch als Versicherungsmakler tätig war, also schrieb sie ihn formell an und bat um Informationen zu dem *Wicki*-Schutzbrief seiner Versicherung für ihren kleinen Sohn. Zehn Tage später hatten sie einen Brief im Briefkasten, verfasst in rechts gerichteter, akkurater Handschrift. Was diese Kontaktaufnahme nach all den Jahren solle, warum man ihn nicht in Ruhe ließe, er wolle diese Einmischung nicht. Und wenn Stefan unbedingt Kontakt wolle, so solle er anrufen und es nicht über die berufliche Schiene versuchen.

Stefan hatte ihn nicht angerufen, und Christine hatte den Brief mit einem Schulterzucken in eine Schublade gelegt. »Vielleicht sollten wir ihn aufheben für Vincent? Viel mehr wird er wohl von seinem Großvater nicht bekommen.«

3. KAPITEL

Nachdem Stefan die Wohnung verlassen hatte, betrat Christine die Küche, ging zum Kühlschrank und goss sich ein Glas Grapefruitsaft ein. Sie bemerkte das Zittern ihrer Hand, das altbekannte Gefühl stieg auf. Ärger und eine diffuse Angst. Der Wunsch, die Beziehung zu beenden und die Furcht vor den Konsequenzen, die ihr unabsehbar schienen. Sie wollte nicht, dass ihre Söhne zwischen zwei Elternteilen hin und her pendelten und konnte nicht einschätzen, wie Stefan mit einem endgültigen Bruch umgehen würde, mit der Trennung von seinen Jungs. Die ganzen Jahre über hatte sie nicht gewusst, wer er wirklich war. Sie hatte ihn begehrt, aber er war ein Buch mit sieben Siegeln geblieben.

In der letzten Zeit wirkte er zunehmend erschöpft. Mitunter schlief er am helllichten Tag einfach ein, auf einer Bank im Zoo oder auf dem Spielplatz. Oder er machte auf dem Wohnzimmerteppich ein paar Übungen für seinen Rücken, und zwei Minuten später sah Christine ihn schlafend dort liegen. Er schien ihr ausgelaugt und zermürbt.

Als sie ihn vor sieben Jahren kennengelernt hatte, hatte sie gemerkt, dass er anders war, sie konnte ihn in keine ihrer Männer-Schubladen stecken, konnte ihn nicht einordnen. Aber sie hatte gespürt, dass sie diesen großen, schlanken Mann mit den Lachfalten und den schön geschwungenen Lippen anfassen mochte. Sie nannte es den »Bierbank-Index«, wie nah könnte man in einem überfüllten Festzelt auf einer Bierbank an jemanden heranrücken, ohne dass man seine natürliche Distanzzone verletzt sah und sich unwohl fühlte. Bei Stefan betrug der Bierbank-Index null Zentimeter. Körperkontakt. Distanzzone nicht vorhanden.

Nach ihrem ersten Treffen im Mai hatten Stefan und sie sich immer wieder verabredet, waren auf Burgruinen an der Bergstraße gefahren zum »Runtergucken« oder hatten sich bei einem Sommergewitter zum Blitze fangen getroffen. Wirklich tiefgehende Gespräche hatte Christine mit Stefan nicht gehabt, er hatte von sich und der schmerzhaften Trennung von seiner Tochter erzählt, aber wenig zu Christines Leben gefragt. Es hatte sie damals nicht gestört, und sie hatte das Gefühl gehabt, für Stefan da sein zu wollen.

Bei ihrem sechsten Rendezvous landeten sie zusammen

im Bett. In ihrer dritten gemeinsamen Nacht verhüteten sie nicht mehr. Alles oder nichts. Christine wünschte sich ein Kind, und Stefan hatte so oft von Familie gesprochen.

Heute kam ihr das alles wie aus einem anderen Leben vor.

»Vincent, zieh bitte deine Schuhe an, wir müssen los«, rief Christine, trank einen Schluck Saft, eilte in den Flur und warf sich ihre Lederjacke über. Dann schnappte sie sich Aron, der ein Spielzeugauto über die Holzdielen schob, und hängte ihm seinen kleinen Rucksack über die Schultern. Die Jungs mussten in Schule und Krippe, und sie wollte heute Vormittag einen Übersetzungsauftrag abschließen.

Zu dritt verließen sie die Wohnung, gingen die Treppen hinunter und traten hinaus auf die Straße. Es war bewölkt, aber warm, in den Vorgärten des Wohnviertels grünte und blühte es. Die Sommerferien standen vor der Tür, Christine graute es davor.

4. KAPITEL

Gegen 18 Uhr am späten Freitagnachmittag fuhr Stefan vom Geschäft los, um Cosima von ihrer Mutter abzuholen. Die beiden lebten in Mannheim Neuostheim in einem Häuschen mit Garten. Stefan war es wichtig, dass seine Tochter in einer guten Gegend aufwuchs.

Der Tag war zäh gewesen und Stefan unkonzentriert. Er schob eine CD mit klassischer Musik in den Player und fädelte sich in den Feierabendverkehr ein.

Ein Stück weit hatte er ja ohnehin schon resigniert. In ein paar Jahren waren seine Söhne groß genug, um sich zwischen Mutter und Vater zu entscheiden, und bis dahin wäre er bei ihnen – anders als sein eigener Vater. Christine würde ihn nicht von seinem eigen Fleisch und Blut wegekeln können.

Die Klänge des Klavierkonzerts füllten den Innenraum des Wagens. Stefan gierte nach etwas Entspannung, nach einer Auszeit. Stattdessen lag der Stress der Sommerferien vor ihm.

Als er nach 20-minütiger Fahrt bei Cosimas Haus ankam, schmerzte nicht nur sein Rücken, sondern auch der Kopf. Stefan stieg aus und läutete an der Tür. Kurz darauf wurde sie aufgerissen.

»Hallo, Papa«, seine Tochter begrüßte ihn wie immer strahlend. Das lange blonde Haar war zu einem Zopf gebunden, ihre blauen Augen waren die seinen, ihr Lächeln das ihrer Mutter. Sie umarmte ihn, und er ging mit ihr in die Wohnung.

»Mama ist in der Küche, komm mit!« Cosi zog ihn an der Hand.

»Hallo, Stefan«, Regine drehte sich zu ihm um, als er eintrat, »magst du noch einen Tee?« Sie trug ein eng anliegendes türkisfarbenes Shirt und hatte hellrot geschminkte Lippen, ihr braunes Haar fiel offen auf ihre Schultern. Stefan dachte wieder, dass sie auch mit 46 noch eine attraktive Frau war.

»Ach das ist lieb, aber wir müssen los.« Während er sprach, fragte er sich, wieso sie eigentlich los mussten. Um zu Hause auf eine mürrische Christine zu treffen? Allein die Bezeichnung »zu Hause« fand er mittlerweile unpassend. Hier bei Regine war es entspannt, hier fing er keine strafenden Blicke ein.

»Stefan, wir müssen demnächst zu einem Elterngespräch bei Frau Gaisberg.« Regine trank einen Schluck Tee und sah Stefan über den Rand der Tasse hinweg an.

»Natürlich.« Er nickte. Frau Gaisberg war Cosimas Psychotherapeutin. Sie hatte auch schon mit Christine telefoniert und sie zu einem Gespräch gebeten. Christine hatte abgelehnt – was sonst? Stefan spürte einen Druck auf seiner Brust und atmete tief ein.

»Komm, Cosi, lass uns fahren.«

Sie verabschiedeten sich von Regine, verließen das Haus und gingen die wenigen Meter hinüber zu Stefans Auto. Cosima stieg auf der Beifahrerseite ein, er warf ihre Reisetasche auf den Rücksitz und startete den Motor.

Während der Fahrt redete Cosima von der Schule und von ihren Freundinnen auf dem Reiterhof in Wiesloch. Seit einer Weile ging sie einmal die Woche dorthin und wünschte sich sehnlichst ein eigenes Pferd. Stefan hatte schon mit Regine gesprochen, sie wollten versuchen, ihrer Tochter diesen Wunsch zu erfüllen.

Eigentlich wäre er gern einfach so mit seiner vergnügt plaudernden Tochter weitergefahren. Aber schon bogen sie in die Drachenfelsstraße in Mannheim Lindenhof ein. Stefan fuhr langsamer, bremste und parkte vor dem Haus ein.

Mit dem immer gleichen beklemmenden Gefühl schloss er kurze Zeit später die Wohnungstür auf und trat mit seiner Tochter ein.

»Hallo, Papa.« Vincent kam aus seinem Zimmer heraus auf sie zu gelaufen, sein kleiner Bruder folgte ihm. Christine rührte sich nicht, vermutlich saß sie vor ihrem Computer und arbeitete.

Stefan war es gewohnt, nicht begrüßt zu werden. Seine Lebensgefährtin ignorierte ihn, und vor allem ignorierte sie Cosima, sie sah sie gar nicht. Das konnte sie problemlos tagelang.

Stefan wusste, wie es war, ignoriert zu werden. Nachdem sich seine Mutter jahrelang allein mit ihm durchgeschlagen hatte, hatte sie noch einmal geheiratet. Der Mann hatte Stefan die meiste Zeit wie Luft behandelt. Die Mutter und der Stiefvater hatten ständig gestritten, sich beschimpft und angeschrien, Geschirr war an die Wand geflogen. Stefan war es lieber gewesen, ignoriert als beschimpft zu werden, er hatte gelernt, sich zu ducken und gemerkt, wie man sich daran gewöhnen konnte, Luft zu sein.

5. KAPITEL

Die erste Ferienwoche, die Cosima bei ihnen verbrachte, sah Christine sie nur morgens und abends. Tagsüber war sie auf dem Reiterhof, und Stefan fuhr in die Firma. In angespannter Stimmung vermieden Christine und er zu viel Nähe.

In der zweiten Woche entschied er am Mittwoch, dass sie von Donnerstag bis Sonntag nach Tirol fahren könnten. Er suchte im Internet und buchte ein Hotel mit Spielplatz, Indoor-Spielhalle und Pool, etwas für die Kinder. Es lag in Hintertux. So wie Christine es sah, nicht unbedingt der Nabel der Welt.

Sie konnte entweder mitfahren oder mit Aron allein zu Hause bleiben und Vincent mit seinem Vater und seiner Halbschwester ziehen lassen.

Christine entschied sich mitzukommen.

In den letzten zehn Tagen waren Stefan und sie sich so gut es ging aus dem Weg gegangen. Nun saßen sie sieben Stunden lang bei Kinderhörspielen und Teenie-Pop im Auto, und Christine überkam die Ahnung, dass es ein Fehler gewesen war, mitzufahren.

Nachdem sie endlich am Hotel angekommen waren, trug Stefan die Reisetaschen hoch. Christine hatte keine Lust, sie auszupacken. Sie stand in dem mit Fichtenmöbeln und bunten Fleckerlteppichen heimelig eingerichteten Apartment und fühlte sich in der Falle. Das Gerüst aus Alltagsroutinen und die Möglichkeit auszuweichen waren weg.

»Papa, gehen wir runter ins Schwimmbad?« Cosima kam ins Elternschlafzimmer und drückte sich an ihren Vater, hinter ihr folgte Vincent.

»Oh ja Papa, lass uns schwimmen«, rief er und klammerte sich ebenfalls an Stefan. Der lachte. »Ja hopp, zieht euch um.«

Christine überlegte ein paar Sekunden. »Nehmt ihr Aron mit?«, fragte sie. »Ich müsste noch was arbeiten.«

»Och nee, Papa, wir wollen doch Wasserball spielen. Da stört Aron doch nur.« Cosimas Mundwinkel gingen nach unten.

»Ich denke, du hast Urlaub«, sagte Stefan zu Christine. »Da kann Aron doch wohl bei dir bleiben, oder? Wo sind meine Badesachen?« Ungeduldig kramte er in einer Reisetasche.

»Da, wo du sie hingepackt hast«, entgegnete Christine unfreundlich.

»Schön, dass du in Urlaubsstimmung bist.« Stefan zog seine Badehose hervor und verließ den Raum. »Kommt, Kinder, los geht's.«

Noch schnell drückte Christine Vincent einen Kuss auf die sommersprossige Nase, »viel Spaß, mein Schatz.« Dann nahm sie Aron an die Hand und ging mit ihm auf den Spielplatz vor der Hotelterrasse.

Ihr Sohn buddelte im Sandkasten, und sie betrachtete das weite Bergpanorama, die mächtigen Gipfel. Sie fühlte sich beengt. Mehr denn je wurde ihr deutlich, wie eingefahren die zwei Lager innerhalb der Familie waren. Stefan bündelte die Aufmerksamkeit der beiden Großen auf sich, und sie war für Aron zuständig. Aber auch der zog mehr und mehr zu seinem Vater, je älter er wurde. In ihrer Familie trafen nicht die beiden Erwachsenen gemeinsame Entscheidungen, die Allianzen lagen anders.

Später beim Abendessen saß Stefan zwischen seiner Tochter und Vincent, Christine kümmerte sich um ihren jüngeren Sohn und schnitt ihm das Essen klein.

»Papa, können wir gleich noch Tischkicker spielen?« Cosima steckte sich ein Stück Fleisch in den Mund und strahlte Stefan an.

»Es ist nach neun, Vincent und Aron müssen ins Bett.« Christine wollte den Tag beenden. Fertig, vorbei, geschafft.

»Wir sind im Urlaub«, blaffte Stefan. »Du kannst ja mit Aron schon aufs Zimmer.«

Einen Moment lang zögerte Christine. »Geh du doch mit ihm hoch, und wir gehen Tischkicker spielen«, antwortete sie.

»Nee Papa, oder?« Cosima verzog abwehrend das Gesicht. Stefan lachte.

Wortlos stand Christine auf, hob Aron aus seinem Kindersitz, ging mit ihm hinauf ins Apartment und brachte ihn ins Bett.

Anschließend versuchte sie zu arbeiten, aber sie konnte sich nicht konzentrieren, in ihr gor der Zorn. Immer wieder schweifte ihr Blick vom Computerbildschirm ab. In ihrem Kopf bohrte etwas. Das Runde passte einfach nicht ins Eckige. Aber das tat es seit Jahren nicht.

Irgendwann schlug sie mit einem Knall den Deckel des Laptops zu und ging zu Bett.

Eine Stunde später kam Stefan mit Cosima und Vincent, scheuchte sie lachend ins Bad, las ihnen anschließend noch vor und kam danach ins Elternschlafzimmer. Christine stellte sich schlafend und schlief erst lange nach Mitternacht ein.

Sie wurde vom Quietschen der Tür geweckt und öffnete unwillig die Augen. Durch die dunkelroten Vorhänge fiel frühes Tageslicht, aber noch war alles ruhig. Halb sieben, dachte Christine, höchstens sieben. Als Nächstes hörte sie das Knarren der Bettfedern und ein leises Seufzen. Augenblicklich stellte sich ein Unwohlsein ein, das drängende Gefühl, aufstehen zu wollen.

»Papa«, flüsterte Cosima, »bist du schon wach?«

Stefan grunzte, er hatte die Augen noch geschlossen.

»Würdest du uns bitte noch ein bisschen schlafen lassen?«, zischte Christine leise zu Cosima. Die seufzte erneut und streckte sich behaglich aus. Stefan legte einen Arm um seine Tochter und schien weiter zu schlafen.

Adrenalin flutete durch Christines Adern, sie stand auf

und ging ins Bad. Als sie zurückkam, lag Vincent ebenfalls im Bett neben Stefan. Aron stand in seinem Gitterbettchen im Kinderschlafzimmer und rief nach ihr.

»Guten Morgen, mein Kleiner.« Christine hob ihn hoch und drückte ihn an sich. »Gut geschlafen?«

Aron war ganz warm. Christine senkte ihre Nase in sein verstrubbeltes Haar und gab ihm einen Kuss. Dann zog sie ihn an und ging mit ihm hinunter zum Frühstück.

Eine halbe Stunde später kamen die drei anderen nach, scheinbar bester Laune, lachend und scherzend. In Christine stieg das ungute Gefühl auf, dass ihr großer Sohn ihr fremd wurde.

Die nächsten Stunden kamen ihr vor wie ein Spießrutenlaufen zwischen Schwimmbad, Spielplatz und Tischkicker, wie die seltsame Choreografie einer Familie, die keine war. Ein alleinerziehender Vater mit zwei Kindern und eine Frau mit einem Kleinkind trafen aufeinander und konnten sich nicht leiden. Der gemeinsame Urlaub richtete ein Brennglas auf das, was zwischen ihnen nicht stimmte.

Gegen 19 Uhr saßen Stefan und die beiden älteren Kinder vor dem Fernseher auf dem Bett im Elternschlafzimmer, Cosima drückte sich eng an ihren Vater.

»Gehen wir jetzt zum Abendessen?«, fragte Christine mit Aron auf dem Arm.

»Was stresst du denn hier so rum? Dann geh doch schon vor«, antwortete Cosima.

»Genau«, murmelte Stefan, und Vincent echote laut: »Genau.«

Genau. Das Wort ihres kleinen, großen Sohnes traf Christine wie ein Schlag ins Gesicht. Dann sickerte das Verstehen in ihr Gehirn. Sie verbrachte den letzten gemeinsamen Urlaub mit dieser Familie.

Mit Aron ging sie hinunter ins Restaurant, setzte sich an einen der Tische und starrte auf den Wiesenblumenstrauß in der bauchigen Glasvase.

Aron zog an der weißen Tischdecke und wackelte in seinem Kinderstuhl hin und her. Seine grünen Augen strahlten, die weißen Zähnchen blitzten in einem Lachen, sein dunkles Haar wellte sich über seiner Stirn. »Mmhh, Nudeln essen«, sagte er.

Abreisen, dachte Christine.

Plötzlich war es klar. Sie war durch. Die Dinge hatten sich wie ein Mosaik zusammengesetzt, ein Steinchen, noch eins und noch eins. Und schließlich kam das Steinchen, mit dem sie das Bild erkannte. Es ist genug, dachte sie, die Dinge dauern so lange, wie sie dauern, und das hier ist vorbei. *Genau.*

Am darauffolgenden Montagmorgen rief sie bei einer Anwaltskanzlei in Mannheim an und vereinbarte einen Termin.

6. KAPITEL

Stefan war verärgert über den Urlaub, der keiner gewesen war. Bei der schlechten Stimmung, die Christine verbreitet hatte, hatte er sich kein bisschen erholen können. Auch

Cosima hatte es nicht gefallen. Als er sie gestern Abend bei ihrer Mutter abgeliefert hatte, bat sie ihn, nächstes Mal ohne Christine zu verreisen.

Es war Montagvormittag, und schon nach dem Aufwachen waren wieder diese Wut und dieser Frust da gewesen. Mit ihnen kam das dringende Bedürfnis, etwas zu ändern, auszubrechen aus dem Käfig seines Alltags.

Stefan erhob sich von seinem Bürostuhl, er musste los. Ein Treffen mit Sylvia Greiner stand an, der Eigentümerin des Sanitätshauses in Speyer, für das sie gerade die neuen Räumlichkeiten umbauten. Im Objekt war noch viel zu tun, sie wollten sich um elf direkt vor Ort treffen, um ein paar Dinge zum Innenausbau zu besprechen.

In den letzten Wochen hatten sie einige Meetings gehabt, und Stefan hatte erfahren, dass Frau Greiners Mann vor einem halben Jahr bei einem Unfall ums Leben gekommen war. Er war betroffen gewesen und hatte bei sich gedacht, dass es immer die Falschen erwischte. Offenbar waren Sylvia Greiner und ihr Mann glücklich gewesen.

Nach etwas über einer halben Stunde Fahrt über die B 9 kam er am Objekt an, einem ehemaligen Textilfachmarkt im Westen von Speyer. Er stieg aus, Sylvia Greiner wartete bereits am Eingang. Kurz darauf begrüßte sie ihn mit einem Lächeln und einem Händedruck.

Sie war groß und schlank, er sah direkt in ihre braunen Augen. Das Gesicht war schmal und etwas blass, wahrscheinlich hatte sie in den letzten Monaten einiges durchgemacht. Aber auf Stefan wirkte sie sehr apart. Sie hatte eine sanfte Art und schien trotzdem genau zu wissen, was sie wollte. Stefan hatte das schon in den früheren Gesprächen festgestellt, und es gefiel ihm.

Gemeinsam gingen sie durch das Gebäude und sprachen

über die Aufteilung der Büros für die Mitarbeiter. Sylvia ließ sich die Pläne erklären, die Stefan bereithielt, und hatte einige Fragen. Ihr Zeigefinger fuhr über das Papier.

»Hier würden Sie also eine Trennwand einziehen?«, fragte sie und strich sich eine dunkelblonde Haarsträhne hinters Ohr.

»Genau. Dadurch gewinnen Sie da vorn einen größeren Raum.« Stefan streckte seine Hand aus, um die betreffende Stelle auf dem Plan zu umreißen. Dabei berührte er versehentlich Sylvias Handgelenk. Fast erschrocken sah sie auf und lächelte scheu.

Stefan wurde warm, für einen Augenblick lag zwischen ihnen eine knisternde Spannung. Und auf einmal war da dieser Impuls. Warum eigentlich nicht?, dachte er, was habe ich zu verlieren? Sein Leben ödete ihn an, es war ihm alles so über.

»Es ist sehr schön, Sie lächeln zu sehen«, kam es unvermittelt über seine Lippen. »Ich wünsche Ihnen viel Kraft und hoffe, dass es Ihren Kindern einigermaßen gut geht.«

Sylvia sah ihn zuerst überrascht an, dann senkte sie ihren Blick. Sekundenlang herrschte Schweigen.

»Es ist schon sehr schwer für die Kinder ohne Vater«, sagte sie schließlich leise. »Henry ist ja noch so klein, er wird sich später gar nicht an seinen Papa erinnern können.« Sie drehte einen goldenen Ring am Finger und holte tief Luft, es klang wie ein Seufzen. »Meine Tochter Mara ist wirklich tapfer, oft tröstet sie mich statt ich sie. Sie ist so ein wunderbares Mädchen, und sie erinnert mich sehr an Marco.« Jetzt standen Sylvia Tränen in den Augen.

»Kinder sind etwas Wunderbares«, gab Stefan voller Mitgefühl zurück. »Sie kommen auf die Welt, schauen einen an, und man sieht, wie weise diese kleinen Wesen schon sind.«

»Haben Sie Kinder?«

»Ja, drei. Meine Cosima ist jetzt elf, die Jungs sind sechs und eindreiviertel.«

»Drei … ach wie schön. Marco und ich haben auch über ein drittes Kind gesprochen. Ich wollte immer eine große Familie, eine richtige Rasselbande.«

Sylvia konnte die Tränen nicht mehr zurückhalten, die Gedanken an ein drittes Kind, das nie geboren würde, waren offenbar zu viel für sie. Ein Schluchzen entfuhr ihr, sie presste ihre Hände auf den Mund.

Einen Moment lang fühlte sich Stefan unsicher. Weinende Frauen machten ihn ratlos, und eine weinende Kundin umso mehr. Schließlich legte er ganz leicht seine Hand auf Sylvias Schulter, mittlerweile hatte sie ein Taschentuch hervorgezogen.

»Tut mir leid, aber das ist alles immer noch so schwer für mich«, murmelte sie. »Es fühlt sich an, als sei der … das alles erst gestern passiert.«

»Sie müssen sich nicht entschuldigen, einen geliebten Menschen zu verlieren ist furchtbar«, sagte Stefan und räusperte sich. Wahrscheinlich wäre es gut, das Thema zu wechseln, dachte er und beschloss, die Dinge in die Hand zu nehmen. »Möchten Sie etwas zu Mittag essen?« Er versuchte ein aufmunterndes Lächeln. »Essen schadet nicht. Ein paar Straßen weiter ist ein ganz passabler Grieche.«

Sylvia schnäuzte sich und nickte zögernd. »Ja, vielleicht ist das eine gute Idee.«

Stefan beschrieb den Weg zu dem Lokal und fuhr mit seinem Wagen vor. Kurz darauf ging er mit Sylvia vom Parkplatz des Restaurants aus zum Eingang.

Als sie eintraten, umfing sie typisch griechische Musik und der Duft von gegrilltem Fleisch und Knoblauch. Stefan bekam Hunger. Der Kellner wies auf einen kleinen Tisch im hinteren Teil des Gastraumes, mit einer galanten Handbewegung ließ Stefan Sylvia vorgehen.

Nachdem sie die Karte angesehen und bestellt hatten, achtete er darauf, das Gespräch bei Themen zu belassen, die keine schmerzlichen Erinnerungen auslösten. Eine attraktive Frau wie Sylvia sollte seiner Meinung nach in die Zukunft sehen. Er hätte ihr das gern gesagt, aber womöglich hätte es pietätlos geklungen.

Der Kellner brachte die Grillspieße, Sylvia und Stefan aßen und plauderten. Zwei, drei Mal lachte sie über einen seiner Scherze, ihr Gesicht hellte sich förmlich auf, und sie gefiel ihm immer besser. Das Leben hatte ihr übel mitgespielt, und dennoch jammerte sie nicht herum – im Gegensatz zu Christine, die alles hatte und es nicht zu schätzen wusste.

Nach dem Essen und einem Cappuccino verabschiedeten sie sich voneinander, in Stefans Kopf arbeitete es. Dann entschied er sich, einfach zu fragen.

»Hätten Sie Lust, mit mir abends einmal einen Wein trinken zu gehen? Oder ins Kino?«

Erstaunt hob Sylvia die Brauen. Gerade als Stefan dachte, dass er nicht hätte fragen sollen, spielte wieder dieses scheue Lächeln um ihre Lippen.

»Ja, eigentlich würde ich das gern. Meine Abende sind oft einsam, nachdem die Kinder im Bett sind. Es wäre schön, mal wieder rauszukommen. Passt Freitag? Da könnten meine Schwiegereltern auf die Kinder aufpassen.«

»Wunderbar.« Stefan spürte ein Kribbeln im Bauch, er freute sich. Außerdem war es auch ihm zurzeit sehr recht, von Zuhause wegzukommen. Am nächsten Wochenende war zwar Cosima bei ihm, aber ein paar Stunden konnte er sich abends freihalten, Christine war ja da.

»Um acht im *Da Luigi* hier in Speyer?«, fragte er.

»Sehr gerne. Bis dann.« Sylvia reichte ihm ihre schmale Hand. Er drückte sie fest.

7. KAPITEL

Zum dritten Mal las Stefan die Mail.

»Uns ist doch beiden klar, dass es keinen Sinn mehr hat. Lass uns versuchen, alles einvernehmlich mit professionellem Beistand zu regeln.«

Darunter war ein Link zur Anwaltskanzlei *Schäfer & Kollegen* angefügt.

Tatsächlich. Christine machte Ernst. Vermutlich war sie auch bereits beim Anwalt gewesen.

Stefan stand von seinem Bürostuhl auf und ging vor dem Fenster hin und her. Gut. Wenn sie es so wollte. Er würde nicht darum bitten, dass sie es sich anders überlegen solle. Aber er würde kämpfen. Um seine Jungs. Es war für ihn schlicht nicht akzeptabel, seine Söhne nur noch jedes zweite Wochenende zu sehen. Nach der Trennung von Cosimas Mutter, und damit auch von Cosima, war er durch die Hölle gegangen. Das konnte er nicht noch einmal.

Er kehrte zu seinem Schreibtisch zurück und tippte im Stehen: »Sicher hast du recht. Machst du einen Termin für ein Gespräch?«

Dann setzte er sich und atmete ein paar Mal tief ein. Der Kampf war eröffnet.

Sein Telefon klingelte, er sah auf das Display. Christine. Das ging schnell, dachte er.

»Ja, hallo, was gibt's noch?«, meldete er sich.

»Hallo, Stefan. Ich rufe an wegen des Termins. Für das Mediationsgespräch in der Anwaltskanzlei.« Christine stockte. »Welche Zeiten würden bei dir passen?«

»Lass mich im Kalender nachsehen.« Stefan blätterte den Tischkalender vor sich um. »Nächste Woche Mittwochvormittag ginge es zum Beispiel.«

»Gut«, kam es vom anderen Ende der Leitung. Er sagte nichts.

»Es tut mir so leid«, hörte er nach ein paar Sekunden Christines gepresste Stimme. »Aber es funktioniert nun mal nicht. Es ist wohl an der Zeit, sich das einzugestehen. Ständig dieser Ärger, ich kann das nicht mehr …«

»Cosima kann das auch nicht mehr«, antwortete Stefan.

Er hörte ein Knacken in der Leitung. Christine hatte das Gespräch einfach beendet. Er legte ebenfalls auf und trommelte unruhig mit den Fingerspitzen auf die Schreibtischplatte.

Jetzt plötzlich wollte sie also die Trennung. Und fast zur gleichen Zeit hatte er Sylvia näher kennengelernt und merkte, dass diese Frau es ihm angetan hatte. Aber wenn er tatsächlich ein neues Leben mit einer anderen begann, mussten seine Söhne bei ihm sein, anders ginge es nicht. Es kam ihm sonst so vor, als habe er das Leben mit dieser Frau gegen das mit seinen Söhnen eingetauscht.

Vor Kurzem hatte er sich ein Buch mit dem Titel *Der Feind an Ihrer Seite* zugelegt. Es behandelte die Frage, wie man im Umgang mit narzisstischen Egozentrikern überleben und wachsen kann. Er hatte sich zahlreiche Textstellen gelb markiert, in denen er Christine wiedererkannte: die Anspruchserheberin oder die moralisch rechtschaffene Märtyrerin, die strafende Blicke verteilt.

Stefan hatte erfahren, dass Narzissten zu Misstrauen, einer überhöhten Anspruchshaltung und hin und wieder auch zu Unterwerfung neigen, genau wie Christine. Bei ihm hingegen führte dieses Verhalten zu Selbstaufopferung und zur emotionalen Gehemmtheit. Genau das war es. Er sah die Dinge mittlerweile wesentlich klarer.

Sylvia war ein ganz anderer Charakter. Er freute sich darauf, sie wiederzusehen.

8. KAPITEL

Stefan und Sylvia trafen sich am Freitagabend in dem italienischen Restaurant mit ausgewählter Speisekarte. Sylvia sah umwerfend aus. Sie trug einen knielangen Rock und eine helle Seidenbluse, ihre Lippen glänzten in zartem Rosé.

Um ihren Hals hing ein Goldkettchen mit einem Anker-Anhänger.

Stefan bestellte Antipasti, Saltimbocca und teuren Rotwein. Mit dem zweiten Glas gingen sie zum *Du* über. Sylvia trank und senkte genussvoll die Lider.

»Oh, der Wein hüllt einen ein wie eine wunderbar weiche Pelzstola, ich liebe Rotwein.« Sie stellte ihr Glas ab, Stefan goss ihr nach. »Ich habe so lange mit niemandem mehr geredet, ich meine, richtig geredet, weißt du?« Sie nahm einen Bissen von der Vorspeise, Stefans Blick ruhte auf ihrem aparten Gesicht. »Ich vermisse meinen Mann jeden Tag … Aber das Wichtigste überhaupt sind die Kinder, es gibt nichts Schöneres. Wenn ich Maras Lachen höre, kann ich für einen Moment die ganze Trauer vergessen. Sie hat die Augen ihres Vaters und seinen Mund, und wenn sie mich anstrahlt, weiß ich, dass das Leben weitergeht.« Leise seufzte Sylvia auf. »Aber ich bin immer wieder so unendlich traurig. Jetzt sitze ich allein mit den Kindern in unserem Haus, und wir sind gar keine richtige Familie mehr. Dabei war die Familie mein Leben.«

Stefan hatte den starken Drang, seine Hand auf ihre zu legen, und tat es einfach. Im ersten Moment zuckte Sylvia ein wenig zurück, doch sie ließ ihre Hand unter seiner liegen.

»Aber ich rede nur von mir«, meinte sie fast verlegen. »Erzähl mir doch einmal von deinen Kindern und deiner Familie. Du musst sehr glücklich sein.«

Glücklich? Stefans Hand lag auf der einer anderen Frau. Aber er wollte ohnehin nicht mehr verbergen, dass er alles andere als glücklich mit seiner Familie war. Er hatte Vertrauen zu Sylvia gefasst und begann, sich den Ärger der letzten Wochen, Monate und Jahre von der Seele zu reden. In einem Fluss erzählte er, wie gemein seine Lebensgefährtin zu seiner Tochter war, wie ohnmächtig er daneben stand aus Angst, seine Söhne zu verlieren, wie sie auch ihn behandelte wie einen Fußabtreter, wie undankbar Christine war und wie sie alles kaputt machte.

Ungläubig sah Sylvia ihn an. »Das verstehe ich nicht. Wie kann man einen Mann, dem seine Familie über alles geht, so fertigmachen? Was kann sich eine Frau denn mehr wünschen als einen liebevollen Vater, der zu all seinen Kindern steht?«

Stefan schluckte. Wahrscheinlich hätte er es nie so weit kommen lassen dürfen, wie er es mit Christine hatte kommen lassen.

»Ich würde so viel darum geben, wenn meine Familie wieder heil wäre.« Sylvia hob ihr Glas und trank es leer, Stefan schenkte nach. »Sich deiner Tochter gegenüber so zu verhalten ist doch irgendwie … unnatürlich.«

Stefan fühlte sich verstanden wie seit Jahren nicht mehr. *Unnatürlich*, das war es.

Die Hauptspeise wurde serviert, und er bestellte noch eine Flasche Wein.

»Oh Stefan, langsam, ich sollte nicht so viel trinken.« Mit einer abwehrenden Handbewegung zog Sylvia ihr Glas ein Stück näher zu sich. »Weißt du, nach Marcos Tod hat mir mein Arzt ein Medikament verschrieben, ich nehme es immer noch …« Ein Glucksen kam aus ihrem Mund, verschämt hielt sie sich kurz die Hand davor. »Ich möchte so gut es geht für die Kinder da sein, weißt du …«

»Keine Angst, ich passe auf dich auf.« Stefan zwinkerte ihr zu. Sylvia trank einen tiefen Schluck, und Stefan erzählte ihr, dass seine Lebensgefährtin wohl beim Anwalt gewesen war und dass die Trennung bevorstünde. »Womöglich ist es wirklich besser so. Aber ich werde um meine Söhne kämpfen, ich kann weniger arbeiten und für sie da sein.«

Er sah Sylvia an, die Luft zwischen ihm und ihr schien zu flirren, die Kerzenflamme beleuchtete sanft ihre hohen Wangenknochen. Verlegen schlug sie die Augenlider nieder, trank und stellte das Glas etwas zu heftig ab.

»Stefan, ich glaube, ich bin ein bisschen betrunken.« Nochmals hörte er dieses Glucksen. Sie hob ihr Glas wieder an die schimmernden Lippen.

»Das macht gar nichts.« Ein charmantes Lächeln huschte über Stefans Gesicht. »Du siehst wunderschön aus, wenn der Wein deine Wangen rötet.«

Sie sahen sich tief in die Augen. Im Hintergrund lief *L'amore che* von Paolo Conte. Stefan nahm die rauchig-schmelzende Stimme wahr und senkte seinen Blick etwas tiefer, hin zu dem goldenen Anker zwischen dem hellen Seidenkragen.

»Das Saltimbocca schmeckt sehr gut«, sagte Sylvia und drehte den Stil des Rotweinglases zwischen Daumen und Zeigefinger. Es kam Stefan vor, als wolle sie aus Verlegenheit das Thema wechseln. »Weißt du, ich koche auch gern«, fügte sie an.

»Und bestimmt auch sehr gut«, erwiderte er.

»Na ja«, Sylvia schmunzelte. »Ich mache einen ganz anständigen Rollbraten.« Für ein paar Sekunden schwieg sie. »Magst du mal zum Essen kommen?«, fragte sie dann.

»Oh, sehr gerne. Wann immer du willst.«

»Wie wäre es mit nächstem Freitag?«

»Perfekt.« Die Antwort kam prompt, und Stefan war überaus angetan davon, wie sich die Dinge entwickelten. Jetzt hatte er Lust auf ein Dessert.

»Möchtest du noch was Süßes?«, fragte er mit einer Stimme, die eine halbe Oktave tiefer lag.

»Oh ja, ich liebe Süßes.« Sylvia kicherte leise. »Aber bitte keinen Wein mehr.«

Stefan goss ihr nach.

9. KAPITEL

Sie schlief unruhig in dieser Nacht, vielleicht wegen des Alkohols. Irgendwann schreckte sie aus einem wirren Traum auf, in dem sie die zuckenden Beine ihres Mannes unter der Karosserie des alten Sportwagens gesehen hatte. Ihr Oberkörper schoss hoch, sie schnappte nach Luft.

Fahrig tastete ihre Hand nach dem Schalter der Nachttischlampe, einen Moment später war der Raum in sanftes Licht getaucht. Die Helligkeit half gegen die Chimären der Nacht, das wusste sie. Ihr Blick zuckte entlang der Wände. Alles war wie immer, alles war still.

Sie stand auf, ging ins Bad und öffnete den Spiegelschrank. Zitternd griff ihre Hand nach der kleinen Dose und zog den Deckel ab. Mit etwas Wasser schluckte Sylvia eine der hellgrünen Tabletten hinunter.

Es war ein schöner Abend gewesen, sie hatte sich beinahe beschwingt gefühlt an Stefans Seite. Er war besonders, das hatte sie gespürt. Charmant und doch geheimnisvoll. Anders als die anderen. Als er sie beim Abschied sanft auf die Wange geküsst hatte, hätte sie ihn gern umarmt, sie hatte Lust gehabt, ihn zu berühren. Der Abend hatte sie neugierig gemacht auf mehr.

Sie sah in den Spiegel über dem Waschbecken und strich über ihre blasse Wange, wie um die Berührung seiner Lippen zurückzuholen.

Langsam ging sie zurück ins Schlafzimmer und schlüpfte unter die Bettdecke. Es war warm darunter, die Wärme ihres eigenen Körpers. Sie lebte, und sie musste sich dessen nicht schämen.

Marco und sie waren glücklich gewesen, aber das war Vergangenheit. Sie hatten sich etwas aufgebaut gehabt, als Anlageberater bei einer großen Bank hatte Marco gut verdient, dazu kam das Einkommen aus ihrem Geschäft. Das Haus, zwei, drei Urlaube im Jahr, teure Garderobe, ein aufwendiger Lebensstil. Bei ihrer Hochzeit hatten sie sich versprochen, das Schiff gemeinsam zu segeln. Doch dann hatte Marco das Steuer verlassen, die See war ruhig gewesen, das Wasser glitzernd, die Luft mild, der Kurs klar. Und dennoch war er von Bord gegangen. Er war gierig geworden und hatte Grenzen überschritten, die niemand überschreiten durfte.

Ihre Lider wurden schwer. Sie wollte nicht mehr an die Vergangenheit denken. Marco hatte sein Schicksal selbst gewählt, und sie hatte für alles bezahlt.

10. KAPITEL

Es hatte gerade erst angefangen, und schon hatte Christine den Eindruck, dass die Luft in Thomas Schäfers Büro verbraucht war. Mit Stefan und dem Anwalt saß sie um einen kleinen Glastisch herum und wäre gern wieder gegangen. Bereits bei der Begrüßung hatte sie gemerkt, dass Stefan in

Angriffsstimmung war. Es war ihr unmöglich, ihn anzusehen. Ihr Blick konnte allenfalls am glänzenden Eichenparkett entlang wandern bis zu seinen Füßen, die in teuren schwarzen Lederschuhen steckten. Da blieb er hängen, der Rest des Körpers ging nicht.

Der Anwalt lehnte sich in seinem Bürostuhl zurück und verschränkte seine gepflegten Finger ineinander. Der graue Bürstenschnitt und die Lachfalten gaben ihm etwas Jugendliches, sein ganzer Habitus drückte hingegen Kompetenz und Professionalität aus.

»Also, Frau Gabriel schlägt vor, dass Vincent jedes zweite Wochenende von Freitag bis Sonntag bei seinem Vater verbringen soll sowie den Mittwochnachmittag bis abends. Aron soll erst einmal nur eine Nacht bei Ihnen übernachten. An den Umgangswochenenden können Sie ihn ansonsten tagsüber bei sich haben und natürlich auch mittwochs.«

»Wieso bekommt Aron einen Umgang zweiter Klasse mit seinem Vater?«, protestierte Stefan. »Er hat die gleichen Rechte wie sein Bruder.«

»Herr Heidmann, Aron ist noch so klein, lassen Sie ihm doch etwas Zeit, sich in das Wechseln zwischen beiden Elternteilen hineinzufinden. Natürlich soll er irgendwann auch die ganzen Wochenenden bei Ihnen verbringen.«

»Der Kleine braucht keine Zeit, er braucht seinen Vater, das ist es, was er braucht«, gab Stefan zurück. »Wieso sind wir überhaupt hier? Nur weil Christine sich wieder durchsetzen will. Wissen Sie, was das Tragische ist? Dass diese Familie nur wegen Christines Problemen mit Cosima nicht funktioniert hat, und jetzt will sie wieder alles bestimmen. Aber da mache ich nicht mit! Diese Frau da wird mir meine Söhne nicht vorenthalten.«

»Herr Heidmann, wir haben gerade eine Umgangsregelung vorgeschlagen, es kann keine Rede davon sein, Ihnen die Kinder vorzuenthalten. Aber teilen Sie uns doch Ihre Vorstellungen bezüglich des Umgangs mit«, forderte Thomas Schäfer Stefan auf.

»Ich möchte natürlich so viel Zeit wie möglich mit meinen Jungs verbringen. Ich denke, es tut ihnen nur gut, nicht dauernd unter dem Einfluss ihrer Mutter zu stehen, die im Übrigen versucht, das Verhältnis der Geschwister untereinander zu hintertreiben. Letzten Freitag hat sie auch verhindert, dass meine Tochter und die Jungs sich sehen. Ich hatte einen geschäftlichen Termin, und sie hat Cosima nicht in unserer Wohnung beaufsichtigen wollen. Ich musste sie bei einer ihrer Freundinnen unterbringen. Was denken Sie, welche Spuren das bei den Kindern hinterlässt?«

Blödmann, dachte Christine.

»Natürlich braucht ein Kind beide Elternteile«, entgegnete ihr Anwalt in sachlichem Ton. »Aber was heißt für Sie ›so viel Zeit wie möglich mit den Jungs verbringen‹?«

»Für den Übergang möchte ich Vincent und Aron zu den gleichen Zeiten bei mir haben, die Cosima da ist, also an den Wochenenden bis Montagmorgen und jeden Mittwoch auf Donnerstag. Wenn ich eine neue Wohnung gefunden und ein paar organisatorische Dinge im Geschäft geklärt habe, können die Jungs genauso gut bei mir leben statt bei ihrer Mutter.«

Christine spürte ein Ziehen in der Magengrube.

»Herr Heidmann, Ihre Partnerin hat die Söhne bislang hauptsächlich betreut, und auch die Gerichte sind bestrebt, Kontinuität zu wahren. Zudem hegt Frau Gabriel begründete Sorgen, dass Sie nicht immer hinreichend aufmerksam sind, was Aron anbelangt.«

»Wie bitte?«, rief Stefan.

Jetzt geht er hoch, dachte Christine. Seine Qualitäten als Vater in Frage zu stellen, konnte in körperlichen Übergriffen enden, das hatte sie schon erfahren. Vor ein paar Monaten, als sie wieder einmal gestritten hatten, war er ausgerastet. Christine war hart mit dem Rücken an die Wand des Flurs geknallt, Stefans verzerrtes Gesicht dicht vor sich. »Wage es nicht noch einmal, mich als Vater schlechtzumachen.« Er hatte sie festgehalten und eine Hand gehoben.

Sekundenlang hatte sie auf seinen halb geöffneten, keuchenden Mund gesehen. Ein erstarrtes Bild, wie bei einem hängenden Film. Dann hatte Stefan sie losgelassen und war fluchtartig aus der Wohnung gestürzt. Erst am nächsten Tag war er wieder aufgetaucht.

Jetzt hörte Christine erneut dieses schwere Atmen.

»Wollen Sie etwa andeuten, ich sei nicht gut für meine Kinder?«, fragte Stefan in drohendem Ton.

»Das hat niemand behauptet.«

»Wissen Sie was, wir beenden das hier!« Energisch stand Stefan auf. »Das muss ich mir alles nicht bieten lassen. Sie hören von meinem Anwalt.«

Christine sah zu Boden. Kurz darauf hörte sie das Zuschlagen der Bürotür.

»Tja.« Thomas Schäfer stand ebenfalls auf und trat ans Fenster. Er schob die Hände in die Taschen seiner schwarzen Anzughose, die dunkelblau gemusterte Krawatte baumelte über den Hosenbund. »Wir können gegebenenfalls noch einmal versuchen, zu viert, das heißt mit Herrn Heidmanns Anwalt, ein Gespräch zu führen. Es kommt auf den Schriftsatz an, den der Kollege schicken wird. Zunächst einmal gehen wir davon aus, dass die Kinder weiterhin bei Ihnen leben. Wenn Ihr Ex eine andere Regelung möchte als die von uns vorgeschlagene, so muss er einen Antrag bei Gericht stellen.«

11. KAPITEL

Am Freitagabend machte sich Stefan auf den Weg zu Sylvias Haus in Speyer. Christine war übers Wochenende mit den Jungs zu ihren Eltern nach Deidesheim gefahren. Es war ihm recht, am liebsten wollte er ihr aus dem Weg gehen.

Über einen Bekannten hatte er den Schlüssel zu einem kleinen möblierten Apartment in Seckenheim bekommen, das er kurzfristig beziehen konnte. Es lag etwas ab vom Schuss, aber für den Übergang ging das. Natürlich gab er die gemeinsame Wohnung noch nicht ganz auf, so konnte er seine Söhne unter der Woche noch sehen, wann er wollte.

Stefan freute sich auf den Abend mit Sylvia und spürte eine prickelnde Anspannung.

Kurz nach 20 Uhr kam er in Speyer im Oberkämmerer an. Es war eine der besten Wohngegenden der Stadt. Die gepflegten Einfamilienhäuser aus den 60er- und 70er-Jahren wurden nur selten verkauft, das Angebot auf dem Markt war rar, Stefan kannte sich da aus. Er war froh, dass Sylvia in einem ansprechenden Umfeld lebte. Wohlwollend musterte er das weiße Gebäude mit dem heruntergezogenen Dach und dem von Buchs begrenzten Vorgarten. Eine Garage mit rotbraunem Tor schloss direkt an das Haus an, das Anwesen wirkte sehr gepflegt.

Stefan läutete an der Tür aus dunklem Holz. Prompt öffnete Sylvia und empfing ihn hübsch zurechtgemacht. Sie umarmten sich leicht und hauchten sich einen Kuss auf die Wangen.

»Komm rein, schön, dass du da bist.« Sylvias Parfum hatte etwas Orientalisches, warm und holzig.

Stefan trat in einen Eingangsbereich mit grauen Marmorfliesen, einem großen Spiegel und einer Garderobe, an der zahlreiche Jacken hingen, kleine und größere bunt gemischt. Sein Blick fiel auf eine dunkelbraune sportliche Männerjacke, er stutzte kurz.

»Hier entlang.« Sylvia ging vor. Stefan bemerkte, dass sie unter der royalblauen Seidenbluse und dem engen schwarzen Rock Hausschuhe trug. Sie betraten ein Wohnzimmer, das in Lindgrün und Apricot gehalten war und an das sich ein Essbereich und eine offene Küche anschlossen.

»Ein kleiner Aperitif?«, fragte Sylvia, griff nach den beiden gefüllten Sektgläsern, die bereits auf dem Esstisch standen, und reichte ihm eins davon.

»Danke, sehr gern.« Als Stefan das Glas annahm, berührten sich ihre Finger. Es folgte ein inniger Blick, während sie anstießen. Auf Stefans Zunge perlte der Sekt und gab fruchtige Aromen frei, nach einem langen Arbeitstag genau das Richtige – belebend und anregend. Aber ihm fiel ein, dass er nicht nur an sein Wohlgefühl denken sollte.

»Schlafen die Kinder schon?«, fragte er. Es klang ganz selbstverständlich, und für einen Moment hatte er das eigenartige Gefühl, seine Söhne lägen hier in ihren Betten.

»Ja, beide waren sehr müde.« Sylvia hatte ihr Glas fast leer getrunken, stellte es ab und lächelte. »Es ist schön, dass du nach ihnen fragst.«

Ein feiner Bratenduft durchzog die Küche, Stefan schnupperte. »Das riecht ja schon ganz hervorragend.«

»Es gibt Rollbraten mit grünen Bohnen und Rosmarinkartoffeln … und natürlich noch ein kleines Dessert. Ich habe uns auch schon eine gute Flasche Roten entkorkt. Setz dich doch.« Sylvia wies auf die blassgrüne Couch. »Das Essen ist gleich fertig, fühl' dich wie zu Hause.«

Das ist der falsche Vergleich, dachte Stefan. Er fühlte sich wesentlich besser als zu Hause. Es gab eine vorzügliche Mahlzeit in einer entspannten Atmosphäre mit einer attraktiven Frau – das war mehr, als er die letzten Jahre in seinem Zuhause bekommen hatte.

»Gießt du schon mal den Wein ein?«, fragte Sylvia, während sie mit dicken Topfhandschuhen einen Bräter aus dem Ofen beförderte und zum Esstisch trug.

»Oh ja, natürlich.« Stefan stand auf und griff nach der Karaffe. Soweit er sich erinnern konnte, hatte er noch nie in Gegenwart einer Frau diese Kombination von Spannung und Vertrautheit erlebt, es fühlte sich neu und gleichzeitig bekannt und einfach … passend an. Ob Sylvia es auch so empfand? Er reichte ihr ein Weinglas.

»Auf einen wunderschönen Abend.«

Und gern auch mehr, dachte er bei sich.

Sie kamen nicht bis zum Dessert.

Noch vor dem Ende der Hauptspeise hatte er Sylvia dreimal nachgegossen, und während er gerade auf den zu festen grünen Bohnen kaute, stand sie plötzlich geheimnisvoll lächelnd auf und kam zu ihm hinüber. Er schaltete sofort und schluckte die Bohnen runter, zwei Sekunden später saß Sylvia auf seinem Schoß. Ihr Gesicht war dicht vor seinem, und es kam noch näher. Sie küssten sich, innig und leidenschaftlich.

Ein wenig überrascht registrierte Stefan Sylvias drängendes Begehren. Aber er hatte nichts dagegen, als sie seine Hände zu ihrem Dekolleté führte, und knöpfte hastig ihre Bluse auf. Der kleine goldene Anker-Anhänger baumelte vor seiner Nase, Sylvias Haut roch stark nach diesem orientalischen Parfum. Wieder küssten sie sich. Er streifte die Bluse über ihre Schultern. Dann glitten seine Hände tiefer, ihre zwängten sich in seine Hose.

»Oh Stefan«, seufzte sie, »dürfen wir das denn?«

Wieso nicht?, fragte er sich. Will sie das Trauerjahr abwarten?

»Es ist Schicksal«, keuchte er in ihr Ohr und fand das eine passende Antwort.

»Ja«, hauchte Sylvia und erhob sich. Stefan führte sie zur Couch, einen Augenblick später lagen sie eng umschlungen auf grünem Velours. Er richtete sich auf, seine Knie links und rechts ihres Körpers, öffnete seinen Gürtel und zog ihn energisch mit einem zischenden Geräusch aus den Schlaufen. Sylvia stöhnte lustvoll auf, streifte seine Jeans herunter und griff zu. Stefan musste an sich halten.

»Wie habe ich mich nach einem Mann wie dir gesehnt«, flüsterte sie. Seine Hände glitten unter ihren Rock und zogen daran. Kurz darauf flog seine Jeans durch den Raum, und er flog mit wehenden Fahnen seinem Ziel entgegen.

Sofort nahm Sylvia seine rhythmischen Bewegungen auf. Stefan hob ab.

»Mama … ich kann nicht schlafen.«

Ein gepresster Schrei unter ihm, heiße Schenkel, die wegzuckten, etwas, das im Freien hing.

Stefan brauchte einen Moment, um sich zu orientieren. Er wandte den Kopf nach links und sah ein kleines Mädchen mit einem zerknitterten Gesicht und hellbraunen Locken, das vor der Couch stand.

»Was macht ihr da?«, fragte sie mit neugierigem Blick.

»Mara, mein Liebling …« In Sekundenschnelle wand sich Sylvia unter ihm hervor. »Nichts, gar nichts. Bitte geh wieder hoch in dein Zimmer. Mama kommt gleich zu dir.«

Das Mädchen bewegte sich nicht.

»Wer ist das?« Ein kleiner Zeigefinger richtete sich auf Stefan.

»Nur ein Freund, geh nach oben, ich komme gleich nach.«

»Mama, wieso ist Papa nicht mehr da?«

Eilig angelte Sylvia ihren Rock vom Boden und streifte ihn über. »Na komm, Mami bringt dich ins Bett.« Sie ging zu ihrer Tochter, hob sie auf den Arm und eilte mit ihr aus dem Raum.

Stefan atmete tief durch und versuchte, sich zu sammeln. Ein kleines Rinnsal Schweiß floss seine Brust herunter, er wischte es weg. Der Essensgeruch im Raum erschien ihm jetzt lästig. Er zog seine Jeans an, ging hinüber zum Esstisch und trank sein Glas leer. Für seinen Geschmack hatte der Wein zu viel Tannin, aber er goss sich noch einmal nach. So war das mit den Kindern eben, sie waren keine Automaten oder Möbelstücke, ein Kind hatte nun einmal seine Bedürfnisse.

Mit seinem Glas in der Hand ging er zu dem Bücherregal, das neben dem Sofa stand, und betrachtete die Buchrücken: Romane, Ratgeber, Kochbücher … Sein Blick streifte Fotoalben auf dem untersten Regalbrett. Ihm kam der Gedanke, hineinzuschauen. Aber wollte er überhaupt Bilder von Sylvias noch glücklicher Familie sehen?

Er stellte sein Glas ab, ging in die Hocke und zog eines der Alben hervor. Als er es aufblätterte, raschelte die erste Trennseite aus Pergament. Stefan sah Fotos eines Säuglings auf dem Arm eines Mannes, daneben stand in einer verschnörkelten Handschrift: »Unser kleiner Prinz ist da!« Offenbar war der Mann der Vater des Prinzen, ein attraktiver dunkelblonder Enddreißiger mit Dreitagebart und einem charmanten Lächeln.

Stefan blätterte weiter. Es folgten zahlreiche Babyfotos, sie zeigten Mara, die ihren Bruder auf dem Arm hielt, eine etwas rundliche Sylvia, die ihn stillte, einen stolzen Vater am Wickeltisch. Ein paar Seiten später waren Urlaubsfotos eingeklebt, Marco, der mit seiner Tochter eine Sandburg baute, Sylvia im Bikini … Stefan kamen die Bilder von eben zurück, seine Hände auf Sylvias Körper.

In dem Moment fiel ein Foto zwischen den Seiten des Albums heraus zu Boden. Er bückte sich, um es aufzuheben, und bemerkte gleichzeitig, dass es nur die Hälfte eines Fotos war. Neugierig drehte er es um und sah Sylvia in einem bodenlangen weißen Brautkleid mit einem Strauß dunkelroter Rosen in der Hand. Wer oder was immer neben ihr gewesen war, war abgerissen.

»So, ich glaube, nun schläft Mara.« Sylvias Stimme klang zu Stefan herüber, rasch legte er das halbe Foto ins Album und klappte es zu. »Ah, hast du dich ein wenig umgesehen?« Sie trat von hinten an ihn heran und umfasste seine Hüften. Für einen Moment fühlte sich Stefan wie ertappt. Er legte das Album ins Regal und wandte sich ihr zu.

»Ich hoffe, das war okay?«, beeilte er sich zu sagen. »Ich wollte gern einmal deine beiden Kinder sehen, auch den kleinen Henry. Er ist ja wirklich ein Wonneproppen.«

»Ja, wir waren sehr glücklich.« Ein leichtes Beben lief durch Sylvias Worte. »Oft kann ich immer noch nicht fassen, dass es nicht mehr so ist.« Sie schmiegte sich an ihn. »Aber meine Kinder kannst du auch live und in Farbe sehen. Komm mit nach oben.«

Beherzt nahm sie seine Hand, Stefan ließ sich von ihr die Holztreppe hinauf in den ersten Stock führen.

Familienfotos säumten hier die Wände, dazu gerahmte Kinderzeichnungen. Stefans Füße sanken in den dicken hellgrauen Teppichboden ein.

Die Türen zu den beiden Kinderzimmern waren nur angelehnt, mit bunten Holzbuchstaben stand *Mara* auf der einen und *Henry* auf der anderen. Vorsichtig öffnete Sylvia die zum Zimmer ihres Sohnes und ging vor. Hinter ihr trat Stefan ein. Er sah einen rotwangigen, blonden Jungen, der friedlich schlief und dabei einen Stoffhund im Arm hielt.

»Ist er nicht süß?« Erneut nahm Sylvia Stefans Hand und drückte sie.

»Ja«, flüsterte Stefan, »ein Prachtbursche.« Etwas in ihm wollte das Kinderzimmer verlassen. »Und Mara?«, fragte er.

»Na ja, die hast du ja schon gesehen«, Sylvia schmunzelte. »Aber lass uns kurz nachschauen, ob sie schläft.«

Sie verließen Henrys Zimmer und betraten das von Mara. Hier lag noch mehr Spielzeug auf dem Boden, Stefan musste aufpassen, wohin er trat.

Unter rosafarbener Bettwäsche lag das Mädchen, das eben im Wohnzimmer gestanden hatte, nun entspannt schlafend mit leicht geöffnetem Mund. Die langen dunklen Wimpern umgrenzten die Lider wie Halbmonde.

»Sie ist wirklich entzückend«, sagte Stefan.

»Nicht wahr?« Sylvia ließ ihre Hand unter sein Hemd gleiten und streichelte seinen Rücken. »Und wo wir jetzt schon mal hier oben sind …«, verheißungsvoll sah sie ihn an, »können wir es auch etwas bequemer haben als auf der Couch.« Ein warmes Lippenpaar berührte seinen Mund.

»Gerne«, hauchte er unter Sylvias Kuss hervor und ließ sich ins Elternschlafzimmer führen.

Hier stand ein breites Bett mit dunkelroter Tagesdecke. Der Raum war unaufgeräumt, Kleidung, Bücher und Spielsachen lagen herum. Aber wen stört das?, dachte Stefan. Mich bestimmt nicht. Er ließ sich auf die Decke sinken und zog Sylvia mit sich.

Während sie sich auszog, wanderte sein Blick kurz an ihr vorbei zu einem Foto von Marco und den beiden Kindern, das auf dem Nachttisch stand. In der gleichen Sekunde verknüpfte sein Gehirn schon weiter, es passierte automatisch, unwillkürlich, von selbst.

Er lag im selben Bett, in dem der tote Marco immer gelegen hatte.

Roch es hier drin nach Aftershave?

Hatte Marco auf der linken oder rechten Seite geschlafen?

Als ob das eine Rolle spielte.

Stefan richtete seine Augen auf Sylvia direkt vor sich, er hätte gern noch einen Schluck Wein getrunken.

Wie sah eigentlich ein Toter nach sechs Monaten im Sarg aus? Was war von ihm übrig?

Hör auf damit, konzentrier dich auf das, was du siehst, schalt er sich innerlich. Er umfasste Sylvia, nahm die Wärme ihres Körpers und dessen Rundungen wahr. Wieder küssten sie sich, doch plötzlich empfand er die feuchte warme Zunge als unangenehm. Erneut stiegen Bilder in ihm auf.

Schluss jetzt, Schluss damit! Er sog Luft durch die Nase ein, ein Seufzen entfuhr ihm. Hier war das Leben, eine Frau aus Fleisch und Blut, die er begehrte.

Energisch warf er Sylvia auf den Rücken und ließ seine Hände über ihren Körper gleiten. Wenig später setzten sie ihre rhythmische Reise von eben fort. Sylvias Stöhnen befeuerte seine Lust, sie schien wirklich ausgehungert zu sein.

Leise Schreie drangen an sein Ohr, er wusste, dass es gut war. Jetzt spürte er auch den Wein stärker, der Alkohol in seinem Blut verband sich mit seinem Begehren. Sein Gesicht war in Sylvias vollem Haar versunken, er nahm alles wie im Rausch wahr, verschmelzen, eins werden, ein Feuerwerk in seinem Kopf.

Ein lauter Schrei drang in seine elektrisierte Wattewelt.

»Mama!«

Erschrocken hielt er inne. Was? Doch nicht schon wieder, dachte er. Gleichzeitig spürte er Sylvias Hände an seinen Wangen, sein Kopf wurde sanft nach oben gehoben.

»Warte einen Moment, Liebster, Mara träumt schlecht, das hat sie manchmal. Ich schaue schnell nach ihr.«

Stefan konnte nichts sagen, ihm fiel nichts ein, er war ganz woanders.

»Hm«, machte er, als sich Sylvia unter ihm hervorwand, drehte sich auf die Seite und fühlte Ärger aufkommen. Niemand hatte Lust, ständig ausgebremst zu werden. Unwillkürlich fragte er sich, ob er einfach aufstehen und gehen sollte. Andererseits wollte er das hier zu Ende bringen.

Nach zwei oder drei Minuten kam Sylvia ins Schlafzimmer zurück. »So, Mara hat sich wieder beruhigt. Weißt du, sie muss die Sicherheit haben, dass ich da bin.«

Zärtlich lächelnd legte sie sich neben ihn und begann, ihn zu streicheln. Er wandte sich ihr zu und küsste sie, ihren warmen Mund, die vollen Lippen. Los jetzt, dachte er. Aber es regte sich nichts mehr. So, als erwarte er schon das nächste Kindergeschrei.

Um seine verspannten Muskeln zu lockern, reckte er sich. Ein heftiges Stechen lief durch seinen Rücken. »Autsch«, rief er, der Schmerz breitete sich weiter bis zur Lendengegend aus. Stefan fluchte innerlich, er wusste, dass der Abend gelaufen war. Leise seufzte er auf. »Du, ich glaube, wir müssen es ein wenig verschieben.«

»Aber sicher, das macht doch nichts, wir haben ja alle Zeit der Welt.« Sylvia stützte sich auf ihre Ellbogen und sah ihn an. »Hast du Lust, morgen einen kleinen Familienausflug zu machen? Wir könnten nach Heidelberg in den Zoo.«

Eigentlich hatte Stefan am Samstag arbeiten wollen. Es war einiges liegen geblieben, und seine Tochter und seine

Söhne waren ja ohnehin nicht da. Aber zwei, drei Stunden konnte er sicher erübrigen.

»Ja, das ist eine gute Idee.« Vor oder nach dem Ausflug gibt es bestimmt Gelegenheit, diese abgebrochene Veranstaltung fortzusetzen, dachte er. Und über diese missglückte erste Nacht lachen wir später vielleicht.

12. KAPITEL

Nachdem Christine ihre Söhne im alten Winzerhaus ihrer Eltern ins Bett gebracht hatte, machte sie sich auf den Weg. Sie lief durch den Ort, mit dem ihre Kindheit und Jugend so eng verbunden waren, der ihr so vertraut war wie ihr eigenes Leben.

Unter den Sohlen ihrer Turnschuhe spürte sie das unebene Kopfsteinpflaster, von der nahe gelegenen Kirche schlug es achtmal.

Nach ein paar Hundert Metern kam sie zum Haus ihrer Freundin Nina, sie kannten sich seit ihrer Grundschulzeit. Nina stammte aus gutbürgerlichen Verhältnissen, hatte als Kind Ballettunterricht gehabt, war katholisch erzogen worden, hatte teure Kleidung getragen, und ihre Eltern sammelten Antiquitäten. Sie war immer ein braves, unauffälliges Mädchen gewesen. Bis zu diesem Open Air Festival, Nina war 16. Die meisten Jugendlichen aus dem Ort waren da gewesen, daneben ein paar Hundert andere, eine riesige Party unter warmer Sommersonne, klein Woodstock in der Pfalz.

Nina hatte ihr Schlüsselerlebnis. Sie trank ein Bier nach dem anderen, genoss ungekannte Freiheit, Lässigkeit und Coolness. Sie redete wirres Zeug, lachte sich kaputt, lag betrunken im Zelt, stand wieder auf und trank weiter. Vergaß, welcher Tag war, drehte sich Zigaretten, fiel um, rappelte sich wieder hoch, spürte geballte *Flower Power* in sich, grölte die Songs mit, knutschte mit ein paar Kerlen, trank noch ein paar Bier und wurde nach zwei Tagen ziemlich angeschlagen vor der Haustür ihrer Eltern abgeliefert. Ab da verbrachte Nina ihre Jugend exzessiv, aber immer im Spagat zwischen Anpassung und Protest, zwischen ihrem Beamtenvater, der Antiquitätenmutter und der saufenden Clique.

Heute, 25 Jahre später, war sie Grundschullehrerin, alleinerziehend, mit großer Tochter und kleinem Sohn von zwei Vätern. Sie lebte ein bisschen Esoterik, ein bisschen Rock 'n' Roll und ein bisschen Bürgerlichkeit.

Als Christine an Ninas Haustür läutete, hörte sie Hundegebell und die resolute Stimme ihrer Freundin: »Aus, Lizzy!« Der Terrier war nach der Rockband *Thin Lizzy* benannt. Nina öffnete die Tür, blond, blauäugig, braun gebrannt, fülliger geworden und mit dem ihr eigenen, immer leicht ironisch klingenden Lachen.

»Hey, hallo, komm rein.«

Sie umarmten sich, Christine ging durch den Flur in die gemütliche Wohnküche. Nina folgte ihr und holte zwei Gläser aus dem Sideboard, auf dem Tisch standen Wasser und eine Flasche Deidesheimer Riesling. »Setz dich und bedien dich«, ihre Hand wies auf die Flaschen. »Was gibt's Neues? Erzähl.« Nina nahm auf der Holzbank an der anderen Seite des Tisches Platz, Lizzy kam an und beschnüffelte Christines Beine. Die goss sich eine Weinschorle ein.

»Wir trennen uns.«

»Ach nee.«

»Geht nicht mehr anders.«

»Ich weiß, was du meinst.« Nina nickte. »Die Trennung von Linus' Vater hätte ich allen gern erspart. Ging aber nicht anders.«

Nachdenklich streichelte Christine über Lizzys drahtiges Fell. Der Hund war ziemlich verschmust, wahrscheinlich hatte er eine gute Portion *Love and Peace* von seiner Besitzerin abbekommen.

Dann brach es aus Christine heraus. Dass sie nicht mehr könne und nicht mehr wolle, dass von Anfang an der Wurm drin gewesen war, dass jetzt Schluss sei, aber sie Angst vor dem habe, was ihr bevorstand. Sie hatte plötzlich ein großes Bedürfnis zu reden und kam von einem aufs andere. Die Dinge grundlegend neu ordnen zu müssen, hatte etwas Beängstigendes.

Gelassen sah Nina sie an. »Wenn man sich entschieden hat, muss man durch das, was danach kommt, nun mal durch. Vielleicht bist du ja tatsächlich glücklicher alleine.«

»Glücklicher?«, fragte Christine. »Ich weiß nicht … Aber ich weiß, dass es nicht mehr gut wird mit Stefan. Im tiefsten Inneren wirft er mir vor, dass ich sein Leben ruiniert habe, und umgekehrt ist es ähnlich. Weil ich so bin, wie ich bin und mich nicht ändere, ist sein Lebenstraum von Familie im Eimer. Wir sind enttäuscht voneinander und sehen die Schuld am Scheitern beim anderen.«

»Aber das geht doch schon eine Weile so. Warum hast du das alles überhaupt so lange mitgemacht?«

»Keine Ahnung. Irgendwie entwickelt sich eine Beziehung in eine Richtung, und es gibt nicht den *einen* Punkt, an dem man Nein sagt, es geht einfach immer weiter. Man weiß, dass es nicht gut ist, aber in seinem Nicht-Gut-Sein ist das System erstaunlich stabil.«

»Tja. Eigentlich bräuchte man einen Beziehungs-TÜV.«

»Der hätte uns so was von still gelegt.« Christine trank einen Schluck Schorle. »Weißt du, es fühlt sich so schwer an, das hat es die ganzen Jahre getan. So als müsse ich irgendwas mittragen, was eigentlich mit Stefan zu tun hat. Womöglich mit der lebenslangen Ablehnung durch seinen eigenen Vater und später auch durch seinen Stiefvater.«

Manchmal hatte Christine das Bild von einem ausgeblichenen gelben Plastikeimer vor Augen gehabt. Man hatte in Stefan früher kaum Liebe hineingefüllt, und jetzt kam nicht genug Liebe heraus. In diesem armseligen Eimer war auch noch ein Loch, die letzten Tropfen rannen heraus, und sie hatte mit hängender Zunge darunter gelegen. Aber es reichte nicht, hinten und vorne nicht. Und dann hatte sie Cosima gesehen, die unter einer Zuneigungsdusche stand und mit ihrem glockenhellen Stimmchen kicherte und das Blondhaar schwenkte. Und Christine hatte es kaum noch ausgehalten.

Nina goss sich von dem Riesling nach. »Wie macht ihr das jetzt mit Vincent und Aron?«, fragte sie.

»Die beiden hängen sehr an ihrem Vater, und er soll sie auch regelmäßig bei sich haben. Aber wir brauchen meiner Meinung nach eine feste Regelung. Wenn wir die Umgangszeiten immer neu absprechen sollen, gehen wir uns über kurz oder lang an die Gurgel. Außerdem habe ich Angst, dass Stefan die Jungs nicht zuverlässig zu mir zurückbringt.«

»Ich wäre ja froh, Tobi würde Linus öfter zu sich nehmen, aber dem kommt ständig was dazwischen. Irgendeine Party zum Beispiel.« Nina zog die Mundwinkel nach unten. »Für Linus ist das ziemlich blöd … obwohl er sich mittlerweile scheinbar damit abgefunden hat.« Sie stützte den Kopf auf die Unterarme. »Aber apropos Party, kommst du morgen Abend mit nach Heidelberg? Im Karlstorbahnhof gibt's ein gutes Konzert.«

»Hm, weiß noch nicht, mal sehen.«

»Ralph fährt auch hin.« Nina zwinkerte. »Er hat mich neulich wieder nach dir gefragt.«

»Ah nee.« Christine spürte, wie ihr warm wurde. Ziemlich lang waren sie zusammen gewesen, damals vor über 15 Jahren, und sie war sehr verliebt gewesen. Aber das war ewig her und abgeschlossen. Obwohl es sie auch danach interessiert hatte, was Ralph so machte. Seinerzeit hatte er Jura studiert und war nach ihrer Trennung eine Weile in Köln gewesen. Jetzt arbeitete er wohl in Mannheim, aber sie wusste nichts Genaues.

»Wie geht's ihm?«, fragte sie.

»Och, ich glaube, ganz gut. Manchmal sehe ich ihn mit seiner Tochter auf dem Spielplatz, Liv wird jetzt vier.«

Das Mädchen hatte Christine noch nie gesehen, Ralph selbst das letzte Mal vor über einem Jahr. Sein Haar war grau geworden, aber wenn er grinste, sah er aus wie 26.

Gedankenverloren drehte Christine ihr Glas hin und her, ein Lächeln huschte über ihre Lippen. Doch sie wollte das Thema wechseln. »Was gibt's bei dir Neues?«, fragte sie.

Nina trank einen kräftigen Schluck Riesling. »Ich will im Winter mit den Kindern nach Florida. Lara liest schon die ganze Zeit Reiseführer.« Sie lachte. »Endlich einmal etwas, das sie interessiert.« Ninas Tochter war 17 und »anstrengend«, wie sich Nina ausdrückte. Was sie selbst in dem Alter gewesen war, hatte *anstrengend* vermutlich überstiegen.

Die Freundinnen erzählten weiter bis zum späten Abend, und oft mussten sie lachen, es tat Christine gut. Schließlich verabschiedete sie sich und brach auf.

Eine halbe Stunde später lag sie in ihrem alten Kinderzimmer, durch den halb heruntergelassenen Rollladen malte die Straßenlaterne vor dem Haus Muster an die Wand. Christine schloss die Augen, aber sie fand keine Ruhe. Nervös wälzte sie sich hin und her. Immer wieder kamen ihr Szenen aus den letzten Jahren in den Sinn, flirrten vorbei, Gefühle von Kränkung, Zorn und Ohnmacht. Verdrängtes, vom Alltag Überlagertes kam aus Ecken des Bewusstseins hervor. Stefan, wie er zischt: »Friss oder stirb«, wie er sich umdreht und sie stehen lässt, wie er mit dem Finger auf sie zeigt, »nur deinetwegen …« Wie er, als er von Christines Schwangerschaft mit Aron erfährt, sagt: »Dann ist mein Leben ja endgültig versaut.«

Das Gefühl, Stefan ins Gesicht schlagen zu wollen, überkam Christine. Die Nacht zog den Filter der Vernunft ab, und was übrig blieb, war blanker Zorn.

13. KAPITEL

Als Stefan am Montagabend die Wohnungstür aufschloss, kam ihm Vincent freudig entgegen. »Hallo, Papa. Wo warst du gestern? Ich hab auf dich gewartet.«

Deine Mutter sicher nicht, dachte Stefan. Er hatte von Sonntag auf Montag bei Sylvia übernachtet, es war gut gewesen, zum Schlafen waren sie kaum gekommen.

»Ich musste übers Wochenende wegfahren. Wie war's bei euch?«

»Schön«, Vincent strahlte. »Opa und ich sind wieder Traktor gefahren, und ich durfte lenken.«

Jetzt kam auch Christine aus der Küche. Sie trug Aron auf dem Arm und hatte ihren strengen Blick aufgesetzt. »Auch wieder da?«, fragte sie schnippisch.

Konnte sie sich diesen Ton vor den Kindern nicht verkneifen? »Was willst du denn? Du bist doch froh, wenn ich weg bin«, knurrte er. »Vincent, hast du schon was gegessen?«

»Die Kinder haben gegessen.«

»Ich hab Vincent gefragt«, entgegnete er. »Soll ich dir noch was machen, Vincent?«

»Au ja, Kartoffelbrei.«

»Na, dann komm. Hilfst du mir?« Er ging mit seinem Sohn in die Küche und setzte einen großen Topf mit heißem Wasser auf.

»Es ist schon spät, Vincent muss ins Bett.« Christine stand am Türrahmen und klang fast drohend. Begreift sie nicht, dass die Kinder das alles mitbekommen?, fragte sich Stefan verärgert.

»Ah so. Natürlich. Soll er also hungrig ins Bett?«

»Er hat doch eben zu Abend gegessen.«

Stefan wollte gar nicht mehr hinhören. Streitereien vor den Kindern waren ihm zuwider. »Hier Vincent, die dicke Kartoffel kannst du schälen.«

Sein Sohn zögerte, sodass er ihn weiter ermunterte: »Mach nur, das ist schon okay. Aron, hilfst du uns auch?«

Sein kleiner Sohn zappelte auf Christines Arm. Nach ein paar Sekunden ließ sie ihn unwillig herunter und ging mit einem zitronensauren Gesicht aus der Küche.

»Mama hat keinen Hunger mehr.« Stefan reichte Vincent den Kartoffelschäler. »Dann machen wir ein echtes Männeressen.« Grinsend stützte er die Arme in die Hüften. »Wie die Wikinger, was? Und danach bringt Papa euch ins Bett.«

»Schläfst du auch hier?« Mit großen Augen sah Vincent ihn an.

»Papa muss noch mal weg.« Es kratzte im Hals, und er räusperte sich. »Aber morgen Abend komme ich wieder.«

Stefan war heilfroh, als er kurz vor zehn bei Sylvia ankam. Christine hatte noch nach Kräften schlechte Stimmung verbreitet, aber wahrscheinlich war der Frau einfach nicht zu helfen.

Sein Zeigefinger drückte den messingfarbenen Klingelknopf. Fast im gleichen Augenblick öffnete Sylvia lächelnd die Tür, zog ihn an sich und küsste ihn. Jemand, der sich freute, ihn zu sehen, jemand, der nicht herumstänkerte.

»Komm rein.« Sie ging vor in den Wohnbereich. »Magst du einen Wein?«

»Ach danke, gerne.« Stefan ließ sich auf die Couch fallen und nahm kurz darauf den Roten an.

»Auf uns«, sagte Sylvia und stieß mit ihrem Glas sachte

gegen seins. Nach dem ersten Schluck sah sie ihn ein wenig besorgt an. »Jetzt erzähl. Wie war's heute bei der Anwältin?«

Stefan hatte am Vormittag mit Frau Dr. Juncker, einer renommierten Mannheimer Fachanwältin, gesprochen. Sein Gemütszustand hatte danach zwischen zornig und niedergeschlagen geschwankt, aber mittlerweile fühlte er sich wieder etwas besser. Es gab für alles eine Lösung.

»So wie die Dinge liegen, werden meine Söhne wohl bei ihrer Mutter leben müssen. Und einen Umgang über den üblichen hinaus zu erwirken, wird auch schwierig werden.«

»Das bedeutet, du siehst deine Jungs nur noch jedes zweite Wochenende?« Sylvia machte ein erschrockenes Gesicht.

»Und am Mittwochnachmittag für ein paar Stunden. Das ist doch alles ein Witz.« Bitterkeit lag in Stefans Stimme. »Dass es bereits eine andere Regelung für Cosima gibt, scheint wenig zu interessieren, zumindest leitet sich hieraus kein Anspruch ab, dass ich mit Vincent und Aron die gleiche Regelung bekomme.«

»Das ist doch Schikane, wie schwer will man es dir denn machen?«

»Will Christine es mir machen, ist die Frage. Und dann will sie ja für Aron eine andere Rückbringzeit als für Vincent. Kannst du dir dieses Hin und Her vorstellen? Drei Kinder mit drei verschiedenen Regelungen.« Seine Hand schloss sich fester um den Kelch des Weinglases. »Aber nicht mit mir.«

»Willst du denn vor Gericht?«

»Was ich will, ist etwas ganz anderes«, entgegnete Stefan. »Ich habe ein Recht, meine Söhne bei mir zu haben, ich bin ihr Vater. Ich werde mir nicht von einer selbstsüchtigen Mutter Zeiten diktieren lassen.«

»Ich kann dich gut verstehen«, erwiderte Sylvia mit einem abwesenden Ausdruck. »Es ist schlimm, wenn in einer Familie jemand selbstsüchtig wird.« Ihre Lippen wurden schmal. »Sehr schlimm.«

»Manchmal wünschte ich, Christine wäre nicht mehr da.« Der Satz war einfach aus ihm herausgekommen. »Es fühlt sich an, als hätte sie mich am Hals gepackt und würde mir die Luft zum Atmen nehmen.«

Sylvia trank einen Schluck Wein und schwieg. Sekundenlang war es still im Raum. Dann sagte sie tonlos: »Es spielt sich bestimmt alles nach ein paar Monaten ein, und du kannst deine Söhne öfter sehen.«

Als wenn es so leicht wäre, dachte Stefan. Scheinbar hatte Sylvia keine Ahnung.

»Das glaube ich nicht«, knurrte er. »Christine ist stur. Außerdem habe ich noch eine andere Befürchtung. Sie arbeitet freiberuflich, und das kann sie von überall aus tun, Hamburg, München, Berlin … Was mache ich, wenn sie wegzieht, am Ende sogar ins Ausland?«

»Geht das denn so einfach?«

»Die Anwältin sagte, beim Alter der Kinder prinzipiell ja.«

Gedankenverloren begann Sylvia seinen Unterarm zu streicheln. In ihrem Gesicht schien sich etwas zu entspannen. »Liebling, warte erst einmal ab. Ich werde dich unterstützen, wo ich kann, und wir bekommen es schon hin, dass Vincent und Aron öfter bei dir sind. Um die Kinder kann ich mich auch kümmern, ich halte dir den Rücken frei, wenn in der Firma viel zu tun ist.«

Ein wohliger Schauer überlief Stefan, er hatte richtig gelegen mit seiner Einschätzung von Sylvia. »Du bist wunderbar«, sagte er, beugte sich hinüber und küsste sie. »Ich glaube, mit dir geht das alles.«

14. KAPITEL

Den Rest der Woche fühlte sich Stefan wie auf der Durchreise. Sicher, es waren Zeiten des Umbruchs, aber er merkte deutlich, dass er wieder Stabilität in seinem Leben brauchte.

Am Dienstagabend brachte er erst bei einer türenschlagenden Christine seine Söhne ins Bett und fuhr danach zu Sylvia. Mittwochabend verbrachte er mit Cosima in seinem neuen Apartment und Donnerstagabend wieder bei Sylvia. Er lebte aus einer Reisetasche, wie ein Heimatloser, das musste sich schnellstmöglich ändern. Sein Rücken schmerzte andauernd, manchmal fühlte es sich an, als ob er gleich durchbrechen würde. Seine Hausärztin hatte ihm eine Spritze gesetzt, aber schon am nächsten Tag war der Schmerz wieder durchgeschlagen.

Als er sich am Freitagmorgen von Sylvia verabschiedete und ins Geschäft fuhr, hatte er Probleme, sich auf den Verkehr zu konzentrieren, die Schmerzen strahlten fast über den ganzen Körper aus. Ein kleiner Hoffnungsschimmer war das nahende Wochenende. Nur noch ein paar Stunden, dann würde er seine drei Kinder bei sich haben, und sie konnten gemeinsam mit Sylvia und ihren Kids etwas unternehmen. Alles ganz entspannt. Endlich.

Gerade hatte er sein Büro betreten, als sein Handy klingelte, es war Cosimas Mutter. Er nahm das Gespräch an.

»Hallo, Regine, was gibt's?«

»Ja, hallo, Stefan. Du, ich würde gerne was mit dir besprechen.«

»Ja?«

»Du weißt doch, dass wir in nächster Zeit noch einmal einen Termin mit Frau Gaisberg haben.«

»Ja sicher.« Stefan ließ sich auf seinen Bürostuhl fallen.

»Und ich denke, da sich ja jetzt deine Lebenssituation scheinbar grundlegend ändert …«

Stefan räusperte sich. »Ja?«

»Da ändert sich ja auch für Cosima einiges.«

»Ja … schon.« Aber sicher nicht zum Nachteil, dachte Stefan.

»Du, ich möchte das alles ungern am Telefon besprechen.« Regines Ton hatte diese trügerische Sanftheit, die er aus unzähligen Gesprächen kannte. Sie wurde selten laut, aber sie beharrte stoisch auf ihren Standpunkten, und wenn sie die Erde für eine Scheibe hielt, war sie eine Scheibe. »Also, wie wäre es, wenn du heute etwas früher vorbeikommst«, fuhr sie fort. »Cosima ist ja bis halb sechs im Querflötenunterricht, da könnten wir vorher noch in Ruhe reden.«

»Okay«, Stefan dehnte das Wort in vager Unsicherheit. »Gegen halb fünf könnte ich hier loskommen.«

»Gut, dann bis später.« Regine legte auf.

Was will die jetzt?, fragte sich Stefan und schaltete seinen Computer an. Aber eigentlich war er mit Regine in trockenen Tüchern. Natürlich hatten sie ihre Kämpfe gehabt, doch schon bald hatten sich beide auf Cosimas Wohl besonnen. Regine war manchmal kompliziert, ihr Esoterik-Spleen war ihm gehörig auf den Geist gegangen, aber sie war eine gute Mutter. Und eine Vollblut-Frau, er konnte sich noch lebhaft erinnern.

»Morgen, Stefan«, seine Assistentin kam ins Büro.

»Hallo, Sabine, gut, dass du da bist. Was ist mit den Plänen für *Schmidt und Gabler*?«

Sabine war ein Glücksgriff gewesen, eine gestandene Frau

mit Organisationstalent. Gerade im letzten halben Jahr hatte sie ihm vieles abgenommen, er konnte sich auf sie verlassen.

»Genau, die wollte ich mit dir besprechen.« Sabine strich sich eine rotbraune Locke aus dem Gesicht, setzte sich und klappte ihren mitgebrachten Laptop auf.

Etwa eine halbe Stunde lang redeten sie, danach musste Stefan zu einem Außentermin. Er schluckte noch eine Schmerztablette und fuhr los. Der Tag würde wie immer zu wenige Stunden haben, und er würde sich wie immer abhetzen müssen.

Kurz vor fünf läutete er bei Regine. Bitte keinen Stress, dachte er, den konnte er heute nicht mehr vertragen. Die Tür wurde geöffnet.

»Hallo, Stefan, komm rein.« Regine wirkte entspannt. Sie trug ein senfgelbes enganliegendes Shirt und ausgeblichene Jeans, ihr Haar hatte sie zu einem lockeren Knoten gebunden.

In der Wohnung roch es blumig, Regine hatte eine Vorliebe für Duft-Öle. Und für Massage-Öle. Es hatte eine Zeit gegeben, da hatte Stefan von Sandelholz bis Moosröschen alles auf der Haut gehabt.

Er ging hinter ihr in die Küche. Auf dem Tisch stand eine Teekanne, Regine goss zwei Keramiktassen voll und reichte ihm eine.

»Du siehst müde aus.« Besorgt runzelte sie die Stirn. »Ist sicher alles nicht einfach gerade.«

»Kann man so sagen.« Er setzte sich und trank einen Schluck Tee. Was war das denn für ein Geschmack? Kompostierter Löwenzahn? Aber darauf kam es jetzt nicht an, die Wärme des Getränks tat ihm gut.

»Also«, begann Regine und drehte ihre Tasse scheinbar

in Gedanken hin und her. »Ich glaube, es ist gut, so wie du dich entschieden hast.«

Stefan nickte.

»Auch für Cosima«, fuhr Regine fort.

Stefan nickte erneut.

»Auch wenn es etwas spät war.«

Das weiß ich selbst, dachte Stefan, um was geht es jetzt?

»Worüber wolltest du mit mir sprechen?«, fragte er.

Regine sah ihn direkt an. Und dann legte sie ihre Hand auf seinen Unterarm. Das hatte sie seit ihrer Trennung nicht getan, Stefan zuckte unwillkürlich zusammen.

»Du sollst wissen, dass ich dich nach Möglichkeit unterstützen werde in der schwierigen Zeit, die jetzt vor dir liegt. Auch Cosi wegen. Es macht ja keinen Sinn, alles zusätzlich zu verkomplizieren.«

Ach, dachte Stefan, wärst du mal früher weniger kompliziert gewesen. Aber die Vergangenheit war passé.

»Das rechne ich dir wirklich hoch an«, sagte er und führte die handgetöpferte Tasse zu seinem Mund.

Regine nickte mit ernster Miene.

»Danke schön«, setzte er nach, als der Schluck bittere Brühe seine Kehle hinuntergelaufen war.

Regine trank ebenfalls, dabei schien ihr plötzlich etwas einzufallen. Sie stand auf, ging zu dem alten gedrechselten Küchenschrank und kam mit einer kleinen Schale Kekse zurück. Als sie sich nach vorn beugte, um sie auf den Tisch zu stellen, sah er direkt in den Ausschnitt ihres Shirts. Die Haut war sonnengebräunt, sommersprossig und ein wenig faltig. Stefan roch den Duft ihres Pflegeöls, es war seit elf Jahren dasselbe.

»Hier, die hat Cosima gebacken.« Regines Lippen öffneten sich zu einem Lächeln, ihr Gesicht war ziemlich nah an seinem. Er wich mit seinem Oberkörper minimal zurück. »Koste mal«, sagte Regine auffordernd.

»Oh ja, gerne.« Er räusperte sich, Daumen und Zeigefinger griffen nach einem der runden Plätzchen und schoben es zwischen die Zähne. »Hm, sehr gut«, ließ er mit vollem Mund verlauten, »ausgezeichnet.«

»Ja, nicht wahr. Das macht sie mittlerweile ganz allein. Nimm noch eins.«

Stefan zögerte kurz, der Gebäckduft mischte sich mit dem des Hautöls, für einen Moment fühlte er sich wie betäubt. Dann nahm er noch einen Keks und steckte ihn sich in den Mund. Die süßen Krümel klebten am Gaumen, Stefans Hals fühlte sich trocken an.

»Danke, danke, ich muss ein bisschen aufpassen mit den süßen Sachen«, schmatzte er hervor.

»Was? Du doch nicht.« Die Lachfältchen um Regines Augen kniffen sich zusammen. Sie setzte sich wieder an den Tisch und beugte sich zu ihm hinüber. »Du weißt, dass ich es immer bedauert habe, dass unsere Familie seinerzeit gescheitert ist.«

Er schluckte die letzten Krümel herunter und fragte sich, in welche Richtung das Gespräch gehen sollte.

»Ich habe das auch bedauert, Regine. Aber es hat damals eben nicht funktioniert mit uns.«

»Nein, das hat es damals nicht. Aber ich habe mich über Cosi immer mit dir verbunden gefühlt.« Jetzt lachte sie hell auf. »Und ich denke, wir haben es mit unserer Tochter ganz gut hinbekommen.«

»Oh ja, das haben wir.« Stefan nickte. »Das hast du. Du bist eine gute Mutter.«

Regine senkte den Blick. »Es war nicht immer einfach.«

»Für mich auch nicht.« Ein kräftiges Räuspern begleitete Stefans Satz. Wahrhaftig nicht, es hatte ihn schier zerrissen damals, auszuziehen und sein Kind zurückzulassen.

»Ich weiß.« Erneut schob Regine ihre Hand auf seinen Arm. Machte sie ihm wirklich ein Freundschaftsangebot? »Aber was ich noch sagen wollte …« Sie zögerte, so als würde sie nach Worten suchen.

»Ja?« Stefan fühlte sich durch die warme Hand auf seinem Arm leicht verunsichert.

»Du …«, Regine befeuchtete mit der Zunge ihre Lippen. »Also, ich fände es wirklich wichtig für Cosi, dass sie jetzt erst einmal ein bisschen Zeit hat, sich mit der neuen Situation abzufinden. Also mit eurer Trennung und der ganzen Geschichte.«

»Regine, mach dir da keine Sorgen, ich achte gut auf Cosima.«

»Also, nicht dass du dich doch wieder mit Christine versöhnst …«

Unwillkürlich musste Stefan auflachen, es klang bitter und hart. »Glaub mir, der Zug ist abgefahren.«

»Hm«, machte Regine. »Aber es wäre sicher auch nicht gut, wenn sofort eine neue Frau in dein Leben käme … Ich meine, welche Botschaft würde das an Cosima senden?«

Stefan zog seinen Arm ein Stück näher an sich heran, unter Regines Hand heraus. Ein lang gezogenes Räuspern klang durch die Küche. Was mischte sich Regine in sein Leben ein, was sollte das? Er ließ sich auch von ihr nicht vorschreiben, was er zu tun und zu lassen hatte. Aber ich sollte vorsichtig sein, dachte er, und sie nicht vor den Kopf stoßen.

»Regine, glaub mir«, begann er, »ich bin mir meiner Verantwortung für Cosima völlig bewusst. Ich weiß schon, was ich tue und was gut für meine Kinder ist.«

Er hatte den Satz kaum beendet, da nahm er ein zögerliches Stirnrunzeln bei Cosimas Mutter wahr, danach kräuselte sich ihre Oberlippe. Regine lehnte sich auf ihrem Küchenstuhl zurück und musterte ihn misstrauisch.

»Gibt es da etwa schon jemanden?«

Stefan spürte Unwohlsein aufsteigen. Jahrelang hatte er Problemdiskussionen mit Regine gehabt, das heißt, er hatte sich so gut es ging diesen entzogen. Stirnrunzeln, Lippenkräuseln, der misstrauische Ton, und dann würde Regine sich an etwas festbeißen und es bis ins Detail sezieren, ruhig, vorwurfsvoll und beharrlich. Und das Problem wäre erst gelöst, wenn er ihr zustimmte. Manchmal hatte er diesen Diskussionen ausweichen können, indem er Regine leidenschaftlich geküsst hatte. Oft war es danach weitergegangen, und er erinnerte sich, dass ihm dieser Sex immer gefallen hatte. Aber die Möglichkeit schied ja jetzt wohl aus.

»Regine, also, ich bin der Meinung, dass eine intakte Familie immer das Beste für ein Kind ist. Wenn das nicht funktioniert, ist die zweitbeste Variante, denke ich, wenn … äh …«

Während er noch überlegte, wie er seinen Satz am besten beenden sollte, hörte er einen Schlüssel im Schloss der Haustür und kurze Zeit später seine Tochter. »Hallo, Mami, ich bin schon wieder zurück.« Cosima kam in die Küche. »Hey, Papi, bist du auch schon da?« Sie umarmte ihn und drückte ihm einen Kuss auf die Wange.

»Ja hallo Maus, na, sollen wir gleich los?« Stefan war doppelt froh, seine Tochter zu sehen. Eilig stand er auf. »Regine, ich muss jetzt Vincent und Aron abholen.« Auf ihren skeptischen Gesichtsausdruck hin setzte er nach: »Lass uns ein anderes Mal weiterreden, in Ordnung?« Er sah, wie sie kurz den Mund öffnete, aber dann wieder schloss.

Wenig später verließ er mit seiner Tochter die Wohnung und fuhr in die Drachenfelsstraße zu Christine.

Nun musste er also seine drei Kinder an zwei verschiedenen Orten einsammeln, um mit ihnen ein lausig kurzes Wochenende zu verbringen und sie danach wieder abzuliefern. Für Stefan war das absurd.

Schon als er ausstieg, um seine Söhne abzuholen, hatte er ein mulmiges Gefühl im Magen. Cosima wartete im Auto. Das Unwohlsein verstärkte sich, während er die Treppen zu der Altbauwohnung hochstieg. Oben angekommen schloss er die Tür auf und trat ein.

Vincent und Aron begrüßten ihn freudig, ihm wurde etwas leichter ums Herz. Christine stand mit verkniffenem Gesicht im Flur und nötigte ihm in ihrer spröden Art das Versprechen ab, Aron Samstagabend und Vincent Sonntagabend zurückzubringen. Was für ein Schwachsinn, dachte er und murmelte: »Ja ja, du bekommst deine Söhne schon wieder.«

»Gib mir bitte noch die Adresse deines Apartments.«

»Wieso, willst du nachkommen?«, fragte er in sarkastischem Ton.

Christine nahm Aron auf den Arm, so als wolle sie ihn nicht herausgeben, und sah Stefan auffordernd an. Er maulte ihr Straße und Hausnummer entgegen.

Als er mit seinen drei Kindern im Auto saß und startete, fiel ein Teil der Anspannung von ihm ab. Endlich Wochenende. Er gab Gas und fuhr zu Sylvia.

15. KAPITEL

»Mara, Schätzchen, hilfst du mir, den Tisch zu decken? Gleich kommen Stefan und die Kinder.«

Mit einem Kopfschütteln verließ Mara die Küche.

»Dann nicht«, sagte Sylvia gut gelaunt. Zum Glück war sie wieder heiter, endlich verblassten die Schatten der Vergangenheit. Sie hatte viel durchmachen müssen, damals nach der SMS ihres Mannes, die nicht an sie, sondern an seine Geliebte hatte gehen sollen. »Denke immerzu an dich. Das war der Hammer gestern Abend.«

Ihre Welt war zusammengebrochen. Sie hatte Marco keine Szene gemacht, als er an dem Tag abends nach Hause gekommen war, hatte keine Fragen gestellt. Während er im Bett gewesen war, hatte sie weitere Nachrichten gelesen, und dann hatte sie keine Fragen mehr stellen müssen. Sie hieß Daria, und sie schrieb, dass sie Marco liebe, sich nach ihm verzehre, sie noch nie so glücklich mit einem Mann gewesen sei. Marco hatte geantwortet, dass er endlich wieder lebe, endlich wieder wisse, wozu er morgens aufstand, er mehr und mehr und mehr von ihr wolle, er nicht mehr ohne sie leben könne.

Nicht mehr ohne sie leben könne. Marcos Telefon war Sylvia aus der Hand geglitten. Sie hatte es zurück in seine Jackentasche gesteckt, war wieder ins Schlafzimmer gegangen und hatte sich neben ihren Ehemann gelegt.

Am Morgen hatte sie ihn wie immer verabschiedet, wie immer die Kinder geweckt, wie immer mit ihnen gefrühstückt. Wie eine leere Hülle, wie ein Zombie.

Tagelang war das so gegangen. Marco kam abends gut gelaunt nach Hause, spielte mit den Kindern, und sie saß wie eine Tote auf der Couch.

»Ist dir nicht gut, Liebling?«, fragte er ein paar Mal in gleichgültigem Ton. Nein, ihr war nicht gut. Ihn in seiner Fröhlichkeit zu sehen, mit dem Wissen, das sie hatte, machte sie zu einem anderen Menschen.

Irgendwann fing etwas in ihr zu summen an. Sie fing zu summen an. Beim Spielen mit den Kindern, bei der Arbeit, beim Kochen, beim Autofahren. Es beruhigte sie, es war wie eine vertraute Begleitung und gab ihr etwas Halt.

Nach ein oder zwei Wochen hatte sich manchmal eine Stimme in das Summen gemischt, erst leise, ab und zu ein paar Wörter, dann lauter und öfter. Es war eine angenehme Männerstimme, die mit ihr sprach. Sie war direkt an ihrem Ohr, ganz nah, oder vielleicht auch darin.

Mit den Medikamenten, die sie nach Marcos Tod bekommen hatte, war die Stimme wieder verstummt. Die Tabletten hatten geholfen, den Alltag durchzustehen. Sylvia war dumpf und leer gewesen, und in ihrem Kopf hatte niemand mehr gesprochen.

Jetzt gab es diesen wunderbaren Mann in ihrem Leben, einen Familienmenschen, jemand, mit dem sie noch einmal ganz neu anfangen konnte, vielleicht eine große, glückliche Familie haben konnte, vielleicht … sogar noch einmal ein Kind.

»Ich will nicht, dass Stefan kommt«, hörte sie ihre Tochter aus der Spielecke neben dem Sofa rufen. »Ich will, dass Papa wieder kommt.«

»Ach Herzchen, ich habe es dir doch erklärt, Papa kommt nicht mehr«, antwortete Sylvia. Für einen Moment schoss die Vorstellung durch ihren Kopf, dass Marco mit zerquetschtem Brustkorb und blaufleckigem Gesicht zur Tür hereinkam.

»Dann will ich zu Papa«, sagte Mara und sah sie trotzig aus ihren grauen Augen an. Aus Marcos Augen.

»Geh nach oben und spiel mit Henry«, raunte Sylvia. Sie wollte nicht dauernd an die Vergangenheit erinnert werden.

16. KAPITEL

Am Samstagabend las Christine Stefans SMS, dass er die Jungs am Montagmorgen in Hort und Krippe bringen würde. Ihr wurde schlecht. Aber eigentlich hatte sie geahnt, dass Stefan sich nicht an die besprochenen Rückbringzeiten hielt.

Mehrmals versuchte sie, ihn anzurufen und erreichte nur die Mailbox. Schließlich fuhr sie nach Seckenheim zu dem Haus, in dem sein neues Apartment lag. Auf keiner der vier Klingeln stand sein Name. Ein Schild war unbeschriftet, sie läutete, niemand machte auf.

Samstagnacht schlief sie kaum. Zu der Wut auf Stefan kam die diffuse Angst, dass er die Kinder gar nicht mehr zurückbringen würde, dass er sich mit ihnen irgendwohin abgesetzt hatte. Mit jeder Faser wollte sie zu ihren Söhnen und wusste nicht, wo sie waren.

Auch am Sonntag versuchte sie vergeblich, Stefan zu erreichen. Irgendwann sah sie ein, dass es zwecklos war. Sie setzte sich an ihren Schreibtisch, um etwas zu arbeiten. Es ging nicht. Ihre Gedanken schweiften ab, Zorn auf Stefan floss heiß durch ihren Kopf und blockierte alles andere.

Am Montagmorgen rief sie bei ihrem Anwalt an und erklärte ihm, dass sie eine gerichtliche Umgangsregelung wolle. Er sagte zu, den Antrag vorzubereiten.

Gegen Mittag holte sie ihre Söhne von Krippe und Hort ab, in ihr kochte es immer noch. Als sie mit ihren beiden Jungs zu Hause ankam, verriegelte sie die Wohnungstür von innen.

Aron verschlief den halben Nachmittag. Später machte Christine für ihre Söhne und sich Kakao, und Vincent begann, vom Wochenende zu erzählen. Sie waren mit einer Sylvia und ihren beiden Kindern im Zoo gewesen und am nächsten Tag im Schwimmbad. Es sei schön gewesen, aber ein paar Mal habe er auch mit Mara gestritten, Papa und Sylvia hätten dann den Streit geschlichtet. Wenn sich die beiden küssten, habe sich Mara meist dazwischengedrängt. Und eigentlich wolle er seinen Papa auch lieber für sich allein haben.

Es traf Christine unvorbereitet, sie bemerkte das Zittern ihrer Hände. Dabei war sie hin und her gerissen, wollte sie noch mehr wissen oder überhaupt nichts? So schnell ging das also, schon war die Neue am Start. Eigentlich hatte Christine geglaubt, dass Stefan längere Zeit keine neue Beziehung mehr eingehen würde, aber offensichtlich hatte sie sich getäuscht. Ihr Ex war schon längst woanders unterwegs, und das, was man mitunter als Altlasten bezeichnete, nahm ihm nicht den Wind aus den Segeln.

Die Wohnungstür blieb von innen verriegelt. Hier geht der nicht mehr ein und aus, wie es ihm passt, dachte Christine.

Gegen sieben versuchte Stefan vergeblich die Tür aufzuschließen. Christine hörte den Schlüssel im Schloss, ein mehrfaches Hin- und Herdrehen, dann ein lautes Klopfen und schließlich Stefans verärgerte Stimme: »Christine!«

Sie schwieg. Die Jungs saßen im Wohnzimmer vor dem Fernseher und sahen eine Kindersendung in ohrenbetäubender Lautstärke.

»Mach die Tür auf!«

Verschwinde, dachte Christine. Es klingelte ein paar Mal.

»Glaubst du etwa, dass du damit durchkommst?«, rief Stefan. »Wir stehen beide im Mietvertrag, das ist auch meine Wohnung. Ich lasse mich nicht so einfach aussperren.«

Langsam drehte Christine das Geschirrhandtuch in dem Glas, das sie gerade abtrocknete. Das sehen wir dann, dachte sie, du hast ja längst eine andere Wohnung. Oder sogar zwei.

Nachdem es eine Weile still geblieben war, ging sie aus der Küche ins Wohnzimmer und setzte sich zu ihren Söhnen. Innerlich bebte sie und ahnte, dass Stefan es nicht einfach hinnahm, nicht mehr in die Wohnung zu können. Morgen wollte sie noch einmal mit ihrem Anwalt sprechen.

Vincent und Aron lachten über den Zeichentrickfilm, den sie anschauten, die Maus haute der Katze eins mit der Bratpfanne über.

Fest drückte Christine ihre Jungs an sich.

17. KAPITEL

Wutentbrannt fuhr Stefan in sein Apartment. Was bildete sich diese Kuh ein? Die Kinder waren nicht ihr Eigentum, und das, was sie eben getan hatte, war eindeutig nicht zulässig, auch juristisch nicht. Direkt morgen früh musste er seine Anwältin informieren.

Mit fahrigen Händen presste er eine Schmerztablette aus der Verpackung, in seinem Rücken stachen glühende Schwerter. Für heute Abend würde er Sylvia absagen, er fühlte sich nicht in der Lage, jetzt noch zu irgendjemandem zärtlich zu sein. Außerdem wollte er die Zeit nutzen, um im Internet zu recherchieren, was er gegen Christine unternehmen konnte.

Er wählte Sylvias Nummer, bereits nach einem Klingelton ging sie ran.

»Hallo, Liebling. Wann kommst du? Ich habe gekocht, und Mara würde sich freuen, wenn du ihr noch eine Gute-Nacht-Geschichte vorliest.«

»Sylvia, ich habe furchtbare Rückenschmerzen. Außerdem ist so viel Arbeit liegen geblieben, ich muss heute Abend hier noch eine Kalkulation erstellen. Wir sehen uns morgen, in Ordnung?«

Am anderen Ende der Leitung herrschte Stille.

»Sylvia?«, fragte Stefan.

Sie sagte immer noch nichts.

»Sylvia, bist du noch dran?«

»Ja. Ich glaube Henry ruft nach mir. Bis dann.«

Stefan hörte ein Knacken, sie hatte aufgelegt.

Was soll das jetzt?, fragte er sich verdutzt. War sie beleidigt? Himmel, er zerriss sich doch schon, um es allen recht zu machen ... Aber eigentlich hatte er keine Zweifel daran, dass er sich auf Sylvia verlassen konnte und dass sie ihn unterstützte. Das vergangene Wochenende war angenehm gewesen, er hatte etwas auftanken können.

Gerade klappte er den Deckel seines Laptops auf, als sein Handy klingelte. Cosimas Mutter. Er ging ran. »Regine. Was gibt's?«

»Ja, hallo, Stefan. Du, wir wurden ja letzten Freitag unterbrochen ...«

Oh nein, Stefan stöhnte innerlich auf. Bitte jetzt kein Problemgespräch.

»Du, es geht einfach darum, dass du ja jetzt mit Cosima in einer anderen Wohnung lebst und ich schon gerne wüsste, wo sich mein Kind aufhält.«

»Was soll das denn heißen? Willst du eine Wohnungsbesichtigung machen?« Der Spott in Stefans Stimme war kaum zu überhören.

Ein paar Sekunden herrschte Stille, und Stefan ärgerte sich schon über seine Formulierung. »Also, ich meine, die Wohnung ist wirklich nur für den Übergang. Aber Cosima hat dort erst einmal alles, was sie braucht«, beeilte er sich zu ergänzen.

Regine schwieg, und Stefan konnte ihr Stirnrunzeln förmlich vor sich sehen.

»Im Prinzip möchte ich schon mal in die Wohnung«, sagte sie mit dieser Stimme zwischen Sanftheit und Stahlbeton, die Stefan nur zu gut kannte. Er wusste, dass es genau zwei Möglichkeiten gab: entweder zu widersprechen, was eine Diskussion einleitete, die er nur durch unhöfliches Auflegen beenden konnte. Oder zuzustimmen.

Sein Rücken schmerzte, der Zorn auf Christine verursachte dazu ein Pochen in der Schläfengegend. Er entschied sich fürs Zustimmen.

»Okay, morgen gegen Abend könntest du kurz vorbeikommen. Bringst du Cosi mit?«

Wieder war es still in der Leitung.

»Also, ich denke, ich sollte eher allein vorbeikommen«, antwortete Regine schließlich. »Womöglich gibt es ja auch das ein oder andere zu besprechen.«

Hörbar atmete Stefan aus. Es klang wie ein Ächzen. »Gut, dann so gegen sieben. Passt das?« Spätestens um acht wollte er los zu Sylvia.

»Ja, bis dann.« Regine legte auf.

Den Rest des Abends verbrachte Stefan vor seinem Computer, trank drei Bier, nahm eine weitere Schmerztablette und schlief schließlich auf dem Bettsofa ein.

Als er um sechs Uhr morgens aufwachte, wusste er zuerst nicht, wo er war. Dann setzte ein Adrenalinstoß sein Gehirn in Gang. Er campierte hier mit Ende 40 auf der Couch in einer kleinen Butze, ohne seine Kinder – ohne seine Söhne. Und wer war schuld daran? Hass fuhr in ihn wie ein Stromstoß. Er rollte sich vom Sofa und ging gebückt ins Bad.

Eine Dreiviertelstunde später saß er im Büro und fühlte sich krank. Eine weitere Stunde später rief er bei seiner Anwältin an, doch das Gespräch gestaltete sich noch unerfreulicher, als er gedacht hatte.

Ja natürlich könne ihn Christine nicht einfach aus der gemeinsamen Wohnung aussperren, sagte Beatrice Juncker. Das sei nicht rechtens. Sie wolle hier einen entsprechenden Schriftsatz an die Gegenseite verfassen. Aber andererseits könne er sich auch nicht mit Gewalt Zutritt zur Wohnung verschaffen, allein wegen der Kinder ginge das nicht. »Bedenken Sie doch bitte, dass Ihre Söhne möglichst wenig in den elterlichen Konflikt einbezogen werden sollten. Außerdem haben Sie ja bereits eine andere Bleibe. Perspektivisch ist es sinnvoller, baldmöglichst eine funktionierende Umgangsregelung zu finden, als den Konflikt weiter zu verschärfen.«

»Danke. Sie sind mir eine große Hilfe«, erwiderte Stefan und legte zornig auf. Er fragte sich, welche Seite Frau Dr. Juncker eigentlich vertrat und ob er sich einen anderen Rechtsbeistand suchen sollte? Allerdings hatte er mittlerweile begriffen, dass er sich mit Anwälten immer nur im Rahmen »üblicher Regelungen« bewegte. Und die sahen vor, dass seine Söhne erst einmal bei ihrer Mutter lebten. Das ging für ihn so nicht, eine andere Lösung musste her.

Er zog sein Handy aus der Jacketttasche und tippte eine Nachricht an Sylvia: »Sehen wir uns heute Abend? Freue mich auf dich.«

Sylvia war von ihrem Mann getrennt worden, ohne es zu wollen, es war einfach passiert. Ein Schicksalsschlag. Wieso konnte er Christine nicht auch loswerden? Ein Unfall, ein unerwartetes tragisches Scheiden aus dem Leben. Sie würde ihm sonst mindestens die nächsten zehn Jahre im Nacken sitzen und ihm die Luft abschnüren. Zehn Jahre. Viel länger bekam man für Totschlag auch nicht.

Stefans Handy summte und zeigte eine Nachricht von Sylvia an.

»Mara ist krank, heute nicht.«

Er las den Satz ein zweites Mal.

Einfach so sagte sie ihm ab? Wegen eines kranken Kindes? Er hätte Mara etwas vorlesen können, Sylvia entlasten.

Entgeistert stand Stefan von seinem Schreibtischstuhl auf und verließ sein Büro. Draußen wurde er von seinem Praktikanten abgepasst, der ihm eine wirklich dämliche Frage stellte. Stefan hörte seine eigene Stimme, Schimpfwörter hallten durch den Gang, er schrie, wollte aufhören damit und konnte es nicht. Irgendwann drehte er sich um, ging zurück in sein Büro und schlug die Tür zu.

Er lief vor dem Fenster auf und ab und atmete ein paar Mal tief durch. Dann schrieb er Christine eine SMS:

»Dir ist doch wohl klar, dass ich dich wegen Kindesentziehung anzeigen werde. Meine Anwältin bereitet alles vor. Ich möchte diese Woche noch in die Wohnung, um persönliche Dinge abzuholen. Nenne mir einen Termin.«

Er bekam keine Antwort.

Am späten Nachmittag beschloss er, auch nicht mehr auf einen Terminvorschlag zu warten.

Gegen 18 Uhr versuchte er die Tür zu seiner ehemaligen Wohnung aufzuschließen, drehte den Schlüssel im Schloss, aber konnte nicht öffnen. Auf sein Klingeln und Klopfen hin blieb alles still. Wütend zog er sein Handy aus der Tasche, wählte Christines Nummer und erreichte nur die Mailbox. Schließlich ging er zurück zu seinem Wagen, fuhr fluchend durch den Feierabendverkehr und kam 20 Minuten später in seinem Apartment an.

Er hatte noch Zeit, benutztes Geschirr wegzuräumen und im Schlafzimmer der Kinder Ordnung zu machen. Bis jetzt hatte er einen beschissenen Tag gehabt, und dass Sylvia ihn für heute Abend ausgeladen hatte, wurmte ihn. Je mehr er darüber nachdachte, desto übler wurde seine Laune. Langsam konnten ihn alle kreuzweise.

Die Türklingel ließ ihn aufschrecken. Regine. Zehn Minuten zu früh. Er öffnete.

Sie stand da mit einem Lächeln und streckte ihm eine Flasche Wein entgegen. »Zum Einstand, sozusagen.«

Als er sie leicht skeptisch ansah, zog sie die Mundwinkel noch weiter nach oben. »Keine Angst, ich komme in Frieden«, sagte sie. »Lässt du mich rein?«

»Ja, natürlich.« Stefan trat zur Seite. Als sie dicht an ihm vorbeiging, roch er ihr Hautöl, Granatapfel, reif und süß.

Er schloss die Wohnungstür und sah auf Regines Hinterteil in den engen Jeans. Wieder überkam ihn dieses Gefühl, nichts zu verlieren zu haben, auf nichts Rücksicht nehmen zu müssen. Unvermittelt dachte er daran, wie sie beim Sex immer genau gesagt hatte, was sie wollte. »Ja, jetzt fester«, »komm, fass mich hier an«, »ja, das ist gut, noch etwas schneller.« Es hatte seinen Reiz gehabt, mit einer Frau im Bett zu sein, die durch die Schule etlicher Selbsterfahrungskurse gegangen war.

Lautstark hüstelte er und schob die Gedanken zur Seite.

Mittlerweile stand Regine in der kleinen Wohnküche und stellte die Flasche auf den Tisch. »Jetzt bin ich gespannt, ob du schon einen Korkenzieher hast.« Ein herausforderndes Lächeln umspielte ihre Lippen, die einzelnen Silben von Kor-ken-zie-her hatte sie betont langsam gesprochen. Irgendwie machte es Stefan an. Er hatte das dringende Bedürfnis, den ganzen Ärger des Tages hinter sich zu lassen, endlich für eine halbe Stunde das Gedankenkarussell anzuhalten.

»Na ja, es ist schon etwas klein hier.« Regine lehnte ihre ausladenden Hüften an den Esstisch und blickte durch den Raum. »Zeigst du mir Cosimas Zimmer?«

»Natürlich, dort entlang.« Stefan wies nach rechts. Bei der Größe der Wohnung konnte man sich kaum verlaufen.

Regine ging vor, ihr Hinterteil wogte bei jedem Schritt hin und her. Als er im Kinderzimmer hinter ihr stand, drehte sie sich unvermittelt um.

»Du, ich habe Lust auf dich«, sagte sie.

Er musste schlucken. Ihre jahrelange Selbstergründung brachte die Dinge auf den Punkt.

Granatapfelduft, zwei erwartungsvolle grünbraune Augen, der Reiz, in der Zeit zurückzufallen auf altbekanntes Terrain. Die Gelegenheit zu schnörkellosem Sex.

Die klare Entscheidung, das Angebot anzunehmen.

Er trat an Regine heran und umfasste ihre Taille. Wie in einem Flashback kamen ihm Bilder zurück. Sie presste ihre Lippen auf seine, er schmeckte Knoblauch und drängte sie Richtung Bett.

»Es ist für mich am besten, wenn ich auf dir sitze«, sagte sie. Er fühlte sich wie auf einer Zeitreise.

Dann lehnte sie sich ein Stück zurück und zog ein Kondom aus der Tasche ihrer Jeans, »hier, bitte.« Es klang, als gebe sie ihm Wechselgeld zurück, aber er verlor keine Zeit mit Spitzfindigkeiten. In Windeseile zogen sie sich aus und fanden sich kurz darauf in einem animalischen Spiel wieder. Ein Geben und Nehmen nach altbekannten Regeln, lustvoll und ohne Umschweife.

Eine Stunde später ging sie. »Vielleicht bringe ich dir mal einen Korkenzieher vorbei.« Dann fiel die Tür ins Schloss. Die Bettwäsche roch nach Granatapfel, und sein Kopf war wohltuend leer. Doch womöglich entstanden aus dieser Leere heraus, aus dem *Reset* des Systems, neue Ideen. Bislang Undenkbares, wie das, was er gerade erlebt hatte.

18. KAPITEL

Sylvia ging es nicht gut. Wieso war Stefan am Montagabend nicht mehr zu ihr gekommen? Sie hatten ein Wochenende als Familie verbracht, und am nächsten Tag hatte er sie allein gelassen. Weil er Rückenschmerzen hatte und zu viel Arbeit. Sie hatte in den letzten sechs Monaten einiges mehr durchgemacht, Rückenschmerzen – dass sie nicht lachte.

Eine Familie ließ sich für sie nicht eben so abbestellen, wenn man sich gerade nicht danach fühlte.

Etwas in Sylvia war sehr in Unordnung geraten nach Stefans Anruf, fast so wie vor einem halben Jahr. Sie summte leise vor sich hin, versuchte, die Vergangenheit wegzusummen, aber immer wieder kamen die Erinnerungen zurück.

Es war an einem Samstag passiert, einem der ersten wärmeren Tage im Jahr. Nachdem sie von Marcos Affäre erfahren hatte, war sie zwei oder drei Wochen lang wie betäubt durch den Tag gegangen, außer dieser Männerstimme war kaum noch etwas zu ihr durchgedrungen. Dann hatte ihr die Stimme gesagt, dass sie um Marco kämpfen solle, dass alles wieder gut werde, dass er diese andere Frau vergessen würde.

Sie hatte den Rest Leben, der noch in ihr war, mit unglaublicher Mühe dazu gebracht, ein gemeinsames Wochenende, nur für sie und ihren Mann, vorzubereiten. Die Kinder waren bei Marcos Eltern untergebracht, und scheinbar freute sich Marco auch auf das Wochenende. Freitagabend gingen sie ins Kino und danach noch in eine Bar. Später wollte sie mit ihm schlafen, aber er sagte: »Ich bin todmüde, ein andermal.«

Am Samstagmorgen nach dem Frühstück hatten sie eine

Spritztour mit dem alten Alfa Spider gemacht. Es gab kaum noch die Gelegenheit, gemeinsam mit dem Sportwagen zu fahren, meist waren ja die Kinder da, und der Platz reichte nicht aus. Marco hatte ein Faible für seinen Alfa *Fastback*, den italienischen Beinamen des Models, *Coda Tronca* – abgeschnittener Schwanz, fand er amüsant.

Mit einem zufriedenen Schmunzeln lenkte er den Wagen Richtung Bergstraße. Es war ein bisschen wie früher, als sie sich kennengelernt hatten, und Sylvia schöpfte Hoffnung, dass alles wieder gut werden konnte. »Ach Marco, wir müssen das öfter machen, ein, zwei Tage nur für uns.«

Ihr Mann nickte. »Ja, aber vor der nächsten Tour muss ich nach dem Auspuff sehen, hörst du, wie der bei niedriger Drehzahl röhrt?«

Sie fuhren weiter, eine blasse Frühjahrssonne schien von einem hellblauen Himmel. Irgendwann hielt Marco zum Tanken an. Als er zum Bezahlen ging, beobachtete Sylvia, wie er sein Handy aus der Jackentasche zog und ein paar Sekunden lang darauf sah.

Nachdem sie wieder losgefahren waren, sagte er ganz beiläufig: »Du Sylvia, ich muss heute Abend noch mal weg.«

Sylvia erstarrte. »Doch nicht heute Abend, es ist Wochenende.«

»Geht leider nicht anders, ein wichtiger Kunde gibt einen kleinen privaten Empfang. Ich bleibe nur so ein, zwei Stunden.« Marco blickte konzentriert auf die Straße. »Sei nicht böse, ja?« Seine Hand tätschelte ihren Oberschenkel, so wie man einen Hund tätschelte. Dann sah er sie an, und sie bemerkte dieses Strahlen in seinen Augen und den Ausdruck von Vorfreude und Aufregung in seinem Gesicht. »Er fährt zu ihr«, hörte sie deutlich jemanden sagen.

Der rote Alfa Spider war durch den Frühjahrstag geglitten, der ein anderer gewesen war als noch eine Stunde zuvor. Wie konnte es noch der gleiche Samstag sein, wie konnte die Sonne noch scheinen? Marco wollte zu ihr, zu der anderen Frau. Heute Abend wollte er mit ihr ins Bett, er hatte sich für sie aufgehoben.

»Mir ist nicht gut, können wir bitte nach Hause fahren?« Das Blut war aus Sylvias Kopf gewichen, ihr Leben rann einen schmutzigen Rinnstein hinunter und verschwand in einem dunklen Abwasserkanal.

Marco verzog das Gesicht. »Nur weil ich heute Abend noch mal weg muss? Also bitte, deshalb möchtest du unseren netten Ausflug abbrechen?« Mit vorwurfsvoller Miene wandte er sich ihr zu und bemerkte offenbar noch nicht einmal, wie schlecht es ihr ging. »Gut, wenn du es so willst.« Er fuhr rechts ran und wendete.

Es war, als habe Sylvia eine Todesnachricht empfangen. Das Leben, das sie gelebt hatte, war vorbei.

Zurück zu Hause war sie in den Zimmern umhergeirrt und hatte Dinge getan, an die sie sich schon kurz darauf nicht mehr erinnern konnte. Die Räume des Hauses kamen ihr fremd vor, sie kannte die Familie nicht mehr, die hier lebte. Es gab sie ja auch gar nicht mehr.

»Ich lasse dich am besten in Ruhe, wenn es dir nicht gut geht. Leg dich doch etwas hin.« Teilnahmslos und gleichgültig gesprochene Worte ihres Mannes. Dann zog er sich in die Garage zurück, um am Spider zu schrauben. Er will später noch mal mit dem Wagen weg, dachte Sylvia. Zu der anderen Frau.

Bis dass der Tod euch scheidet, hatten Sylvia und er sich versprochen.

»Geh zu ihm«, hatte sie die Stimme sagen gehört. »Er darf nicht so sein, er darf das nicht machen.«

Zitternd war sie in die Garage gegangen.

Marco lag auf einem hölzernen Rollbrett unter dem Wagen, den er aufgebockt und mit drei Metallblöcken abgestützt hatte. Marcos Turnschuhe und ein Teil der Beine ragten hervor.

Sie hörte, wie ihr Mann mit dem Schraubenschlüssel hantierte. Offenbar hatte er sie gar nicht bemerkt. Ein oder zwei Minuten lang stand sie am Eingang der Garage.

»Der Tod euch scheidet«, sagte die Stimme.

In Sylvias Kopf zog sich etwas zusammen, der Boden schwankte. Langsam ging sie an das Auto heran, stand ein paar Sekunden dort. Dann bewegte sich ihr Bein, es wurde angehoben, wie bei einer Marionette, wie in Zeitlupe. In diesem Moment gab Marcos Handy, das auf dem Flaschenregal gegenüber lag, den Ton einer empfangenen Nachricht von sich. Sylvias Fuß trat zu. Mit aller Kraft traf er die Karosserie des Spiders.

Das Fahrzeug bewegte sich, nur ein wenig, aber genug, um von einem der Metallblöcke zu rutschen. Es senkte sich mit einem Kratzen von Stahl auf Stahl. Direkt danach entstand unter dem Wagen ein knackendes Geräusch, und Sylvia hörte ein dumpfes Stöhnen. Es klang nicht nach einem menschlichen Laut, aber es war Marcos letzter. Ein Tonnengewicht drückte auf seinen Brustkorb.

Sylvia starrte auf das Auto. Sie starrte auf Marcos Füße und den Teil seiner Beine, die unter dem Wagen hervorragten, noch einmal zuckten und dann still lagen. Starrte, und verstand nicht. Hatte den Gedanken, den Spider hochheben zu müssen, damit ihr Mann wieder unter dem Auto hervorrollen konnte, stolperte über seine Beine und riss an der hinteren Stoßstange, immer und immer wieder.

Marcos Handy empfing noch eine Nachricht, der Ton weckte Sylvia aus irgendeinem fremden Zustand. Sie hörte auf, an dem Wagen zu zerren, ging zum Weinregal und sah ein »D.« als Absender der Nachricht auf dem Display. Wie in Trance steckte sie das Handy ein, lief ins Haus und wählte die Notrufnummer.

»Schnell, mein Mann, er ist unter dem Auto eingeklemmt.«

An die folgenden Tage konnte Sylvia sich später kaum noch erinnern. »Schock«, hatte der Notarzt zu ihr gesagt und ihr eine Infusion angelegt. Irgendwann später hatten zwei Kriminalbeamte sie befragt, lang und eingehend. Aber sie hatte doch nur sagen können, was in ihrem Kopf gewesen war. Dass sie und Marco ein glückliches Ehepaar waren, dass sie noch eine wunderschöne Spritztour mit dem Wagen gemacht hatten. Dass sie Marco später in der Garage zum Kaffee hatte rufen wollen, und dann gesehen hatte, was passiert war. Dass sie nicht wisse, wie sie ohne ihren Mann leben solle, dass ihre Welt in Schutt und Asche lag.

Alle Befragten im Familien- und Freundeskreis hatten von einer glücklichen Beziehung zwischen Marco und Sylvia gesprochen. Es hatte keinen Grund gegeben, an etwas anderes als an einen Unfall zu glauben.

Man hatte Sylvia mitgeteilt, dass die Obduktion von Marcos Leiche ebenfalls keine Auffälligkeiten ergeben hatte. »Frau Greiner, solche tragischen Unfälle passieren leider.« Der Spider war instabil abgestützt gewesen, offenbar war er bei einem heftigen Ruckeln am Auspuff von dem Metallblock gerutscht und hatte Marco erdrückt. Die geringe Bodenfreiheit des Spiders, darunter ein kräftig gebauter Mann auf einem Rollbrett, eine Verkettung widriger Umstände, ein tragischer Unglücksfall.

19. KAPITEL

Am Mittwochmorgen stand Stefan später als gewöhnlich auf, er hatte tief geschlafen, zum ersten Mal seit Langem wieder. Es war ein traumloser Schlaf gewesen, wie ein Koma. Was gestern Abend mit Regine passiert war, beunruhigte ihn nicht. Sie hatten beide ihren Spaß gehabt, in alter Vertrautheit. Doch sie würden sicher keine Paarbeziehung mehr haben, dazu waren sie zu erfahren und abgeklärt. Außerdem hatte Regine mit Sicherheit keine Lust, sich um seine Söhne zu kümmern. Ihr Lippenkräuseln sah er förmlich vor sich. »Du, dass du noch zwei Kinder in die Welt gesetzt hast, ist einfach dein Ding.«

Stefan machte sich einen schnellen Espresso und fuhr anschließend ins Büro. Seine Zukunft lag nicht bei Regine, sondern woanders.

Als er wie fast jeden Morgen im Stadtverkehr feststeckte, wählte er Sylvias Nummer.

»Ja, hallo?«, nahm Sylvia das Gespräch an.

»Guten Morgen, meine Liebe. Wie geht es Mara? Hoffentlich fühlt sie sich wieder besser.«

»Hm«, machte Sylvia, es klang wie ein Summen. »Sie konnte heute wieder in den Kindergarten, ich bin schon bei der Arbeit.«

»Und sonst? Alles in Ordnung? Ich habe dich gestern Abend vermisst.«

Er fuhr dichter auf das Auto vor ihm auf, kleine Regentropfen fielen auf die Windschutzscheibe, der Scheibenwischer sprang an.

»Sylvia, bist du noch dran?«

»Ja.«

»Geht es dir gut?«

»Ja … sicher. Ich habe dich auch vermisst gestern. Und vorgestern.«

»Heute Abend sind die Kinder bei mir, wollen wir zusammen bei euch essen?«

Der Scheibenwischer quietschte und verschmierte den Staub auf der Frontscheibe zu einer undurchsichtigen Schicht.

»Könnt ihr über Nacht bleiben?«, fragte Sylvia.

»Du, da muss ich erst Cosi fragen.« Stefan betätigte den Knopf der Scheibenwaschanlage, links und rechts spritzte ein Strahl über das fast blinde Glas.

»Hm«, machte Sylvia zögerlich.

»Aber ich denke schon, dass es geht«, schloss er an. »Cosi ist ja gern bei euch.«

»Gut, dann bis heute Abend.« Sylvia legte auf.

War es ihm nur so vorgekommen oder hatte sie anders geklungen als sonst? Aber erstmal sah er keinen Grund, sich Gedanken zu machen. Die sollte ich mir vornehmlich über Christine machen, dachte er. Sein Blick haftete an den Scheibenwischern.

Ein Autounfall? Aber wie sollte man den herbeiführen und vor allem: Wann konnte er sicher sein, dass seine Söhne nicht mit im Auto saßen?

Ein Unfall im Haushalt?, überlegte er weiter. Die meisten Unfälle passierten dort. Aber die wenigsten waren schwer genug. Ein gebrochenes Bein nützte ihm nicht viel.

Wann bekam ein Vater seine Kinder?

Wenn die Mutter nicht für sie sorgen konnte. Weil sie krank war, psychisch krank, weil sie dem Alltag nicht mehr gewachsen war, die Realität verlassen hatte. Psychose. Schwere Depression.

Drogen. Medikamentenmissbrauch.

Unverantwortlicher Umgang mit Schlafmitteln, Beruhigungsmitteln, starken Schmerzmitteln.

In Stefans Kopf rotierte es. Christine nahm ab und zu ein Aspirin, mehr war ihm nicht bekannt. Aber eine Trennung war natürlich sehr belastend, da konnte es schon zu überschießenden Reaktionen kommen, die man mit Hilfe von Tabletten eindämmen wollte.

Er lavierte sich weiter durch den Verkehr, lenkte mechanisch, gab Gas, bremste, versuchte, seine Gedanken einem Ziel entgegen zu treiben.

Irgendwann kam er im Geschäft an, ging grußlos in sein Büro und knallte die Tür zu. In seinem Kopf arbeitete es unermüdlich.

Als Kunden anriefen, war er abgelenkt und malte kleine Galgen auf einen Notizblock. Offenbar wirkte er so abwesend, dass ihn seine Assistentin fragte, ob alles in Ordnung sei.

»Ja, natürlich«, antwortete er. »Sabine, könntest du mir bitte was vom Bäcker holen? Ich muss mir noch diese Kostenvoranschläge ansehen.«

Es ging um die Bodenbeläge in Sylvias Sanitätshaus, die verschiedenen Möglichkeiten wollte er heute Abend mit ihr besprechen. Aber im Grunde genommen waren ihm diese Dinge gerade völlig egal.

Sabine machte sich auf den Weg und kam mit Butterbrezeln und Croissants zurück.

»Fettiger ging's nicht?«, raunte er und schickte sie noch mal los.

Kautschuk-Bodenbeläge, glatt oder mit flach geprägter

Noppen-Oberfläche. Wie war die Aufbauvorgabe bei diesem Belag? Was kostete der Quadratmeter genau?

Regine, die auf ihm ritt, mit herausforderndem Gesicht, »ja, mach weiter!«

Stefan rieb sich über die Augen. Wann kam Sabine endlich mit dem Putenbrust-Sandwich zurück, er hatte Hunger.

Christine. Scheiße. Sein Hauptproblem.

Mit einer ruckartigen Bewegung stand er auf, beißender Schmerz fuhr ihm in den Rücken. Er krümmte sich, drückte eine Tablette aus der Packung, die neben der Tastatur lag, und schluckte sie mit dem Rest Kaffee, der noch dort stand. Danach ließ er sich wieder auf den Stuhl fallen. Sein Handy gab einen Signalton von sich, eine Nachricht von Christine. Er tippte auf das Display und las:

»Du kannst Vincent und Aron heute nicht abholen.«

In Stefan explodierte etwas, sein Blutdruck schoss nach oben.

»Putenbrust gab's nicht mehr«, hörte er Sabines helle Stimme im gleichen Moment durch die offene Tür. »Ich hab Camembert mitgebracht.«

»Was? Du weißt genau, dass ich den nicht mag«, schrie Stefan. »Oder weißt du das etwa nicht?«

Seine Assistentin sah ihn verdutzt durch die Gläser ihrer runden Brille an. Erbost sprang er auf und stürmte an ihr vorbei aus dem Büro. Er war weg für heute, Schluss, aus.

Ziellos streifte er durch die Stadt, ließ sich mittreiben in der Geschäftigkeit der Menschen auf den Straßen und zermarterte sich das Hirn, wie er sich von Christine befreien konnte.

Gegen 18 Uhr klingelte er schließlich bei Cosimas Mutter und musste sich eingestehen, dass er ein Flattern in der Magengegend hatte. Cosi öffnete und umarmte ihn lachend. »Hallo, Papa.«

»Hallo, Maus, können wir direkt los?« Er wollte sich nicht lange aufhalten.

Regine kam in den Flur, die Hände in den Taschen ihrer engen Jeans. Sie trug die Ohrringe, die er ihr zur Geburt ihrer Tochter geschenkt hatte, 300 Euro teure Goldkreolen. Regine hatte sie nicht oft getragen, seit ihrer Trennung hatte er sie gar nicht mehr an ihr gesehen.

»Hallo, Stefan.« Ihre Stimme hob sich bei seinem Namen, wie wenn man auf einer Party zufällig einen alten Freund wiedertrifft und in der Begrüßung eine ganze Geschichte von gemeinsamen wilden Nächten mitschwingt. »Magst du noch einen Tee, bevor ihr fahrt? Cosima hat einen tollen Übungsaufsatz geschrieben. Du weißt ja, in Deutsch müssen wir ein bisschen was tun.« Regine wandte sich an ihre Tochter. »Willst du ihn Papa zeigen?«

»Ja, Papi, lies ihn mal, ich habe was über den Zoo geschrieben.«

»Über den Zoo?« Stefan dehnte das letzte Wort. Über einen Zoobesuch? Etwa den mit Sylvia und ihren Kindern? Unwohlsein stieg in ihm auf.

»Okay, Maus, ich lese ihn schnell noch.«

Er trat in die Küche, setzte sich an den Tisch, und Cosima holte ihr Heft. Mit einem wissenden Lächeln goss Regine ihm eine Tasse Tee ein, sie beugte sich ein Stück nach vorn, hielt ihm ihren Ausschnitt vor die Nase. Ihm wurde heiß. Sie war eine Xanthippe, zweifellos, spielte ein Spiel mit ihm, machte unmissverständliche Angebote, lehnte sich mit einem feinen Lächeln zurück und wartete, ob er anbiss. Er würde nicht noch einmal anbeißen.

Ihr Selbstbewusstsein reizte ihn, ihre abgeklärte Körperlichkeit.

»Hier, Papi«, Cosima strahlte vor Stolz.

Er nahm einen Schluck Tee, wieder dieser bitter-herbe Geschmack, dieses Mal erinnerte es ihn an Brennnesseln und Grapefruit.

Sein Blick flog über Cosimas unregelmäßige Handschrift. Sie erzählte etwas von Eisbären und Affen, von blauem Himmel, spielenden Kindern, leckerem Softeis. Wie auf der Suche nach verräterischen Indizien scannte Stefan das Papier. Keine Sylvia, keine Mara, kein Henry.

»Scheint nett gewesen zu sein, euer Ausflug am Wochenende.« Regine verschränkte die Arme vor der Brust.

Stefan wurde unsicher. Was wusste sie, was sollte sie lieber noch nicht wissen?

Mit einem kräftigen Räuspern stand er auf, er wollte gehen, und schließlich war er ihr keine Rechenschaft über sein Privatleben schuldig.

»Super, Cosi, ganz toll. Komm, wir müssen los.« Er strich seiner Tochter übers Haar und ging hinüber zur Tür, Cosima und Regine folgten. Während seine Tochter ihre Schuhe anzog, reichte ihm Regine ein kleines Päckchen.

Erstaunt nahm er es entgegen. »Fürs nächste Mal«, sagte sie sachlich und wieder mit diesem wissenden Ton. »Du kannst es später aufmachen.« Jetzt lächelte sie.

Er ahnte, was es war. Im Auto streifte er das Papier ab. Der Korkenzieher hatte einen rechteckigen Griff aus weißem Marmor, er legte ihn auf den Rücksitz und fuhr zu Sylvia.

20. KAPITEL

Stefan hatte Cosima ein bisschen überreden müssen, bei Sylvia zu übernachten, aber dann hatte sie zugestimmt.

Er bemühte sich, den Ärger über die Abwesenheit seiner Söhne zurückzudrängen und den Abend harmonisch *en famille* verlaufen zu lassen. Mara war nörgelig, aber gegen halb neun gingen sie und Henry ohnehin ins Bett.

Anschließend besprach er mit Sylvia die Bodenbeläge für ihr Geschäft, Cosima brachte sich mit ein. »Ich fände den grünen Teppichboden schön.«

»Ja, warum nicht? Der würde mir auch gefallen und ist vom Preis her in Ordnung«, antwortete Sylvia. Stefan warf ihr einen zärtlichen Blick zu. Er freute sich schon auf sie, auf ihre anschmiegsame Art, die ihm allen Spielraum ließ.

Etwa anderthalb Stunden später wurde er nicht enttäuscht.

Erschöpft rollte er sich danach auf die Seite und schlief ein. Aber er träumte von seinen Söhnen, wie sie nach ihm riefen, eingeklemmt in Christines Auto, das gegen einen Baum geprallt war. Schweißgebadet wachte er auf, schnellte mit seinem Oberkörper hoch und rang nach Atem.

Neben ihm lag Sylvia und schlief, das wellige Haar halb über ihr Gesicht gebreitet. Und dann bemerkte er Mara, die neben ihrer Mutter lag. In der Nacht war sie ins Bett gekommen. Stefan schrak zusammen, er sah direkt in ihre grauen Augen, die im Dunkel des Raums die Farbe von Quecksilber hatten. Sie blickte ihn an, mit reglosem Gesicht. Wie eine Puppe. Oder wie tot.

»Mara, warum schläfst du nicht?«, flüsterte er.

Das Mädchen gab keine Antwort, sah ihn nur an. Starr und stumm.

»Komm, ich bringe dich wieder in dein Zimmer.« Stefan stand auf und ging um das Doppelbett herum. »Los, drüben schläfst du besser.« Er fasste Mara am Arm. Wie in Zeitlupe wandte sie den Kopf, stand auf und ließ sich, einer Schlafwandlerin gleich, von ihm in ihr eigenes Bett führen. Stefan trug sie nicht, er scheute die Berührung. Nachdem er Mara zugedeckt hatte, kehrte er zurück ins Elternschlafzimmer.

Langsam beruhigte sich sein Herzschlag wieder, aber die Gedanken an seine Söhne ließen ihn nicht los. Er wollte nicht länger abgeschnitten von ihnen sein, nur dann konnte er sich um andere Kinder kümmern.

Die restliche Nacht wälzte er sich unruhig hin und her. Sylvia hingegen hatte einen beneidenswerten Schlaf.

Am Morgen stand er wie gerädert auf und fuhr ins Geschäft. Mit der Vormittagspost kam ein Schreiben von Christines Anwalt. Stefan öffnete es mit einem Gefühl, als würde sein Kopf gleich platzen. Er las, dass sie den Antrag auf eine gerichtliche Umgangsregelung gestellt hatte.

Stefan rief seine Anwältin an.

Ja, dass eine Mutter den Antrag für eine Umgangsregelung ihrer Kinder mit dem Vater stelle, sei zwar der seltenere Fall, aber möglich. Entsprechend würde es auch zu einer Anhörung und einer gerichtlichen Regelung kommen. Frau Dr. Junckers Ton war wie immer sachlich und freundlich. Für die ist das ja auch alles nur Tagesgeschäft, dachte Stefan. Für ihn war es existenziell.

»Man wirkt bei Gericht natürlich immer darauf hin, dass sich die Eltern einvernehmlich einigen, im Sinne einer Elternvereinbarung«, fuhr die Anwältin fort. »Diese Vereinbarung hat allerdings die gleiche Verbindlichkeit wie ein Gerichtsbeschluss.«

Stefan sah eine Schlinge vor seinem geistigen Auge, die um seinen Hals gelegt wurde. Und Beatrice Juncker saß derweil in ihrem kühl und teuer eingerichteten Büro, mit ihrem brünetten Pagenkopf, der modischen Hornbrille und dem sorgfältig aufgetragenen Make-up. Sein Fall diente ihr doch allenfalls dazu, ein weiteres Designerstück in ihren Kleiderschrank hängen zu können.

»Ich werde natürlich versuchen, darauf hinzuwirken, dass Sie Ihre Söhne zu den gleichen Zeiten bei sich haben wie Ihre Tochter.« Frau Juncker gab sich ein wenig engagierter. »Wir können mit der engen Beziehung zwischen den Geschwistern argumentieren und auch damit, dass für Sie eine abweichende Umgangsregelung nicht leistbar ist. Aber versprechen kann ich Ihnen hier nichts. Die Regelung, die Sie mit Cosima haben, entspricht so nicht dem üblichen Modell. Und eine flexible Regelung, wie Sie sie in Teilen ja auch mit Ihrer Tochter haben, bekommt man vor Gericht ohnehin nicht. Es wird Abhol- und Bringzeiten geben, an die sich beide Elternteile halten müssen.«

Stefan hörte der Frau nur noch halb zu. Er sah sich in die Mühlen eines Systems geraten, das ihn am Ende als Wrack wieder ausspucken würde.

Frau Dr. Juncker sprach weiter. Die Kindsmutter habe ja lediglich einen Antrag auf regelmäßigen Umgang gestellt. Man solle hier von Seiten des Vaters jedoch auch eine Ferienregelung anstreben, Vincent sei ja bereits ein Schulkind. Da Aron aber noch nicht einmal zwei Jahre alt sei, seien hälftige Schulferien beim Vater sicher problematisch und vermutlich nicht durchzubekommen, das entspräche nicht den üblichen Regelungen für kleine Kinder …

Stefan hörte nur *problematisch*, *nicht durchzubekommen*, *übliche Regelungen*, in Gedanken umfassten seine Hände Christines Hals.

Am Telefon sagte er noch ein paar Mal »ja«, »nein« und »in Ordnung, versuchen Sie das«, dann legte er auf.

Ihm war klar, dass er etwas unternehmen musste.

Christine hatte ihm immer noch nicht geantwortet, wann er in die Wohnung konnte. Wahrscheinlich genoss sie es, ihn in der Rolle eines Bittstellers zu haben. Erneut schrieb er ihr eine Nachricht. Zu seinem Erstaunen antwortete sie dieses Mal direkt.

»Du kannst am Freitag zwischen 16 und 19 Uhr deine Sachen holen.«

Sie diktierte ein dreistündiges Zeitfenster, das er hatte, um in *seine* Wohnung zu kommen?

Erbost antwortete er: »Geht nicht, da bin ich geschäftlich unterwegs.«

»Dann nicht«, kam es prompt zurück.

»Dumme Kuh«, schrie er, sprang auf und verließ sein Büro. Als er über den Gang eilte, rief ihm seine Assistentin hinterher. »Stefan, um elf hast du einen Termin mit Herrn Gabler.«

»Absagen!« Seine Stimme klang schneidend durch den Flur. »Ich muss weg.«

Er hastete zu seinem Wagen und fuhr zu seiner alten Wohnung. Vormittags war Christine oft unterwegs, dann käme er mit seinem Schlüssel hinein, so wie sie mit ihrem hineinkam. Es war einen Versuch wert.

Als er vor der Wohnungstür stand, horchte er ein paar Sekunden. Es war alles still. Vorsichtig schob er den Schlüssel ins Schloss und drehte ihn. Die Tür ließ sich öffnen.

»Christine«, rief er laut, aber niemand antwortete. Rasch

trat er ein und schloss leise die Tür hinter sich. Er ging durch die Wohnung und blickte sich um. Alles sah aus wie immer, das helle Wohnzimmer mit den hohen Bücherregalen, die Küche mit dem alten Holztisch, den Kräutertöpfen auf der Fensterbank und den Fotos von seinen Söhnen an den Wänden.

Stefan betrat Cosimas ehemaliges Zimmer, in dem er seit Arons Geburt geschlafen hatte. Vergangenheit. Er war ausgezogen, und seine Söhne sollten es auch tun.

Eilig zog er einige der Brettspiele aus dem roten Wandregal, holte Cosimas restliche Kleider aus ihrem Schrank und ging zurück in den Flur. Er nahm zwei große Tragetaschen aus der Kommode neben der Eingangstür und betrat damit das Schlafzimmer. Sein Blick fiel auf das helle Bett mit der weißen Bettwäsche, den Schreibtisch aus Chrom und die dazu passenden Bücherregale. Nur nicht zu viel Farbe, alles schön schlicht halten, Christines Stil hatte ihn immer mehr eingeengt als inspiriert.

Aus seiner Hälfte des breiten Kleiderschranks zog er Hemden, Jeans und Unterwäsche, drei Sakkos und zwei Anzüge. Den Rest würde er mit seinen Möbeln abholen lassen, wenn er eine größere Wohnung gefunden hatte. Ein befreundeter Makler kümmerte sich darum.

Nochmals ging er in die Küche. Auf der Spüle stand das benutzte Geschirr vom Frühstück, Arons Teller mit den kleinen bunten Autos darauf, sein Becher, zwei weitere Teller und zwei Tassen. Daneben sah Stefan ein Glas mit einem Rest hellgelbem Saft darin. Christine führte einfach den Alltag fort, lebte mit den Jungs hier weiter, als sei nichts passiert. Sie aß, lachte, spielte mit ihnen, als sei der Vater verzichtbar. Das Leben ging in diesen Räumen weiter ohne ihn.

Mit Bitterkeit kam ihm die Erinnerung an eines der seltenen gut gelaunten Familienfrühstücke in den Sinn. Christine, die gerade die Zeitung aufgeschlagen hatte, als ihr Aron in hohem Bogen seinen Breilöffel darauf schmiss und sie eine Sekunde später vor Schreck ihr Glas Grapefruitsaft umstieß. Aron, der seinen Finger neugierig in die Saftpfütze auf dem Tisch hielt, ihn ableckte und so das Gesicht verzog, dass alle lachen mussten. Dann hatten Vincent und Cosima den Saft auch probieren wollen. »Sauer macht lustig«, hatte Stefan gesagt, »nicht wahr, Chrissi?« und Christine angegrinst. Stefan sah immer noch Vincents aufgeblasene Backen vor sich, als er den Saft wieder ausspuckte, und Cosima, die kicherte, »ich weiß nicht, Papa, ob das so lustig ist.« Christine hatte gelacht und gesagt: »Ihr habt ja keine Ahnung, was schmeckt, dann trinkt doch euren Kakao.« Es war an einem Samstag gewesen, einem der ersten wärmeren Tage im Jahr, etwa vor sechs Monaten. Nach dem Frühstück hatten sie einen Ausflug an die Bergstraße gemacht. Stefan hatte für die Familie einen kleinen Hoffnungsschimmer gesehen, bevor Christine schon einen Tag später wieder alles zunichtegemacht hatte.

In dieser Küche musste es keine Familienfrühstücke mehr geben.

Nachdenklich betrachtete Stefan das benutzte Geschirr.

Der Grapefruitsaft, den außer Christine niemand trank.

Er öffnete die Kühlschranktür und sah die Saftpackung neben Wasser und Milch stehen.

Dann wusste er es. Tabletten in dem Saft aufgelöst, besser noch Tropfen statt Tabletten. Christine trank zum Frühstück davon. Am sichersten war ein Tag, an dem sie morgens mit dem Auto los musste, natürlich ohne seine Jungs.

Ab und an fuhr sie zu einem Kunden oder auf eine Weiterbildung, manchmal auch auf eine Tagung. Stefan eilte zurück ins Schlafzimmer und schlug Christines Kalender auf, der auf dem Schreibtisch lag. Er las ein paar hineingekritzelte Einträge, »Abgabe Verlag«, »Meeting Term-Bank«, »Besprechung Hermann«. Stefan blätterte weiter.

Für das übernächste Wochenende gab es eine Notiz »BDÜ Marburg«, eingetragen über den Freitag und Samstag.

An dem Wochenende sollten seine Söhne bei ihm sein. Er fragte sich, ob Christine mit dem Auto nach Marburg fuhr.

Hastig griff er nach den Tragetaschen mit seiner Kleidung und den anderen Sachen und verließ die Wohnung.

Anstatt zurück ins Geschäft zu fahren, begann er durch das Stadtviertel zu laufen, hinunter zur Rheinpromenade. Hier war er mit seinen Söhnen oft gewesen, hatte den Kinderwagen geschoben und die ersten Schritte seiner Jungs begleitet. Er rief seine Assistentin an und teilte ihr mit, dass er heute nicht mehr ins Büro kam.

Nach einem längeren Spaziergang kehrte er in ein Café ein und bestellte einen Cappuccino. Dann nahm er sein Handy aus der Jackentasche und begann im Internet zu recherchieren. Eigentlich war es egal, welche er nahm. In Heidelberg gab es viele Ärzte, er gab den Ort ein, dazu *Suchttherapie*, *Allgemeinarzt*. Schon bei einem der obersten Treffer gelangte er zu einer großen Hausarztpraxis. Auf deren Internetseite fand sich ein Sammelsurium an Informationen, unter anderem der Hinweis, dass es die Möglichkeit gab, die Arztrechnung sofort zu bezahlen. Wenn man Wartezeiten in Kauf nahm, konnte man auch ohne Termin kommen.

Stefan zahlte seinen Kaffee und ging zu seinem Wagen.

21. KAPITEL

Eine halbe Stunde später leitete ihn sein Navigationssystem am Heidelberger Bahnhof vorbei Richtung Altstadt. 90 Minuten danach saß er dem Arzt gegenüber.

Die an Krebs gestorbene Frau, die massiven Schlafstörungen. Sichtlich mitgenommen begann Stefan zu berichten. Der Arzt nickte und fragte immer wieder nach. »Nein, pflanzliche Mittel haben nicht geholfen«, sagte Stefan. Sport? Mache er regelmäßig. Autogenes Training habe er auch versucht, ohne Erfolg. Psychotherapie? Ja, habe er begonnen, aber er brauche dringend *jetzt* etwas, er müsse endlich wieder schlafen, sonst ginge sein kleines Unternehmen den Bach runter. Hin und her, Rückfragen des Arztes, Stefans ausgedachte Antworten.

»Also, Herr Meister«, sagte Dr. Quandt endlich. »Ich schreibe Ihnen etwas auf, das nehmen Sie nicht länger als sieben Tage am Stück, sonst bekommen Sie ein Abhängigkeitsproblem. In der Dosierung, die ich Ihnen verordne, ist es schlafanstoßend, in höherer Dosierung schlaferzwingend.«

Sehr gut, dachte Stefan. »Gibt es das Mittel auch in flüssiger Form, dann kann man es möglicherweise besser dosieren?«, fragte er.

Der Arzt zögerte einen Moment. »Hier in Deutschland nur in Tablettenform. Oder als Brausetabletten.«

»Die wären gut«, sagte Stefan.

Kurz darauf nahm er das Rezept entgegen.

Am Empfang musste er noch einmal ein paar Minuten warten, bis er die Rechnung bezahlen konnte. Schließlich trat er mit einem Gefühl der Erleichterung hinaus in den sonnigen Tag. Bis zur Fußgängerzone war es nicht weit, er lief hin. In der ersten Apotheke, die er sah, löste er das Rezept ein. Ein Triumphgefühl überkam ihn.

Er rief Sylvia an und verabredete, am frühen Abend zu ihr zu fahren. Anschließend bummelte er gut gelaunt durch die Heidelberger Altstadt.

Später, gegen halb sieben, saß er bei Sylvia am Esstisch und trank ein Bier. Mara und Henry sahen fern, Sylvia bereitete das Abendessen zu.

»Wollen wir am Samstag was zusammen unternehmen, nur du und ich? Meine Schwiegereltern könnten auf die Kinder aufpassen.« Sie drehte sich zu ihm um.

Stefan tat einen Moment, als habe er sie nicht gehört.

»Stefan?«

Er räusperte sich. »Samstag habe ich schon einen Termin. Cosimas Musikschule macht einen Ausflug, und es wurden noch Eltern gesucht, die mitgehen.«

Sylvia wandte sich wieder dem Herd zu und sagte nichts. Er trank sein Bier aus und sah zum Fernseher.

»Ja, natürlich, Cosima freut sich bestimmt«, meinte sie dann. »Kommt ihr jetzt zu Tisch?«

»Sicher.« Stefan stand auf und schaltete den Fernseher aus, der in seinen Ohren zu laut gewesen war. »Kommt, Mara und Henry.«

Mara bewegte sich nicht und starrte auf den dunkelgrauen Bildschirm.

»Mara?«, sagte Stefan auffordernd.

Geschrei brach los. »Ich will weiter fernsehen, mach den Fernseher wieder an.«

»Wir essen jetzt«, sagte Stefan.

»Nein«, schrie Mara, »erst fernsehen.«

»Nein, essen!« Stefan steuerte den Kühlschrank an und machte sich noch ein Bier auf. »Wenn du jetzt schön isst, darfst du nachher noch ein wenig fernsehen«, sagte er.

»Nein. Jetzt.«

Sylvia berührte Stefan sanft an der Schulter, ging zu ihrer Tochter und hob sie auf den Arm. »Komm, mein Engel, es gibt Spaghetti Bolognese, das magst du doch so gerne.«

Mara strampelte sich von Sylvias Arm herunter und schaltete mit der Fernbedienung den Fernseher wieder an.

»Gut, du kannst ja später essen«, sagte Sylvia zu ihrer Tochter, nahm Henry hoch und setzte ihn an den Tisch.

Fragend sah Stefan Sylvia an, einen Moment lang wusste er nicht, was er tun sollte. Dann ging er zum Sofa hinüber, nahm die Fernbedienung und stellte den Ton leise.

»Nein«, schrie Mara, »mach lauter.«

»Schluss jetzt«, sagte Stefan, »wir essen.«

»Ich esse nicht«, rief Mara. »Ich will was hören.«

»Stefan, Liebling, kommst du?«

Mit einer blitzschnellen Bewegung zog Mara ihm die Fernbedienung aus der Hand und machte wieder lauter.

»Was?«, rief Stefan und drehte sich zu Sylvia um. Sie lächelte und machte mit ihrer rechten Hand eine einladende Bewegung. Merkte sie nicht, was hier los war?

Gut, es sind ja nicht meine Kinder, dachte er, setzte sich an den Tisch und begann zu essen. Die Soße war ziemlich fettig. Mit großen Schlucken trank er sein Bier leer und machte sich noch eins auf. Sylvia plauderte vom Tag, von dem kurzen Treffen mit einer Freundin auf einen Kaffee. »Gabi und ihr Mann trennen sich, er hat was mit einer Jüngeren, Gabi ist völlig fertig … Also, ich finde Treue in einer Beziehung ja das A und O …« Es interessierte ihn nicht besonders, er hörte nur halb hin.

Als sie mit dem Essen fertig waren, kam Mara an den Tisch.

»Hier mein Engel, lass es dir schmecken.« Lächelnd tat Sylvia ihrer Tochter Spaghetti Bolognese auf. Stefan ging rüber zur Couch, setzte sich und blätterte in der Zeitung, die auf dem kleinen Beistelltisch gelegen hatte. Je mehr er das Bier spürte, umso mehr wollte er diesen Tag beenden.

Als gegen neun die Kinder endlich schliefen und Sylvia wieder herunter ins Wohnzimmer kam, hatte er vier Bier intus und fühlte sich betrunken. Aber eigentlich verdient der Abend einen würdigen Abschluss, dachte er.

Grinsend zog er Sylvia zu sich aufs Sofa und schob seine Hände unter ihre Bluse.

»Ach Stefan«, seufzte sie, »ich bin so froh, dass wir uns gefunden haben.«

Er war auch froh.

Es war kurz und heftig. Danach lagen sie aneinander gedrückt auf der Couch, und Sylvia summte leise vor sich hin. »Ich lass dich nicht mehr gehen«, murmelte sie.

Stefan strich ihr übers Haar. »Puh, ich bin todmüde. Lass uns schlafen.« Er hatte Mühe, die Augen aufzuhalten, und auf dieser Couch war es nicht sonderlich bequem. Gemeinsam gingen sie hoch ins Bett. Kurz darauf schlief er ein.

Der Schreck fuhr ihm bis ins Mark. Mit Herzrasen zuckte er hoch. Lautes Geheul, das gerade in Schreien überging, drang an sein Ohr. »Papa! Papa!«

»Ja, Vincent, Papa kommt zu dir«, rief er noch im Halbschlaf. Kalter Schweiß rann seine Brust herab, ihm war schwindelig, einen Moment lang wusste er nicht, wo er war.

Das Kinderschreien hielt an. Stefan sah Sylvia neben sich liegen, mit leicht geöffnetem Mund schlief sie tief und fest.

Erst jetzt verstand er, dass Mara aus ihrem Kinderzimmer schrie. Er stand auf und ging taumelnd hinüber.

Mit weit aufgerissenen Augen saß Sylvias Tochter im Bett und wimmerte.

»Ist ja gut«, sagte Stefan. »Schlaf weiter.« Er beugte sich zu ihr herunter. Im gleichen Moment schlug Mara ihm ihren Arm ins Gesicht, dabei starrte sie weiter vor sich hin.

»Au, Biest«, entfuhr es Stefan. Er schnellte nach oben, ein glühender Schmerz stach in seinen Rücken.

»Geh weg«, zischte Mara. »Papa soll kommen.« Die Quecksilber-Augen hoben sich zu ihm, doch das Gesicht war abwesend und leer. Dann sank sie in sich zusammen, schloss die Lider und drehte sich auf die Seite.

Irritiert ging Stefan aus dem Zimmer, die Zeiger auf seiner Armbanduhr standen auf halb eins. Weiterschlafen, dachte er, aber sein Herz raste immer noch. Die Bettfedern knarrten, als er sich neben Sylvia legte, und wieder, als er sich vom Rücken auf die Seite drehte und weiter auf den Bauch. Der Schmerz ließ nicht nach. Neben ihm atmete Sylvia tief ein und aus. Er war wach, hellwach. Und wartete, dass die Zeit verging. Morgen musste er früh ins Geschäft. Aber vorher musste er schlafen.

Schmidt und Gabler. Den Gabler anrufen. Danach eine Besprechung.

Fremde Kinder, ein fremdes Haus, und bei seinen eigenen Söhnen konnte er nicht sein.

Unter Schmerzen wälzte er sich weiter von einer Seite auf die andere.

Im Bett eines Toten.

Wie eine Stichflamme brannte der Gedanke wieder hoch. Wie war Marco eigentlich genau zu Tode gekommen? Sie hatten nicht weiter über den Unfall gesprochen. Warum soll es mich auch interessieren?, dachte er. Der Mann war tot. Ende.

Über kurz oder lang wollte Stefan nicht mehr in diesem Bett schlafen, Sylvia sollte ein anderes anschaffen.

Schlafen. Er musste jetzt einschlafen. Wieder sah er auf die Uhr, halb zwei.

Wenn, dann jetzt, dachte er, stand auf und ging nach unten. In der Innentasche seines Jacketts war das Medikament. Er zog die Packung heraus und öffnete sie, anschließend das Röhrchen mit den Brausetabletten. In einem halben Glas Wasser löste er eine von ihnen auf. Ungeduldig beobachtete er die aufsteigenden Bläschen, dann trank er das Glas in einem Zug leer. Fast hätte er laut aufgelacht. Die Flüssigkeit hatte Grapefruitgeschmack. Er ging wieder hinauf, legte sich ins Bett und wartete.

»Hallo, Liebling?« Aus der Ferne hörte er ein Lachen. »Stefan?«

Mühsam öffnete er die Augen. Sylvia stand vor dem Bett. »Du hast ja geschlafen wie ein Murmeltier. Es ist kurz nach acht, musst du nicht ins Geschäft?«

Wie von der Tarantel gestochen fuhr Stefan hoch.

Er hatte einen kompletten Filmriss, ihm fehlte jegliche Erinnerung an irgendeine Zeit zwischen der Einnahme der Schlaftablette letzte Nacht und jetzt. Es erinnerte ihn an eine Vollnarkose, er war ausgeknipst und wieder angeknipst worden, dazwischen lag absolut nichts.

Kurz nach acht? Scheiße. Er sprang auf, ihm wurde schwarz vor Augen, sein Kreislauf machte noch nicht mit. An Sylvia vorbei wankte er ins Bad, putzte sich schnell die Zähne, trank ein paar Schlucke Wasser, hastete mit einem »ich muss wirklich los« die Treppe hinunter, griff seine Jacke mit den Tabletten in der Tasche und saß eine halbe Minute später im Auto.

Ihm war übel, der Kreislauf hinkte immer noch hinterher. Aber sein Kopf wurde langsam klarer. So war das also mit dem Schlafmittel. Der kleine Bruder des Todes, das Sinken ins Nichts. Und das Nichts ist nicht verwerflich, dachte er.

Er sah keinen Grund, es nicht zu tun.

22. KAPITEL

»Bei Umgangsverfahren wird nach Möglichkeit recht schnell terminiert«, hatte Christines Anwalt gesagt. Die Parteien Heidmann und Gabriel waren für Donnerstagvormittag geladen worden.

Mit ihrem Anwalt zusammen betrat Christine den nüchtern eingerichteten Büroraum von Richter Caspary im Amtsgericht Mannheim. Der Familienrichter saß hinter seinem Schreibtisch, und Christine stutzte. Sie kannte ihn, er war der Vater von Mia, die mit Vincent in den Kindergarten gegangen war, die Familie wohnte in der Nachbarschaft.

Gucken die nicht nach so was, wenn sie die Richter zuteilen?, fragte sich Christine. Sie war nervös, die Situation war ihr fremd, und dass es hier um ihre Kinder ging, machte ihr angst.

»Wir kennen uns«, sagte Caspary zu Stefan. »Ich habe vor einigen Wochen beim Ausparken Ihr Auto touchiert.«

Wie bitte?, dachte Christine.

»Sie hatten gesagt, es sei nichts passiert, wir haben es dabei belassen.«

Christine traute ihren Ohren nicht. Sie sah ihren Anwalt an, der blickte leicht ratlos drein. Perplex öffnete Christine den Mund und schloss ihn wieder.

»Zur Anhörung kommt der Antrag auf väterlichen Umgang, gestellt von Frau Christine Gabriel, für die gemeinsamen Söhne Vincent und Aron, gegen Herrn Stefan Heidmann. Beide Elternteile sind anwesend und vertreten durch die Rechtsanwälte Thomas Schäfer und Beatrice Juncker. Die jeweiligen Stellungnahmen der Rechtsbeistände liegen vor.« Caspary sprach in sein Diktiergerät, Christine hatte weiche Knie.

»Frau Gabriel, als Antragstellerin haben Sie zunächst das Wort.«

Christine schluckte. Sie konnte nicht einschätzen, was auf sie zukam, hatte aber bereits in der ersten Minute den autoritären Ton und die Hierarchien in diesem Raum begriffen. Hier saß man nicht zum Spaß und auch nicht, um miteinander zu diskutieren. Und hier waren keineswegs alle gleich. Caspary schien so viel Humor zu haben wie eine Kettensäge.

Ob der zu Hause auch so ist?, fragte sich Christine und holte Luft.

»Ich denke, es ist wichtig für Vincent und Aron, dass sie einen regelmäßigen und zuverlässigen Kontakt mit ihrem Vater haben«, begann sie. »Aber Aron ist noch so klein. Ich finde nicht, dass man ein noch nicht einmal zweijähriges Kind mit einem Schulkind gleichsetzen kann und ganz bestimmt nicht bei den Ferien.«

»Bei den Ferien sind wir noch nicht«, sagte Caspary. »Es geht zunächst einmal um den regulären Umgang.«

»Die Situation zwischen Herrn Heidmann und mir ist sehr angespannt. Ich möchte eine feste Umgangsregelung, die nicht immer wieder neu abgesprochen werden muss, das würde meiner Meinung nach kaum funktionieren. Herr Schäfer hat ja dargestellt, dass Absprachen nicht eingehalten wurden.«

»Absprachen?«, kam es von Stefan, »einseitige Vorgaben der Mutter.«

Unwirsch sah Caspary zu Stefan. »Sie sind gleich dran«, sagte er. »Also bitte weiter.« Auffordernd nickte er Christine zu.

»Ich möchte, dass Vincent den üblichen Regelungen folgend seinen Vater jedes zweite Wochenende Freitag bis Sonntag sieht. Für beide Kinder fände ich einen zusätzlichen Nachmittag in der Woche gut, da die Zeit zwischen den Wochenenden ihnen wahrscheinlich ziemlich lang erscheint.« Christine atmete flach und musste aufpassen, dass sich ihre Worte nicht überschlugen. »Aber für Aron will ich noch nicht ganze Wochenenden beim Vater, er war vorher noch nie nachts von mir getrennt, und ich habe einfach Sorge, dass sein Vater nicht so auf ihn achtet, wie man es bei einem Kleinkind tun muss.«

»Was? Ich kann mindestens so gut auf meine Söhne aufpassen wie du«, rief Stefan, »mindestens!«

»In den letzten Jahren habe ich immer wieder gesehen, dass der Vater der Kinder einfach eingeschlafen ist, auf einer Bank auf dem Spielplatz, mittags auf dem Sofa, beim Spielen mit Vincent, einmal auch in einem Café auf seinem Stuhl …«

»So eine Unverschämtheit«, ging Stefan dazwischen. »Ich lasse mich hier nicht als Vater diffamieren.«

»Herr Heidmann, bitte!« Ein *bitte* von Caspary klang nach *ruhig, und zwar sofort!*

»Ich habe einfach Angst um Aron. Er ist sehr lebhaft und neugierig, und man muss wirklich ständig nach ihm sehen.«

»Aron ist ein absolutes Papakind, von Anfang an.« Offenbar konnte sich Stefan nicht bremsen. »Aber Frau Gabriel stellt sich vehement dagegen und versucht, den Kontakt einzuschränken, wo es geht.«

Du scheinheiliger Mistkerl, dachte Christine und bemerkte, dass Stefans Anwältin ihm beschwichtigend ihre Hand auf den Unterarm legte.

»Die Stellungnahme der Vertreterin des Jugendamtes liegt vor.« Caspary sah auf die Unterlagen vor sich. »Sie hatte Gelegenheit mit Herrn Heidmann zu sprechen und kann nicht von einer Gefährdung des Kindeswohls ausgehen.«

»Ja klar, da hat er ja auch nicht geschlafen«, warf Christine ein und fing im gleichen Moment einen strengen Blick von Caspary auf.

»Ich verstehe, dass es als Mutter schwer ist, sich von einem kleinen Kind zu trennen, aber Sie müssen hier dem Vater einen gewissen … Vertrauensvorschuss einräumen.« Der Richter klang trocken.

Ach ja, und bei deinem eigenen Kind würde dir das ganz leicht fallen?, dachte Christine und schwieg.

»Herr Heidmann, wie ich den Unterlagen entnehme, streben Sie eine andere Umgangsregelung an?«

Stefan war dran, und er zögerte keine Sekunde.

»Ja. Wie Frau Dr. Juncker dargelegt hat, ist es für meine Söhne von großer Bedeutung, dass sie einen guten und möglichst ausgiebigen Kontakt zu ihrer Schwester haben. Diesen

Kontakt versucht Frau Gabriel systematisch zu hintertreiben, das hat sie schon immer getan. Aber die Geschwisterbindung ist ein wesentliches und auch juristisch relevantes Kriterium.«

»Was juristisch relevant ist, überlassen Sie bitte den Juristen«, unterbrach Caspary.

Einen Augenblick lang stutzte Stefan, dann fuhr er fort. »Vincent hat ausdrücklich geäußert, dass er zu den gleichen Zeiten bei mir sein möchte wie Cosima, und Aron möchte sowieso bei mir sein. Sie hätten sehen sollen, wie Frau Gabriel ihn mir mehrfach aus den Armen gerissen hat. Die Kinder sind völlig verstört vom Verhalten ihrer Mutter, sie schreit doch nur noch rum und lässt ihre ganze Wut an den Jungs aus.«

Ich lass sie gleich an dir aus, dachte Christine. In ihr kochte es.

»Es ist absolut zuträglich für das Kindeswohl, wenn meine Söhne so viel Zeit wie möglich mit mir verbringen. Ich bin selbstständig, ich kann mir hier zeitliche Freiräume schaffen. Die Mutter ist doch jetzt schon völlig überfordert. Vincent sagt, dass er sie manchmal Tabletten einnehmen sieht.«

»Wie bitte?« Christine konnte sich nicht mehr zurückhalten. »Ich nehme keine Tabletten. Ich habe überhaupt keinen Grund dazu. *Du* schluckst doch seit Monaten diese starken Schmerzmittel, die ganz benommen machen.«

»*Ich* brauche keine Schmerzmittel mehr«, blaffte Stefan. »Meinen Hauptstressfaktor bin ich los, und meine Schmerzen auch. Aber *du* – du warst doch schon immer labil. Und dazu noch aggressiv. Neulich ist dir sogar die Hand ausgerutscht, hat Vincent gesagt.«

»Schluss jetzt«, fuhr Caspary dazwischen. Christine merkte, dass sie am ganzen Körper zitterte.

»Frau Gabriel, Herr Heidmann bietet an, mehr Zeit mit den Kindern zu verbringen, was grundsätzlich als positiv zu werten ist.«

»Ja, aber bei dem von ihm vorgeschlagenen Modell wechseln die Kinder ja andauernd hin und her. Ich finde das nicht gut, sie sollen unter der Woche Kontinuität haben, vor allem Vincent, er geht ja schon in die Schule.«

»Hm«, machte Caspary und deutete ein Nicken an.

»Cosima geht es mit der Regelung hervorragend, hier gibt es Erfahrungswerte, Cosimas Mutter bestätigt das ebenfalls. Ich habe hier ein kurzes Schriftstück von ihr.« Stefan hielt ein bedrucktes Blatt Papier hoch.

Ist nicht wahr, dachte Christine.

»Das brauchen wir hier nicht.« Caspary winkte ab. »Wann wird Aron zwei?«, wollte er wissen.

»In etwa einem Monat«, antwortete Christine.

»Wann ist es Ihnen möglich, die Kinder am Freitag abzuholen?«, fragte er weiter an Stefan gewandt.

»Ich hole Cosima immer gegen 18 Uhr.«

»Gut, Abholzeit 18 Uhr.«

»Nein, ich könnte auch früher«, warf Stefan ein.

»Wann?« Casparys Stimme verriet Ungeduld.

»17 Uhr. Manchmal auch noch früher.«

»Für *manchmal* machen wir keine Regelung. Also 17 Uhr.«

»16.30«, sagte Stefan.

Caspary sah ihn fragend an, danach blickte er zu Christine, die mit den Achseln zuckte und »meinetwegen« murmelte.

»19 Uhr Rückbringzeit am Sonntag?«, fragte Caspary.

»Nein, nicht Sonntag. Montag!«, rief Stefan.

»Samstag für Aron«, protestierte Christine.

»Entweder Sie werden sich einig oder ich mache einen

Beschluss«, sagte Caspary mit Nachdruck. »Aber es wäre gut, wenn Sie eine Elternvereinbarung anstreben würden.«

Christine versuchte zu verstehen, warum das so gut war, warum es gewünscht wurde mit einem Ton, der Widerspruch nicht zuließ. Sie war sich mit Stefan nicht einig, sie wurde geeinigt. Und Richter Caspary sagte ihr, wie es ging. Ohne Wenn und Aber. Machte ihr Anwalt eigentlich auch mal den Mund auf? Sie warf ihm einen fragenden Blick zu.

»Herr Caspary«, kam es von Frau Dr. Juncker. »Ich bitte Sie zu bedenken, dass mein Mandant nicht für drei Kinder zwei verschiedene Umgangsregelungen leisten kann. Er ist voll berufstätig, sein Job ist sehr fordernd, hier muss man wirklich darauf achten, was in der Praxis lebbar ist.«

»Hat er nicht gesagt, er kann sich beruflich Freiräume schaffen?«, fragte Caspary mit zusammengekniffenen Augen.

»Aber die Geschwisterbindung«, warf Stefans Anwältin ein. »Wie fühlen sich Aron und Vincent denn, wenn Cosima noch bei ihrem Vater bleiben darf und sie selbst wieder zu ihrer Mutter zurück müssen?«

»Gibt es für Cosima eine gerichtliche Regelung?«, wollte Caspary wissen.

»Natürlich nicht, Cosimas Mutter ist ja einigermaßen vernünftig«, entgegnete Stefan.

»Dann können Sie ja hier gegebenenfalls die Umgänge anpassen.«

»Wie bitte?«, rief Stefan. »Meine Tochter soll weniger bei mir sein, weil meine Söhne weniger da sind?«

»Wie auch immer Sie es lösen, Herr Heidmann, es gibt keinen Anspruch, die Regelung mit Cosima auf Ihre Söhne zu übertragen.«

»Und warum muss Aron die ganzen Wochenenden von

mir getrennt sein?«, ging Christine dazwischen. Konnte mal jemand das Fenster aufmachen, sie hatte das Gefühl zu ersticken.

»In der Tat«, kam es von ihrem Anwalt. »Für Zweijährige finden sich Referenzen in der Rechtsprechung für ganze Umgangswochenenden, aber für Kinder unter zwei?«

»Sie wollen doch nicht für den einen Monat bis zu Arons Geburtstag bei Geschwisterkindern noch eine unterschiedliche Regelung machen?«, knurrte Caspary.

»Doch«, rief Christine. »Natürlich will ich das.«

Der Richter schien kurz nachzudenken. »Wann findet das nächste Umgangswochenende statt?«

»Morgen«, sagte Stefan.

»Dann morgen auf übermorgen eine Übernachtung, die kommenden Vater-Wochenenden zwei.«

Ein paar Augenblicke lang war es still im Raum.

»Gut«, sagte Stefan zu Christines Überraschung. Sie zögerte. Schließlich nickte sie. Es war ihr klar, dass es keinen Sinn mehr hatte zu widersprechen.

Caspary hielt sein Diktiergerät an den Mund. »Wir sind uns darüber einig, dass der Vater jeweils an den Wochenenden der ungeraden Kalenderwochen von Freitag 16.30 Uhr bis Sonntag 19 Uhr Umgang mit den gemeinsamen Kindern hat. Der Vater wird sie bei der Mutter abholen und pünktlich zu ihr zurückbringen. Am kommenden Wochenende wird Aron bereits am Samstag um 19 Uhr zu seiner Mutter zurückgebracht werden.«

Christine schluckte, ihr Hals war wie zugeschnürt.

»Was ist mit dem Mittwochnachmittag?« Caspary sah wieder auf seine Unterlagen.

»Mittwoch auf Donnerstag«, sagte Stefan.

»Nein!«, rief Christine.

»Wann können Sie hier die Kinder abholen?« Ein fragender Blick ging an Stefan.

»17 Uhr, wenn sie bei mir übernachten.«

»Ich möchte wirklich, dass die Kinder unter der Woche zu Hause übernachten.«

»Rückbringzeit auch 19 Uhr?«, fragte Caspary.

»Wie bitte? Ich soll meine Kinder für zwei lächerliche Stunden abholen?«

»19.30 Uhr?«, fragte Caspary erneut.

Christine nickte. »Meinetwegen kann Herr Heidmann sie auch früher abholen.«

»Zufällig muss ich auch mal was arbeiten«, blaffte Stefan. »*Du* willst ja immerhin auch ordentlich Unterhalt.«

Ich bekomme überhaupt keinen Unterhalt, du Depp, dachte Christine, ich arbeite nämlich auch.

»16.30 Uhr Abholzeit?«, fragte Caspary.

»Okay«, sagte Christine, Stefan schüttelte vehement den Kopf.

»Herr Heidmann, ich mache jetzt keinen Beschluss für eine Übernachtung unter der Woche. Sie sollten sich mit Frau Gabriel *einigen*.«

Stefans Anwältin flüsterte ihrem Mandanten etwas zu. »Im Moment muss ich das wohl so akzeptieren«, sagte Stefan nach ein paar Sekunden Bedenkzeit.

»Also gut«, erwiderte Caspary und begann in sein Diktiergerät zu sprechen. »Jetzt zu den Ferien«, meinte er danach.

Christine fragte sich, ob es eine Lösung war, einfach den Raum zu verlassen oder einen Ohnmachtsanfall vorzutäuschen. Aber dann gab es vermutlich eine Ferienregelung ohne ihre Beteiligung. Oder sie musste sehr bald wieder hierher kommen.

Unter Hochspannung kämpfte sie sich durch weitere

Minuten oder Stunden, der Zeitbegriff ging ihr verloren. Es war, als ob viel mehr auf dem Spiel stünde als ein paar Tage ohne ihre Kinder.

Am Ende war sie mit Stefan geeinigt worden, dass Vincent und Aron sechs Tage in den kommenden Herbstferien beim Vater verbringen sollten. Die Weihnachtsferien wurden aufgeteilt, die Oster- und die Sommerferien. Es war ein Gerangel um jeden Tag gewesen, Stefan und sie hatten sich verbissen in einem erbitterten Kampf um die Anwesenheit der Kinder.

Als die Sitzung beendet wurde, war Christine klar, dass sie nicht mit Caspary hätte tauschen mögen. So ein Theater mit zerstrittenen Eltern fast jeden Tag, in einer Atmosphäre, die sich wie eine giftige grüne Masse durch den Raum wälzte.

Mit ihrem Anwalt zusammen verließ sie das Gericht, die Elternvereinbarung ging ihr in Kürze schriftlich zu. Und mit ihr würde sie leben müssen, und ihre Söhne auch. Friss oder stirb. Schon wieder.

23. KAPITEL

Der gestrige Gerichtstermin hatte Stefan erbost. Seine Anwältin hatte ihn ja bereits darauf vorbereitet, dass er nicht bekommen würde, was er wollte. Doch dass ein Richter einfach so in sein Vatersein hineinfuhrwerkte und ihm seine Kinder zuteilte oder absprach, erfüllte ihn mit brennendem Zorn.

In der Nacht war er in seinem Apartment geblieben. Als er Sylvia für den Abend abgesagt hatte, war sie ziemlich kurz angebunden gewesen. Aber er hatte nicht den Nerv auf heile Familie gehabt, wenn es in ihm ganz anders aussah.

Nach der morgendlichen Teambesprechung war er gegen halb zehn vom Büro aus aufgebrochen und parkte nun seinen Wagen in einer Seitenstraße, etwa 500 Meter von Christines Wohnung entfernt. Er stieg aus und lief den Gehweg entlang. Seine Hand umfasste das Röhrchen in seiner Jackentasche. Christine war mit großer Wahrscheinlichkeit in Marburg auf der Tagung. Aber sie musste ja um halb fünf wieder in Mannheim sein, um ihm seine Jungs zu übergeben. Das hätte sie auch flexibler haben können, er wäre ihr zeitlich entgegengekommen, aber nun galt der Gerichtsbeschluss. Sie hatte ihn gewollt.

Als er vor der Haustür angekommen war, sah er sich noch einmal um und schloss auf. Rasch stieg er die Treppen hinauf in den ersten Stock, stand vor der Wohnungstür und horchte. Innen war alles still.

Er drehte den Schlüssel im Schloss, das immer noch dasselbe war. Christine hatte kein Wort dazu gesagt, dass er neulich in ihrer Abwesenheit Sachen abgeholt hatte. Mittlerweile hatte er nachgemachte Schlüssel, seine ersten hatte er vor Tagen Christine in den Briefkasten geworfen.

Vorsichtig trat er in den Flur. »Christine?«, rief er. »Ich muss dringend noch ein paar Dinge holen.«

Keine Antwort, alles blieb ruhig.

Umgehend zog er Einmal-Handschuhe aus seiner Jackentasche und streifte sie über. Dann betrat er die Küche, öffnete den Kühlschrank und nahm den Grapefruitsaft heraus, der

Tetra Pack war etwa zur Hälfte voll. Er angelte eine Tasse von der Spüle, es war Christines Kaffeebecher mit einem Foto der beiden Jungs darauf. Nacheinander warf er vier der Brausetabletten hinein, füllte etwas Wasser nach, öffnete den Tetra Pack und goss die Flüssigkeit in den Saft. Danach verschloss er die Packung wieder, schüttelte sie kräftig durch, stellte sie zurück in den Kühlschrank und spülte sorgfältig den Kaffeebecher aus.

Wenn alles nach Plan lief, betrat er schon morgen wieder die Wohnung, um die Sachen der Kinder abzuholen.

»Das war's«, murmelte er vor sich hin, ging durch den Flur, öffnete die Tür und zog sie hinter sich wieder zu. Kurz darauf saß er in seinem Wagen. Er fühlte sich seltsam ruhig. Der Schlussstrich war gezogen, ein neuer Abschnitt begann, und es war gut so.

Am Nachmittag stand er pünktlich um halb fünf erneut vor Christines Haus, dieses Mal läutete er. Der Türöffner summte, Stefan ging hinauf. Seine Söhne warteten mit ihrer Mutter an der offenen Wohnungstür.

Er begrüßte sie lachend, sie sollten ihren Vater fröhlich erleben. Christine sah ihn nicht an, sie ging in die Hocke und küsste Aron und Vincent. »Tschüss, ihr beiden, viel Spaß, ja? Ich hab euch ganz lieb.«

Mach nicht so ein Theater, dachte er, die Kinder spüren doch, wenn du an ihnen klammerst. Er schnappte sich Aron und warf ihn in die Luft. »Na, mein Kleiner, jetzt ist Papa wieder da.« Sein Jüngster krähte vor Vergnügen.

Mit seinen Söhnen verließ er das Haus und steuerte einen Spielplatz in der Nachbarschaft an. Die Jungs konnten sich dort erst einmal ordentlich austoben. Cosima wurde ja erst um 18 Uhr abgeholt.

Um zehn vor sechs standen sie schließlich zu dritt vor Regines Tür. Sie öffnete.

»Ach hallo. Heute mit Verstärkung?« Neugierig musterte sie Vincent und Aron. »Cosima packt noch ein paar Sachen zusammen, wollt ihr zu ihr?«

Vincent nickte und ging ein paar Schritte in den Flur.

»Bitte die Schuhe aus«, sagte Regine.

Stefan bückte sich, um Aron die Schuhe auszuziehen. Vincent streifte seine ab und war einen Moment später verschwunden, sein Bruder folgte ihm.

»Na, wie geht's?«, fragte Regine, sie stand dicht vor Stefan.

»So weit ganz gut.« Er räusperte sich und wollte vorfühlen, wie flexibel Regine bei den Abholzeiten war. »Ich hole die Jungs freitags schon um halb fünf«, sagte er. »Könnte Cosis Querflötenunterricht möglicherweise verlegt werden, damit ich sie auch früher mitnehmen kann?«

»Wieso holst du deine Söhne nicht später?« Regine runzelte die Stirn.

»Geht nicht, seit gestern gibt es einen Gerichtsbeschluss.«

»Ach«, erwiderte Regine. »Gestern war der Termin?«

Hatte ich das nicht gerade gesagt?, dachte Stefan und nickte nur.

»Ach«, sagte Regine erneut und zog ihre Augenbrauen noch weiter nach oben. »Und nun sollen wir uns auch an diesen Beschluss anpassen? Eigentlich haben wir ja andere Absprachen.«

»Regine, es würde mir wirklich helfen. Ich kann mich doch nicht zerreißen.«

»Hm. Ich weiß nicht. Wahrscheinlich bleibt es ja nicht bei diesem einen Termin. Cosima und ich können uns nicht ganz anders einrichten, nur wegen deiner Söhne.« Sie verschränkte die Arme vor der Brust, die sich dadurch merklich nach oben bewegte. »Das würde ich schon gerne mal in Ruhe mit dir besprechen.«

»Okay«, sagte Stefan. »Lass uns in Ruhe darüber reden.« Seinetwegen. Wenn sie es so wollte.

»Ich kann Montagabend bei dir vorbeikommen«, sagte Regine.

Auch gut, dachte er, sie macht keine großen Umschweife. Gerade wollte er zustimmen, als ihm einfiel, dass am Montag die Welt ganz anders aussehen konnte.

»Äh, Montag müsste es gehen, aber lass uns vorher noch einmal kurz telefonieren. Kann sein, dass ich noch einen Geschäftstermin habe.«

»Gut«, Regine nickte. »Cosi«, rief sie dann, »bist du fertig?«

Cosima kam mit einer Sporttasche aus ihrem Zimmer, Stefans Söhne trotteten hinterher.

Nachdem alle ihre Schuhe anhatten, zog Stefan mit den Kindern ab.

»Fahren wir zu Sylvia?«, fragte Cosima.

»Wenn du möchtest«, antwortete er. Eigentlich war abgemacht, dass sie bei Sylvia übernachteten, aber er wollte nicht, dass sich seine Tochter übergangen fühlte.

»Ja schon«, sagte Cosima, und Stefan lächelte ihr zu.

Eine Stunde später saß er mit Sylvia und fünf Kindern beim Abendbrot. Es war ein lebhafter Familientisch, Sylvia warf Stefan verliebte Blicke zu, und er nahm ihre Hand und drückte sie.

»Du bist mein Mann«, sagte sie in dieser Nacht, als sie sich liebten. »Endlich habe ich wieder eine Familie.«

Es fühlte sich gut an, und Stefan schlief zufrieden durch bis zum Morgen.

Der Anruf kam, als sie alle gemeinsam beim Frühstück saßen.

»Was ist passiert?«, fragte Stefan ungläubig in sein Handy. »In Ordnung. Ich komme.« Er beendete das Gespräch und stand auf.

»Was ist los, Liebling?« Sylvia klang besorgt. Mit einer Kopfbewegung bedeutete Stefan ihr mitzukommen nach draußen.

»Christine hatte einen Autounfall«, sagte er mit gedämpfter Stimme im Flur. »Ich fahre in die Klinik.«

»Oh nein. Ist es schlimm?«

»Ich weiß noch nichts Genaues. Sag den Kindern, dass ich dringend ins Geschäft musste.« Schon öffnete er die Haustür. »Bis später, ich melde mich.«

Er eilte durch den Vorgarten und saß kurz darauf im Auto. Man hatte ihn benachrichtigt, weil seine Telefonnummer in Christines Organspenderausweis stand.

Stefan war unruhig. Er fühlte sich, als habe er im Lotto gewonnen, aber die Gewinnsumme war noch nicht bekannt. So schnell es der Verkehr zuließ, fuhr er Richtung Mannheim, der Innenraum des Wagens war erfüllt von modernem Jazz. Christine mochte diese Musik nicht, ebenso wenig, wie sie Kindermusik mochte. »Im Auto sitze ich hinten, auf der Rückbank könnt ihr mich finden …« Das sei dämlich, hatte sie gesagt, und man würde das Trallala den ganzen Tag nicht mehr aus dem Kopf bekommen. Tja. Die Frage war, wo man sie gefunden hatte …

Stefans Auto schien ihm heute geschmeidiger über die Bundesstraße zu gleiten. In Mannheim angelangt, kam er weiter gut voran. Der Stadtverkehr war noch nicht sehr dicht. Nach ein paar Minuten parkte er in der Nähe von Christines Wohnung und stieg aus.

Er nahm eine Tüte aus dem Kofferraum, eilte zu dem

Haus, in dem er in einem anderen Leben gewohnt hatte, schloss auf, ging hoch und betrat die Wohnung. Die Plastiktüte mit dem Tetra Pack stellte er auf dem Küchentisch ab. Dann nahm er den Grapefruitsaft aus dem Kühlschrank, kippte ihn in den Ausguss, spülte die Packung gut durch und goss etwa die gleiche Menge von dem mitgebrachten frischen Saft hinein. Er wollte auf Nummer sicher gehen.

Rasch verließ er die Wohnung wieder und fuhr zur Klinik. Er würde sich als Christines Mann ausgeben, um die Einzelheiten zu erfahren.

24. KAPITEL

Sylvia räumte den Frühstückstisch ab, sie war verstört. Stefan hatte eben fluchtartig das Haus verlassen. Ein Autounfall. Das Wort löste ein Brummen in ihrem Kopf aus. Vergangenes sollte man ruhen lassen, manche Wörter hatten in der Sprache nichts mehr verloren.

War Christine schwer verletzt? Lebten sie dann hier mit Stefans Söhnen als Familie? Ging jetzt alles so schnell?

Es schmerzte Sylvia jeden Tag, dass ihre Kinder nicht mehr in einer richtigen Familie aufwuchsen. Sie litten unter dem fatalen Fehler ihres Vaters, unter seiner Falschheit und Verlogenheit.

Mit größter Anstrengung hatte Sylvia bislang alles durchgestanden. Bei Marcos Beisetzung hatte sie die ganze Zeit über befürchtet, dass man ihr anmerkte, was wirklich passiert war. Mit Grauen hatte sie sich vorgestellt, dass Marco den Deckel des Sargs aufklappte, sich mit zerquetschtem Torso aufrichtete und sie anklagte.

Wie betäubt hatte sie an einem trüben, windigen Nachmittag die Hände der Kondolierenden geschüttelt, es waren viele gewesen, sie hatte kaum aufgesehen. Noch heute konnte sie das Blätterrauschen der alten Friedhofsbäume in ihren Ohren hören und das Weinen ihrer Tochter. Irgendwann hatte Sylvia eine schmale Frauenhand in der ihren gehabt.

»Es tut mir unendlich leid. Er war so ein wunderbarer Mann, für mich war er einzigartig.« Die warme Stimme mit dem leichten Akzent, in dem das R rollte, ließ Sylvia den Blick heben. Sie sah in das sehr hübsche Gesicht einer dunkelhaarigen jungen Frau. Die vollen Lippen zuckten ein wenig, über die Wangen liefen Tränen. Sofort wusste Sylvia, wer die Frau war, die ihren Mann beweinte. In einem Reflex entzog sie Daria ihre Hand, dieses Miststück, diese Hure. Mit übermenschlicher Beherrschung hatte Sylvia die Fassung bewahrt und nur genickt. Dann hatte sie wieder zu Boden gesehen, auf Darias hochhackige Stiefel aus schwarzem Kroko-Leder, Nuttenstiefel, die sich endlich wegbewegt und braunen Männerschuhen Platz gemacht hatten. Sylvia hatte die nächste Hand gedrückt, mit dem Rauschen des Windes in ihrem Kopf.

»Soll ich dir helfen?« Cosimas Frage riss sie aus ihren Erinnerungen. Schnell setzte sie ein Lächeln auf und bemerkte erst jetzt, dass sie den Griff des Brotmessers fest umklammert hielt.

»Ach, das wäre nett. Du könntest das restliche Geschirr vom Tisch bringen, und ich räume es in die Spülmaschine.« Sylvia legte das Messer auf das Schneidebrett neben dem Kühlschrank.

»Nein, Cosima soll mit mir spielen«, rief Mara. »Mit Vincent macht es keinen Spaß.«

»Du hörst doch, dass die Erwachsenen noch Arbeit haben«, gab Cosima zurück.

»Ach nein, spiel nur mit Mara, es ist ja nicht mehr viel zu tun.«

»Was jetzt, ich denke, ich soll dir helfen?« Cosima sah sie fragend an. »Und wann kommt überhaupt Papa wieder?«

»Ich weiß es nicht«, sagte Sylvia. »Du könntest dich ein bisschen um die Kleinen kümmern.«

»Die nerven«, antwortete Cosima. »Wo ist Papas Laptop? Er hat gesagt, ich darf ihn haben, wann ich will.«

»Wahrscheinlich in seiner Tasche in unserem Schlafzimmer.«

»In *deinem* Schlafzimmer«, sagte Cosima und verließ die Küche.

Langsam ging Sylvia hinüber zum Esstisch und griff nach Milch und Orangensaft.

»Weg da«, schrie Mara im gleichen Moment und verpasste Aron einen Schlag auf den Rücken. »Das sind meine Sachen.« Aron begann zu weinen.

»Mara, lass Aron in Ruhe«, tadelte Sylvia. »Geh doch nach oben zu Cosima, ihr könnt zusammen was am Computer schauen.«

»Darf ich auch mit?«, fragte Vincent.

»Ja, geh nur.«

Vincent und Mara liefen aus der Küche, Aron heulte noch immer, Henry starrte ihn mit großen Augen an. Sylvia zog die Kühlschranktür auf und räumte die Getränkepackungen hinein. Sie hatte Kopfschmerzen und begann, leise zu summen.

Wochenlang hatte sie nach Marcos Tod befürchtet, verrückt zu werden. Ein paar Mal hatte sie daran gedacht, zur Polizei zu gehen und ihr Gewissen zu erleichtern. Aber was wäre dann aus ihren Kindern geworden? Sie musste für die beiden da sein, das war alles, was für sie noch zählte. Die Vergangenheit war vergangen, und Reue hatte noch niemanden wieder lebendig gemacht.

Von den Tabletten ihres Hausarztes war Sylvia benommen geworden und irgendwann gleichgültiger. Sie war mit Schlaftabletten eingeschlafen und hatte den Tag mit Stimmungsaufhellern überstanden, Tag für Tag, wie eine Maschine. Und immer öfter hatte sie an Daria gedacht, wie sie dort am Grab gestanden hatte. Sylvia stellte sich vor, was Marco und sie getrieben hatten, wie sie zusammen im Bett gewesen waren.

Es war Marcos Schuld gewesen, er hatte bekommen, was er verdiente. Sylvias Gewissen hatte sich zunehmend erschöpft, seine reuige Stimme war immer leiser geworden, übertönt von Rechtfertigung.

Mit einem Knall flog die Küchentür auf. »Warum schickst du mir die Babys hinterher? Kann ich nicht mal zehn Minuten ungestört sein?« Cosima stand im Türrahmen und stützte die Hände in die Hüften.

»Lass sie doch ein wenig mitschauen«, sagte Sylvia.

»Das nervt aber. Ich will Papa anrufen und fragen, wann er zurückkommt.«

»Er wird sicher bald kommen. Wenn es dir lieber ist, schick Mara und Vincent eben wieder herunter.«

»Mara sagt, das hier wäre ihr Haus, und sie dürfte bestimmen.«

»Ich komme gleich hoch.« Sylvia schloss den Kühlschrank und versuchte ein nachsichtiges Lächeln.

»Aber beeil dich«, maulte Cosima und zog wieder ab, ihre Schritte hallten auf der Holztreppe.

Eine angespannte Stimmung tat Sylvia nicht gut, sie wünschte sich Harmonie. Der Tod war hier gewesen; wenn man von ihm berührt worden war, wollte man keinen Streit mehr. Sylvia hatte sich Frieden und Ruhe hart erkämpft, auch die Kinder sollten das nicht kaputt machen.

Irgendwann, ein paar Wochen nach Marcos Tod, hatte abends das Telefon geklingelt. Widerwillig war Sylvia rangegangen.

»Hallo«, war es zögerlich aus dem Hörer gekommen. »Hier ist Daria Budischewski.«

Sylvia hatte der Atem gestockt, sie hatte nichts sagen können.

»Ich möchte gern mit Ihnen sprechen.«

»Wieso? Wer sind Sie?«, hatte Sylvia tonlos gefragt.

»Ihr Mann und ich, wir kannten uns. Kannten uns gut.« Ein paar Sekunden war es still in der Leitung. »Wir haben uns geliebt.«

Das Wort *Liebe* aus dem Mund dieser Frau zu hören war in Sylvia gefahren wie ein Stromstoß. »Was fällt Ihnen ein?«, hatte sie geschrien. »Mein Mann hat nur seine Familie geliebt. Schämen Sie sich gar nicht? Diese Zeit ist schon schwer genug für uns.«

»Sie sind weiß Gott nicht die Einzige, die ihn vermisst.« Eine tiefe Bitterkeit hatte in dem Satz gelegen. Und dann hatte Daria gesagt: »Ich glaube nicht, dass es ein Unfall war.«

»Wie bitte?«

»Marco hatte mir kurz vor seinem Tod versprochen, dass er Ihnen alles sagen und sich trennen wird. Dann ist er plötzlich tot. Zerdrückt von seinem Wagen, in seiner Garage, in seinem Haus, in dem Sie ja wohl auch waren zu der Zeit. Sie haben ihn doch gefunden, das hat man auf der Beerdigung erzählt.« Darias Stimme hatte sich überschlagen. Wie widerlich Sylvia den Akzent fand, das rollende R, mit dem diese Frau den Namen ihres Mannes aussprach.

»Man hat Sie nur nicht verdächtigt, weil alle dachten, Sie beide seien ein glückliches Paar. Aber Marco war schon lange nicht mehr glücklich. Und wahrscheinlich haben Sie vor seinem Tod genau davon erfahren. Er hatte mir zwei Tage vorher eine Nachricht geschickt, dass er reinen Tisch machen will.«

In Sylvias Kopf hatte es gebrummt wie in einem Bienenstock. »Was wollen Sie?«, hatte sie gefragt.

»Ich will Gerechtigkeit. Für Marco.« *Marrrco.*

Unwillkürlich hatte Sylvia aufgelacht. »Frauen wie Sie wollen keine Gerechtigkeit.«

Einige Augenblicke lang war es still geblieben. »Er wollte, dass es mir gut geht«, hatte Daria dann gesagt. »Ich habe mich darauf verlassen, dass Marco und ich eine gemeinsame Zukunft haben. Auch in meinem Beruf habe ich mich darauf eingerichtet, bin kürzer getreten. Ich wollte uns ein schönes Heim schaffen und für Marco da sein.«

Wie Sickerwasser war in Sylvias Gehirn gedrungen, um was es ging. Fassungslosigkeit und ein unsagbarer Abscheu hatten ihren ganzen Körper zittern lassen, sie hatte Mühe gehabt, das Telefon festzuhalten.

»Wie viel?«

»Ich weiß, dass es Ihnen finanziell gut geht. Marco hat ein schönes Polster geschaffen, und am Ende gab es sogar noch eine Lebensversicherung?«

»Wie viel?«, hatte Sylvia wiederholt.

»Ich möchte mich mit einem kleinen Salon selbstständig machen, mir was Eigenes aufbauen. Das muss ich ja jetzt. Da brauche ich Startkapital. 50.000.«

»So viel habe ich nicht.«

»Doch, das haben Sie, ich weiß das. Sie haben eine Woche Zeit, das Geld zu besorgen.«

Sylvia hatte geschwiegen.

»Ich melde mich wieder«, war es aus dem Hörer gekommen, und Daria hatte aufgelegt.

Lautes Geschrei aus dem oberen Stockwerk ließ Sylvia zusammenfahren. Sie hasste Geschrei. Mit den Fingerspitzen massierte sie ihre Schläfen, es brummte immer noch dahinter. Sie verließ die Küche und ging hoch in den ersten Stock.

25. KAPITEL

Die Strahlen einer tief stehenden Abendsonne warfen Schattenmuster an die weiße Wand. Hasensonne hatte Vincent sie einmal genannt. Christines Vater hatte ihm erzählt, dass sich bei Sonnenuntergang die Hasen auf dem Feld Gute Nacht sagen. Danach kuscheln sie sich zusammen in ihren Bau und schlafen.

Schlafen.

Es roch sauber hier, und eine Uhr tickte laut. Nein, es war nicht das Ticken einer Uhr, sondern ein regelmäßiger Piepton.

Dann kam der Schmerz, plötzlich war er überall, heftig und Atem raubend. Auf dem gerahmten Foto an der gegenüberliegenden Wand standen zwei Löwen im ausgedörrten Buschland, der Himmel war sehr weit. Beide sahen aus, als würden sie lächeln.

Christine versuchte, den Kopf ein Stück nach rechts zu drehen, er drohte zu zerplatzen, ihr war speiübel. Sie war aus Raum und Zeit gefallen. Wieso lag sie hier, warum tat alles so weh? Aus dem linken Auge konnte sie kaum sehen, es ging nicht auf, und das rechte wollte nicht aufbleiben. Es wurde wieder dunkel um sie herum. Sie war unendlich müde und sank zurück in die Zeitlosigkeit.

»Frau Gabriel? Hören Sie mich? … Frau Gabriel?«

Jemand sagte ihren Namen. Gerade war sie bei den Löwen gewesen.

»Hallo? Frau Gabriel?«

Christine öffnete die Augen. Sie war noch immer in diesem Raum, aber die Hasensonne war verschwunden, keine Muster mehr an der Wand. Nun brannte ein abgedunkeltes Licht.

Mit einem Schlag kamen die Schmerzen zurück, vor allem in Bauch und Brust. Ob sie von einem Löwen angefallen worden war?

»Da ist sie ja wieder«, sagte die Stimme. Christine bewegte ihr rechtes Auge ein Stück nach außen und sah einen Mann in weißer Kleidung. Sie wollte ihren Mund öffnen, es ging kaum, ihre Zunge war wie Sandpapier. Aber sie musste wissen, was passiert war, warum sie hier war … im Krankenhaus? Fragen. Sie musste fragen.

»Mein Name ist Andreas Jungbluth, ich bin der diensthabende Oberarzt.«

»Wo bin ich?«, flüsterte Christine.

»In der Mannheimer Uniklinik. Sie hatten einen Autounfall. Offenbar sind Sie am Steuer eingeschlafen.«

Ja, das kann sein, dachte Christine. Sie war immer noch sehr müde.

»Wie geht es Ihnen jetzt?«

War das eine ernst gemeinte Frage?

Ihr trockener Mund öffnete sich, Rachen und Hals spannten sich an. »Schlecht«, flüsterte sie, »Schmerzen.«

Der Arzt nickte. »Frau Gabriel, in Ihrem Blut war ein Hypnotikum«, sagte er ruhig.

»Hm?« Gerade konnte sie mit diesem Fremdwort nichts anfangen.

»Schlafmittel.« Aufmerksam sah der Arzt sie an. Er war etwa im gleichen Alter wie sie und wirkte freundlich.

»Haben Sie am Abend vor dem Unfall oder heute Morgen etwas eingenommen?«, fragte er.

In Christines Kopf kamen bruchstückartig Erinnerungen zurück. Die Tagung in Marburg, sie war dort gewesen und musste noch einmal hin. Etwas eingenommen? Tabletten?

»Nein«, sagte sie. Sie nahm kein Schlafmittel, das wusste sie. Schlagartig dachte sie an Vincent und Aron und wurde augenblicklich wacher. Angst fuhr in ihren schmerzenden Körper. »Bitte, ich habe zwei kleine Kinder.«

»Keine Angst, die sind bei ihrem Vater, ihnen geht es gut.«

Woher wusste der Mann das? Fragend sah Christine ihn an, aber auch sein Blick forschte in ihrem Gesicht. »Womöglich haben Sie aus Versehen etwas genommen? Schlaftablette statt Aspirin?«

»Ich habe keine Schlaftabletten zu Hause«, murmelte Christine, »sicher nicht.«

Der Arzt lächelte ihr zu, das nachsichtige, aufmunternde Medizinerlächeln. »Immerhin scheint Ihr Gedächtnis ja zu funktionieren.«

Ist das so erstaunlich?, dachte Christine. Sie überlegte weiter, die Gedanken waren zähflüssig, wie in Zeitlupe oder gegen den Widerstand von Wasser. »Sind meine Eltern schon benachrichtigt worden?«, fragte sie schließlich.

»Soweit ich weiß, nicht. Bislang haben wir nur Ihren Mann verständigt, den Sie ja als Kontakt auf Ihrem Organspenderausweis angegeben haben. Ein Kollege hat mit ihm gesprochen.«

»Stefan?« Christine schluckte, ihr Hals war immer noch trocken. »Er ist nicht mein Mann, wir haben uns gerade getrennt.« Erneut spürte sie in ihrem unfähigen Körper Adrenalin anfluten, es war ein merkwürdiges Gefühl, das Aufheulen eines Motors im Leerlauf. Stefan. Er hatte sich als ihr Mann ausgegeben und vermutlich bereits die Sache mit dem Schlafmittel erfahren. Eine Mutter nahm Schlaftabletten und fuhr danach Auto – eine nicht zurechnungsfähige Mutter.

Vincent sagt, dass er sie manchmal Tabletten einnehmen sieht.

Wie ein rotglühendes Puzzleteil fiel der Satz in Christines Gedächtnis. Wieso hatte Stefan das bei dem Gerichtstermin gesagt? Er wusste doch, dass es nicht stimmte.

Plötzlich fühlte sie sich furchtbar hilflos. »Könnten Sie bitte meine Eltern verständigen?«, fragte sie und nannte Dr. Jungbluth die Telefonnummer. Mit diesen Ziffern war sie aufgewachsen, sie hatte keine Probleme, sie aus ihrem Gehirn abzurufen.

»Sehr gut«, sagte der Arzt, während er die Nummer notierte, und klang ein bisschen so wie ein zufriedener Mathelehrer.

Wieder stieg die Übelkeit auf, Christine wurde schwindelig. »Wieso ist mir so schlecht?«

»Gehirnerschütterung.«

»Was habe ich noch?«

»Frau Gabriel, Sie sollten sich nicht zu sehr anstrengen. Ich benachrichtige jetzt erst einmal Ihre Eltern.«

Der sagt mir nicht, was ich habe? In Christine kam Panik auf. Durch eine Infusionsnadel lief eine Flüssigkeit in ihre Vene, ihr Körper fühlte sich wie eine einzige große Wunde an. Wahrscheinlich hätte sie tot sein können, und dabei wusste sie immer noch nicht, was genau passiert war.

Ängstlich versuchte sie, ihre Beine zu bewegen. Es ging, sie fühlte sie noch und konnte sie etwas anwinkeln. Die Erleichterung gab ihr den Mut, noch einmal nachzufragen.

»Bitte, ich möchte wissen, was ich habe.«

Der Arzt zögerte einen Moment. »Gut«, sagte er dann. »Sie hatten einen Milzriss, der zum Glück sofort operiert werden konnte. Zwei Rippen sind gebrochen, dazu haben Sie etliche Prellungen. Und wie gesagt die Gehirnerschütterung. Insgesamt aber noch Glück im Unglück.«

Glück?, fragte sich Christine.

Mit einer fast väterlichen Geste legte der Arzt seine Hand auf ihren Unterarm. »Jetzt ruhen Sie sich bitte weiter aus.«

Er verließ den Raum, die Gummisohlen seiner Schuhe quietschten auf dem hellgrauen Kunststoffboden. Leise fiel die Tür hinter ihm ins Schloss.

Christine war wieder allein und versuchte zu begreifen, was passiert war. Ein Schlafmittel war in ihren Körper gelangt, wahrscheinlich durch ihren Mund, oder wie sonst? Vor der Autofahrt. Sie war allein im Auto gewesen, das wusste sie. Wann sollte sie das Mittel eingenommen haben? Es konnte nicht sein, dass sie es gestern auf der Tagung, zum Beispiel in einem Getränk, zu sich genommen hatte, kein Medikament wirkte erst am nächsten Tag. Oder doch? Sie musste das den Arzt fragen. Musste. Fragen. Ihre Gedanken waren so langsam.

Heute Morgen … war es heute? … Ja, heute. Da hatte sie wie immer gefrühstückt, Kaffee, Grapefruitsaft, Toast mit Butter und Marmelade. Dann war sie losgefahren. Und musste eingeschlafen sein.

Das Medikament konnte in etwas gewesen sein, das sie gefrühstückt hatte. Vielleicht K.o.-Tropfen in einem Getränk?

Um Himmels willen, die Milch. Aron! Sie musste Stefan anrufen. Ging es Aron gut? Aber Stefan war ja hier gewesen. Als ihr Mann.

Der bei Gericht gesagt hatte, dass sie Tabletten nehme.

Welcher Wirkstoff war denn bei ihr nachgewiesen worden? Waren K.o.-Tropfen das Gleiche wie ein Schlafmittel? Auch das musste sie den Arzt fragen.

Also, die Sachen, die sie gefrühstückt hatte. Christine hielt den Gedanken in ihrem geschundenen Hirn fest. Es machte sie müde. Schon wieder. Sie musste die Augen schließen und fiel zurück in die Dunkelheit.

Als sie wieder aufwachte, sah sie zuerst ihren Vater, sein besorgtes Gesicht, dann ihre Mutter. Beide saßen an ihrem Bett, ihre Mutter hatte geweint.

»Hallo, Mama, hallo, Papa.«

Beide standen auf, ihr Vater nahm ihre Hand und sagte nichts.

»Die haben ein Schlafmittel in meinem Blut gefunden, aber ich habe nichts genommen.« Christine merkte, dass ihr das Sprechen leichter fiel als eben.

Ihr Vater blickte skeptisch. Einen Moment lang dachte Christine, er überlege, ob er wieder das kleine Mädchen vor sich habe, das etwas angestellt hatte und es nicht zugeben wollte.

Ihr fiel ein, was sie in ihrem Kopf bewegt hatte, bevor sie eingeschlafen war.

»Papa, ihr müsst die Sachen untersuchen lassen, die ich am Morgen gegessen und getrunken habe«, sagte sie matt. »Es gibt keine andere Erklärung. Womöglich wird eine Lebensmittelfirma erpresst und irgendetwas wurde vergiftet.«

Ein anonymer Erpresser eines großen Konzerns. Es ging gar nicht um sie selbst. Der Gedanke war ihr gekommen und hatte etwas so Beruhigendes, dass sie sich an ihn festklammern wollte.

»Jetzt beruhige dich erst mal. Hast du denn wirklich nichts genommen?«, fragte Christines Mutter.

»Mama, bitte. Ich weiß, dass wir keine Schlaftabletten zu Hause haben.«

»Und wo soll ich die Sachen untersuchen lassen?«, murmelte Christines Vater nach einem kurzen Schweigen.

»Bring sie zur Polizei. Die können auch feststellen, ob Fingerabdrücke darauf sind.«

»War denn jemand bei dir, am Morgen oder am Abend zuvor? Oder in der Nacht?«

»Nein, ich war allein.«

Christine hörte ein Klopfen an der Tür, Dr. Jungbluth trat ein. Er begrüßte Christines Eltern und nickte seiner Patientin zu. »Wie geht's Ihnen jetzt?«

»Na ja … ich bin ein bisschen wacher.«

Andreas Jungbluth schmunzelte. »Das ist ja schon mal etwas. Was ich Ihnen noch sagen wollte: Die Polizei hat den Unfall aufgenommen. Wenn Sie sicher sind, dass Sie kein Medikament eingenommen haben, sollten Sie hier tätig werden und gegebenenfalls Anzeige erstatten.«

»Welches Mittel wurde denn in meinem Blut gefunden? So was wie K.o.-Tropfen?«

»Nein, es war ein Medikament aus der Gruppe der Cyclopyrrolone. Das sagt Ihnen wahrscheinlich nicht viel, es ist ein klassisch verordnetes, modernes Schlafmittel. Wirkt meist so etwa eine halbe Stunde nach der Einnahme, und man bekommt es nur auf Rezept.«

»Aber dann ist doch über meine Krankenversicherungsdaten belegbar, dass ich so etwas nie verordnet bekommen habe.«

Der Arzt neigte den Kopf zur Seite. »Im Prinzip ja. Wobei man sich diese Art von Tabletten natürlich auch anders beschaffen kann.«

»Warum sollte ich das tun? Wenn ich Schlafstörungen gehabt hätte, wäre ich zum Arzt gegangen und hätte mir ein Medikament besorgt. Das muss ich doch nicht über andere Wege tun.«

»Da haben Sie wohl recht. Die Polizei wird Sie ohnehin zu dem Unfall befragen. Wenn Sie sich fit genug fühlen, kann ich dort anrufen, damit man einen Beamten vorbeischickt.«

»War in den Unfall jemand anderes verwickelt?« Christine hatte die ganze Zeit Angst vor dieser Frage gehabt, aber sie wollte es lieber von dem Arzt erfahren als von der Polizei.

»Über den genauen Unfallhergang kann ich Ihnen nichts sagen, da müssen Sie die Beamten fragen. Aber seien Sie froh, dass Sie einigermaßen glimpflich davongekommen sind.«

»Hm«, machte Christine. *Froh* schien ihr im Moment nicht das passende Wort. »Könnten Sie dann bitte die Polizei anrufen?«

»In Ordnung.« Andreas Jungbluth verließ den Raum.

Christine registrierte die sorgenvollen Blicke ihrer Eltern. Ihre Gesichter waren von Sonne, Wind und harter Arbeit im Freien geprägt. Die blauen Augen ihres Vaters funkelten noch immer vor Energie, die ihrer Mutter waren matter und sanfter. Ihr dunkles Haar war von grauen Strähnen durchsetzt.

»Glaubst du wirklich, jemand hat dir das Schlafmittel ins Essen gemischt? Das kann doch nicht sein.« Arthur Gabriel schüttelte ungläubig den Kopf.

Mühsam versuchte Christine, ihre Gedanken zu ordnen. Sie spürte, dass sie einen davon nicht zulassen wollte, doch er drängte sich immer wieder nach vorn.

Stefan.

Sie konnte nicht glauben, dass er so weit gehen würde. Aber womöglich kam er immer noch in die Wohnung, sie hatte das Schloss nicht austauschen lassen. Er hätte sich Zweitschlüssel anfertigen lassen können, bevor er ihr seine eingeworfen hatte. Sie hatte nicht über so etwas nachgedacht und sich auch nicht unsicher gefühlt. War er zwischenzeitlich da gewesen, ohne dass sie es wusste? Gestern, als sie in Marburg gewesen war?

Irgendwie war Christine davon ausgegangen, dass sich der Umgang mit den Kindern einspielen würde, so wie es Stefan bei Cosima auch erlebt hatte. Nun kamen ihr heftige Zweifel. Möglicherweise konnte Stefan das alles nicht ein zweites Mal verkraften. War die Frau, mit der er offenbar zusammen war, eine warmherzige Mutter, die auch Vincent und Aron liebevoll aufnahm? Christine erinnerte sich daran, wie Stefan einmal gesagt hatte, er würde es nicht überstehen, noch einmal ein Kind zu verlieren. Was, wenn er entschieden hatte, dass jemand anderes es nicht überstehen sollte?

»Papa, kannst du direkt morgen früh Stefan anrufen? Die Kinder sind ja bei ihm, ich würde sie so gern sehen. Vielleicht kannst du sie abholen und herbringen?«

Es klopfte, und eine junge Krankenschwester kam mit schnellem Schritt herein. »Ich bringe Ihnen etwas gegen die Schmerzen.« Sie stellte einen kleinen Plastikbehälter mit einer weißen Tablette auf den Beistelltisch neben Christines Bett.

»Danke. Was ist das?« Sicherheitshalber fragte Christine nach.

»Ibuprofen. Wenn Sie was zum Schlafen brauchen, melden Sie sich.«

Macht die Witze?, dachte Christine und nahm das Schmerzmittel mit einem Schluck Wasser, der kühl ihre Kehle herunterfloss.

26. KAPITEL

»Schönen guten Abend, Kripo Mannheim, sind Sie die Frau Gabriel?« Der etwa 50-jährige Mann trug einen Oberlippenbart und eine schwarze Lederjacke. Hinter ihm sah Christine eine etwas jüngere Frau.

»Ja, bin ich«, antwortete Christine. Die beiden Beamten kamen an ihr Krankenbett und mit ihnen ein Geruch von Leder und kaltem Rauch.

»Mein Name ist Herbert Zimmermann, das ist meine Kollegin Daniela Spieß. Wir sind benachrichtigt worden, dass Sie als Fahrzeugführerin eine Aussage zu dem Unfall heute Morgen auf der A 656 machen wollen.«

Erneut nickte Christine. »Außerdem wüsste ich gern, was genau passiert ist.«

»Tja, Sie waren wohl ein bisschen müde heute, gell«, meinte der Polizist. »Der Dr. Jungbluth hat uns schon die Ergebnisse der Laboranalyse mitgeteilt. Und Sie sagen, Sie haben nichts genommen?«

»Natürlich habe ich nichts genommen«, antwortete Christine. »Ich bin nicht lebensmüde.«

»Alsemol vertauscht ma jo auch en Tablett«, sagte Daniela Spieß mit pfälzischem Einschlag. »Des kann schunn passiere.« Ihr braunes Haar hatte zu viel Dauerwellenflüssigkeit abbekommen. Es kräuselte sich wie Spiralnudeln um ihr ovales Gesicht, das ziemlich fahl aussah.

»Hören Sie, ich habe kein Schlafmittel zu Hause, und ich habe schon seit längerer Zeit gar keine Medikamente mehr genommen.«

»Ah, das wissen Sie genau?«, fragte Herbert Zimmermann und zog einen Notizblock aus seiner Jackentasche.

»Ja, das weiß ich genau. Waren in den Unfall noch andere verwickelt?«

»Glücklicherweise nicht«, antwortete der Polizist. »Weit sind Sie auch nicht gekommen, und gottlob war wenig Verkehr auf der Autobahn. Sie haben Ihren Wagen schön gegen die Leitplanke gesetzt.«

»Wahrscheins im Tiefschlaf«, ergänzte seine Kollegin. »Sinn Se da grad von dehääm gekomme?«

»Ja«, sagte Christine und fuhr fort, dass sie auf die Tagung nach Marburg gewollt, wie gewohnt gefrühstückt und mit Sicherheit nichts eingenommen habe. »Ich habe mich gerade von meinem Lebensgefährten und Vater meiner Kinder getrennt, womöglich hat er noch Zugang zur Wohnung. Das Einschlafen kann ich mir nur dadurch erklären, dass etwas in den Lebensmitteln war, die ich gefrühstückt hatte.«

Erneut machte sich Herbert Zimmermann Notizen. »Wie ist denn das Verhältnis zu Ihrem ehemaligen Lebensgefährten?«, fragte er.

»Konfliktbeladen, könnte man sagen. Wir waren auch schon vor Gericht wegen der Kinder.«

»Ah, Se meine quasi en Rosekriech?« Daniela Spieß nickte wissend. »Verstehe. Un da denke Se, der könnt Ihne was beigemischt honn. Wusst der denn, dass Sie heit Moints Audo fahre wollte?«

»Kann sein«, antwortete Christine. »Ich hatte vor ein paar Wochen von der Tagung erzählt. Und da an diesem Wochenende die Kinder bei ihm sind, konnte er davon ausgehen, dass es nur mich erwischt und …«

»Moment mal, Sie haben ja am Straßenverkehr teilgenommen, das ist eine Gefährdung der Allgemeinheit. Wenn man Ihrem Lebensgefährten tatsächlich was nachweisen kann, hat der ein richtiges Problem«, fiel Herbert Zimmermann ihr ins Wort.

»Exlebensgefährte«, sagte Christine.

»Genau. Ex. Also, wir nehmen Ihre Aussage zu Protokoll, und die Kriminaltechnik untersucht die Lebensmittel, die Sie gefrühstückt haben.«

»Das wäre gut«, erwiderte Christine. »Papa, kannst du den Beamten euren Schlüssel zu meiner Wohnung geben? Meiner muss irgendwo in meiner Tasche sein. Wo auch immer die ist.«

»Un wir brauche nadürlich noch Name un Anschrift von Ihrem Ex«, sagte Frau Spieß.

Christine gab Stefans Namen und Adresse an, auch die seiner Firma. Dazu nannte sie die Nahrungsmittel vom Morgen.

Schließlich verabschiedeten sich die beiden Beamten. »Also, gute Besserung, Sie hören von uns«, sagte Herbert Zimmermann. Seine Kollegin nickte Christine aufmunternd zu. »Des wird schunn widda, schlafe Se sich mol rischtisch aus.«

Hab ich gerade getan, dachte Christine und versuchte ein Lächeln. Es geriet ziemlich schief.

27. KAPITEL

Stefan verbrachte den Samstagabend und die Nacht mit seinen drei Kindern bei Sylvia. Christine hatte den Unfall überlebt, aber sie würde nicht mehr dieselbe wie vorher sein. Jetzt hatte er die Jungs bei sich, und es gab gute Chancen, dass dies so bleiben würde.

In der Klinik hatte er mit einem Arzt gesprochen und sogar zu Christine ins Zimmer gekonnt. Sie hatte geschlafen, lahmgelegt, außer Gefecht gesetzt. Ein geschundener Körper, der sich erst einmal nicht mehr einmischte.

Offenbar war eine gestresste, alleinerziehende Frau am Steuer ihres Wagens eingeschlafen. Das passierte. Stefan hatte dem Arzt schon deutlich gemacht, dass sich Christine in letzter Zeit einfach zu viel zugemutet hatte.

Auch wenn es Ermittlungen gab, sah Stefan ihnen gelassen entgegen.

Er wusste, dass der Unfall die rationale Christine zutiefst verunsicherte. Dazu stellte sich die Frage, ob man einer Frau mit derartigen Ausfällen überhaupt noch zwei kleine Kinder anvertrauen durfte. Stefans Position war durch den Unfall eine andere geworden, die Karten waren neu gemischt, das Spiel konnte sich wenden.

Als er in Sylvia eindrang, fühlte er die Anspannung des Tages von sich abfallen. »Wie gut«, flüsterte er.

»Mein Mann«, seufzte Sylvia dicht an seinem Ohr.

Am Sonntagmorgen klingelte schon um neun Uhr sein Handy. Im ersten Moment dachte er an einen Anruf aus der Klinik, gute schlechte Nachrichten? Aber es war Christines

Vater, der fragte, ob er Vincent und Aron abholen könne, um mit ihnen ihre Mutter zu besuchen. Stefan hielt das für keine gute Idee und sagte ihm ab.

Sylvia und er fuhren nach dem Frühstück mit den fünf Kindern ins Speyrer Erlebnisbad. Stefan freute sich auf einen entspannenden Saunagang.

Als alle umgezogen die Schwimmhalle betraten, registrierte Stefan die Blicke einiger Badegäste. Mit fünf Kindern war man schon etwas Besonderes.

Die Luft im Hallenbad war warm und feucht. Durch die Glasfronten des Gebäudes fiel das helle Tageslicht auf die türkise Wasseroberfläche und die orangefarbenen Wände. Stefan und Sylvia gingen mit den Kindern nach draußen. Sofort liefen die Kleinen auf das großzügige Planschbecken zu und tobten kurz darauf im Wasser.

»Liebling, möchtest du in die Sauna? Cosima und ich machen das hier schon, nicht wahr, Cosi?« Sylvia legte ihren Arm um Stefans Hüften und zwinkerte seiner Tochter zu.

»Ja, gern.« Sein Rücken erinnerte ihn deutlich daran, dass er mehr auf sich achten musste. Es war an der Zeit, sich öfter etwas zu gönnen.

Er griff sich eines der Handtücher und steuerte den Wellnessbereich des Bades an.

Auf einem ansprechenden Außengelände waren mehrere Saunen untergebracht, dazwischen standen Ruheliegen unter alten Bäumen. Hier gab es kein Kindergeschrei, alles lief ruhig und entspannt ab.

Stefan entschied sich für die Blockhaussauna, vor der ein kleiner, schilfgesäumter Naturteich angelegt war. Er trat in das dämmrige Innere ein und traf auf die Hitze wie auf eine glühende Wand. Fast augenblicklich begann er zu schwitzen. Blinzelnd und ohne sich weiter umzusehen ging er zu einem freien Platz auf einer der Holzbänke, wo er das um seine Hüften geschlungene Handtuch ausbreitete.

Als er sich setzte, fühlte er das warme Holz unter sich. Lähmende Hitze umgab ihn, und seine Gedanken schalteten sich aus. Er schloss die Augen, ein mattes Genießen stellte sich ein.

Salziger Schweiß lief in seine Mundwinkel. Mit seinem Zeigefinger streifte er ihn ab und rieb sich mit der Hand über die nasse Brust, fühlte das feuchte, drahtige Haar. Der Schweiß trat aus ihm heraus und mit ihm die Vergangenheit. Er stellte sich vor, dass heute Tag null war, alles auf Anfang.

Irgendwann öffnete er die Augen zu kleinen Schlitzen und betrachtete träge seine Umgebung. In der Blockhütte saßen noch fünf oder sechs andere Menschen. Gleichgültig blieb sein Blick an gut genährten Bäuchen hängen, schweifte weiter zu Brüsten, roten Köpfen und nassem Haar. Stefan sah weiter nach links und stockte. Noch bevor er das Gesicht registrierte, erkannte er die Brust. Regine. Sie hielt die Lider geschlossen und saß mit zurückgelehntem Oberkörper und angewinkelten Beinen auf einem roten Handtuch.

Mit unverhohlenem Blick taxierte Stefan ihren Körper, den schweißnassen Hals, die ausladenden Hüften. Sein Blick lief über ihre Schenkel, er sah sie, aber sie ihn nicht. Es gab ihm ein prickelndes Gefühl von Überlegenheit. In aller Ruhe betrachtete er sie und spürte, wie es ihn erregte. Er klappte eine Hälfte seines Handtuchs über seine Oberschenkel, Erinnerungen an die letzte Begegnung mit Regine stiegen in ihm auf.

Plötzlich öffnete sie die Augen und sah ihn direkt an. Nach einer Sekunde scheinbarer Orientierungslosigkeit traten Überraschung und dann Amüsiertheit in ihr schweißglänzendes Gesicht.

»Ach sieh an«, sagte sie leise zu ihm, »wie klein die Welt ist. Wo ist Cosima?«

Einen Augenblick lang zögerte Stefan. »Mit den Jungs im Planschbecken«, sagte er schließlich. »Ich gehe gleich wieder rüber.«

Regine schlug ein Bein über das andere und lehnte ihren Oberkörper noch ein Stück weiter zurück. Sie präsentierte sich, Stefan kannte das Spiel, es machte ihn an.

»Wie sieht's mit morgen Abend aus?«, fragte sie.

Stefan brauchte in Zukunft wohl gar kein großes Entgegenkommen von Regine mehr, was Abhol- oder Bringzeiten von Cosima anbelangte. Aber es gab ja auch noch andere Gründe für ein Treffen. Gerade waren sie ihm ziemlich deutlich. Langsam stand er von der Holzbank auf und hielt dabei sein Handtuch so, dass er es direkt um seine Lenden knoten konnte.

»Gegen halb acht bei mir?«, fragte er.

Regine nickte, gelassen und ernsthaft. »Gut. Viel Spaß euch beim Schwimmen, vielleicht sehe ich Cosi nachher ja noch.«

Mit einem jovialen Augenzwinkern verließ Stefan die heiße Blockhütte und stand wenige Schritte später vor dem kleinen Teich. Ohne zu zögern legte er das Handtuch ab und ließ sich hineingleiten. Er brauchte Abkühlung, und das kalte Wasser tat seinen Dienst. Alles an ihm zog sich zusammen, sein Atem stockte. Nach einigen Augenblicken stieg er wieder aus dem Becken, spürte, wie sein Blut zirkulierte und sich dieses Gefühl von Vitalität einstellte, das der Wechsel von Hitze und Kälte mit sich brachte. Die Dinge liefen gut zurzeit.

Entspannt ging Stefan zurück zu den Außenbecken und sah als Erstes seine Tochter, die gelangweilt auf einem Handtuch saß.

»Cosi, lass uns schwimmen gehen«, rief er ihr zu und winkte gut gelaunt.

Lächelnd stand Cosima auf und ging mit ihm zu dem großen Schwimmbecken. Sie bahnten sich den Weg durch das lebhafte Treiben und glitten auf einer breiten Rutsche lachend ins Wasser. Stefan dachte an Regine, bestimmt trafen sie sie gleich noch. Vater und Tochter in trauter Zweisamkeit.

28. KAPITEL

Christine hatte ihre Söhne am Sonntag nicht gesehen, Stefan hatte es nicht gewollt. Eine brennende Sehnsucht nach ihren Kindern nagte in ihr, dazu kam die Wut. Der Gedanke, den sie zuerst nicht hatte zulassen wollen, war immer stärker in den Vordergrund getreten. Und als am frühen Sonntagabend die Strahlen der Hasensonne durch das Fenster des Krankenzimmers gefallen waren, war für Christine klar gewesen, dass Stefan ihren Unfall verursacht hatte. Vor ihrem geistigen Auge hatten die Löwen auf dem Foto an der gegenüberliegenden Wand die Zähne gebleckt. Am liebsten hätte sie ihnen Stefan zum Fraß vorgeworfen.

In der Nacht von Sonntag auf Montag schlief sie kaum, und wenn sie in einen unruhigen Halbschlaf fiel, schreckte sie kurze Zeit später mit wirren Traumbildern auf. Immer kam Stefan darin vor. Einmal stand er an ihrem Bett und hielt ein langes Messer in der Hand, dann wieder war er im Begriff, ihr ein Kissen aufs Gesicht zu drücken. »Lebst du immer noch?«, zischte er dabei. »Mach endlich Platz.«

Die Morgendämmerung war für Christine wie eine Erlösung, wenig später überkam sie eine bleierne Müdigkeit. Ihr schmerzender Körper wurde schwer und fiel in einen dumpfen Schlaf.

»Guten Morgen, Frau Gabriel. Na, wie war die Nacht? Jetzt schauen wir mal nach Blutdruck und Körpertemperatur.« Die Stimme war laut und hell. Christines Gehirn wusste nichts mit ihr anzufangen, aber es registrierte, dass es nicht Stefans Stimme war. Das war gut.

Von weit weg kam Christine zurück in ihren Körper und blinzelte verschlafen. Eine frische junge Krankenschwester stand am Bett, hob mit einer warmen Hand Christines rechten Arm und legte eine Blutdruckmanschette an. Das typische Pumpgeräusch drang in Christines Ohren.

»Können Sie mir sagen, wie lange ich noch hier bleiben muss?«, fragte sie.

»Da müssen Sie einen der Ärzte fragen.«

Der Arzt hat es mir gestern aber auch nicht gesagt, dachte Christine. Sie hatte gerade die Spitze eines elektronischen Thermometers in der Ohrmuschel.

»Schön«, hörte sie, »kein Fieber. Gleich gibt's Frühstück.« Die Schwester lächelte, ein Duft von Babypuder ging von ihr aus. Dann drehte sie sich um und verließ mit wippendem Pferdeschwanz den Raum.

Etwa 20 Minuten später führte Christine eine weiße Porzellantasse mit lauwarmem Kaffee an ihre Lippen und goss einen guten Schluck an ihrem Mund vorbei auf ihr T-Shirt.

»Mist«, murmelte sie und stellte mit zittriger Hand die Tasse ab. Sie griff nach der labberigen Scheibe Brot, die sie mühsam mit Marmelade bestrichen hatte, und biss hinein. Die Konsistenz erinnerte sie an einen Schwamm. Noch während sie kaute, klopfte es an der Tür.

»Herein«, sagte sie undeutlich mit vollem Mund. Praktisch gleichzeitig trat Herr Zimmermann ein, hinter ihm folgte Frau Spieß.

»Guten Morgen.« Der Blick des Beamten fiel auf das Marmeladenbrot. »Scheinbar schmeckt's ja schon wieder.«

Daniela Spieß betrachtete Christines kaffeebeflecktes Shirt. »Ajoo, so schaut's aus.«

Eilig schluckte Christine das schwammige Brot herunter. »Hat die Kriminaltechnik die Lebensmittel vom Frühstück untersucht?«, fragte sie.

»Ja, deshalb sind wir hier.« Herbert Zimmermann zwirbelte an seinem Oberlippenbart. »Die Kollegen haben in den Nahrungsmitteln nichts gefunden, keine Rückstände.«

»Was? Nichts gefunden?«, wiederholte Christine ungläubig. »Aber worin kann das Schlafmittel denn gewesen sein?«

»Nix gefunne is net ganz rischtisch.« Daniela Spieß verschränkte die Arme vor der Brust. Sie trug einen schlammfarbenen Parka, der die Fahlheit ihres Gesichts unterstrich. »Mir honn en Röhrche mit Schlaftablette sichagestellt, Brausetablette, so wie Vitamintablette.«

Perplex sah Christine sie an. »So etwas habe ich aber nicht zu Hause.«

»Doch, das stand da, in Ihrer Küche.« Herbert Zimmermann setzte sich auf einen der beiden braun gepolsterten

Stühle vor dem Fenster. »Die Kollegen haben das Röhrchen auf Fingerabdrücke untersucht und einige sichergestellt. Wären Sie mit einer Gegenprobe einverstanden?«

»Gegenprobe?«, fragte Christine.

»Damit wir Ihre Abdrücke mit den gefundenen vergleichen.«

»Ja, sicher. Aber von mir können keine auf dem Röhrchen sein.«

»Joo, des sehn ma dann.« Daniela Spieß packte ein Stempelkissen und ein weißes Blatt Papier aus ihrer Aktentasche und legte beides auf dem Beistelltisch neben Christines Bett ab. Auf dem Formular stand »ABGEROLLTE FINGERABDRÜCKE«, darunter waren rechteckige Felder abgebildet.

»So, dann gugge ma mol, wie des am beste geht …« Skeptisch betrachtete Frau Spieß die bettlägerige Christine.

»Brauchen Sie alle zehn?«, fragte die. »Und speichern Sie die in Ihrer Datenbank?«

»Ah, wegschmeiße dun ma die net.«

»Also werde ich praktisch erkennungsdienstlich behandelt?«

»Wenn Se so wolle. Alla, mir fange mit dem rechte Daume an.« Daniela Spieß machte eine auffordernde Handbewegung. Zögerlich drückte Christine nacheinander ihre Finger auf das Stempelkissen und rollte sie in den rechteckigen Feldern auf dem Formular ab.

»Haben Sie schon mit meinem Ex gesprochen?«, fragte sie.

»Das kommt noch.« Herbert Zimmermann stand von seinem Stuhl auf. »Aber wenn die Abdrücke auf dem Röhrchen von Ihnen sind und nicht von ihm …«

»Die können nicht von mir sein. Und er könnte Handschuhe getragen haben, das ist ja wohl nicht so abwegig.«

»Ja, sicher.« Der Beamte blickte nachdenklich drein, »Handschuhe …« Es klang, als ginge es um ein ominöses Tarnphänomen aus einem Agentenfilm. »Am Ende haben Sie aber einfach die Schlaftabletten mit den Vitamintabletten verwechselt?«

Christine war kurz vor der Verzweiflung. »Wie oft soll ich Ihnen noch sagen …«

»Jetz gugge ma erst amol«, meinte Daniela Spieß und packte das Formular mit den Fingerabdrücken und das Stempelkissen zurück in die Aktentasche.

»Hat denn noch jemand Zugang zu Ihrer Wohnung, zum Beispiel ein neuer Lebensgefährte?«

»Nein, so schnell bin ich nicht. Außer meinen Eltern hat niemand einen Schlüssel.«

»Ist Ihnen sonst in der letzten Zeit was Ungewöhnliches aufgefallen?«

»Außer, dass mein Ex mich zu hassen scheint, nicht. Bei der Gerichtsverhandlung hat er übrigens gesagt, ich nähme Tabletten, obwohl das überhaupt nicht stimmt.«

»Ah so?«, fragte Daniela Spieß. »Un jetz meinen Se, der hätt dabei en Fährte ausgelegt?«

Fährte ausgelegt?, überlegte Christine. Irgendwas am Gesicht von Frau Spieß erinnerte sie an eine Spitzmaus. »So ungefähr«, erwiderte sie. »Wieso hätte er sonst so etwas sagen sollen?«

»Des könne ma ihn amol froge.« Daniela Spieß wandte sich ihrem Kollegen zu. »Gell, Herbert?«

Der hustete, wobei sich einiges an Teerschlacken aus seinen Bronchien zu lösen schien.

»Gut, wir melden uns wieder bei Ihnen«, sagte er zu Christine. »Ihr Auto steht übrigens beim Abschleppdienst Lambert. Totalschaden.«

»Ich denke, mein Vater kümmert sich darum.«

»In Ordnung. Dann auf Wiedersehen«, sagte Herbert Zimmermann und ging mit seiner Kollegin zur Tür.

»Guude Besserung weiderhin«, meinte die und fügte mit einem Blick auf Christines Frühstückstablett an: »Un en guude Appetit.«

29. KAPITEL

»Tschüss, bis morgen.« Lässig hob Stefan die Hand. Seine Assistentin Sabine sah hinter ihrem Computerbildschirm hervor. »Alles klar, schönen Abend.«

Den werde ich haben, dachte Stefan und verließ das Büro.

Als er Sylvia heute Morgen gesagt hatte, dass es am Abend wegen eines Geschäftsessens später würde, hatte sie nur gelächelt und gesagt: »Kein Problem, ich freue mich auf dich.«

So einfach war es. Kein langes Gesicht, keine vorwurfsvollen Blicke, so wie er es von Christine kannte.

Stefan ging zu seinem Wagen, stieg ein und parkte aus.

Er war nicht wirklich erstaunt gewesen, als heute Vormittag die beiden Polizisten in seinem Büro gestanden hatten, ein Schimanski-Verschnitt und seine dröge Kollegin.

Ob er etwas dagegen habe, wenn sie ihm ein paar Fragen zu Christines Unfall stellten. Natürlich hatte er nichts dagegen gehabt, ganz im Gegenteil. Man hatte ihm ja bereits in der Klinik mitgeteilt, dass seine ehemalige Lebensgefährtin offenbar beim Autofahren eingeschlafen war.

»Wissen Sie«, hatte er zu den beiden Beamten gesagt, »Christine war in den letzten Monaten ziemlich mit den Nerven runter. Sie hat immer wieder über Schlafstörungen geklagt und auch Medikamente dagegen eingenommen.«

»Ah so? Wissen Sie, was Sie da genommen hat?«, hatte der Beamte gefragt.

»Nein, so genau nicht, aber ich denke, es waren schon stärkere Medikamente. Als wir noch zusammen gelebt haben, hat sie morgens ein paar Mal den Wecker verschlafen. Können Sie sich vorstellen, dass ich überhaupt kein gutes Gefühl habe, wenn ich daran denke, dass sie verantwortlich für zwei kleine Kinder ist?«

Die Frau hatte zustimmend genickt und gemeint, dass Christine bestreite, Tabletten genommen zu haben.

»Ja, sicher, was soll sie sonst auch sagen? Ich bin einfach nur froh, dass meine Söhne nicht mit ihr im Auto saßen.« Sorgenvoll hatte er die Kommissarin angesehen.

Die Frage, ob er noch einen Schlüssel zu der ehemals gemeinsamen Wohnung habe, hatte er verneint und auch die, ob er Christine hasse. »Also bitte, sie ist die Mutter meiner Söhne, ich möchte einfach nur, dass es den Jungs gut geht.«

Stefan beschleunigte den Wagen, der Verkehr war heute weniger dicht, er kam gut voran. Auf dem Beifahrersitz neben ihm lag eine Flasche Grauer Burgunder, er erinnerte sich, dass Regine den mochte.

Nachdem der schnauzbärtige Bulle ihm heute Vormittag

eröffnet hatte, dass ein Röhrchen mit Schlaftabletten gefunden worden war, hatte er ihn gefragt, ob er bereit sei, seine Fingerabdrücke abzugeben.

»Verdächtigt mich Christine etwa?«, hatte Stefan entsetzt gefragt. »Ich glaube, das zeigt nur, wie verwirrt und voller Hass sie ist. Natürlich kann ich Ihnen meine Abdrücke geben. Sie können außerdem bei meiner Krankenversicherung nachfragen, ob ich mir jemals Schlaftabletten habe verschreiben lassen.«

Woher er denn wisse, dass es verschreibungspflichtige Tabletten waren, hatte die Polizistin wissen wollen und listig die Augen zusammengekniffen.

»Ich gehe mal davon aus, dass man von Baldrian nicht beim Autofahren ins Koma fällt.«

»Es gibt ja auch noch annere Sache als wie Baldrian …«

»Aber so wie der Unfall verlief, war doch Stärkeres im Spiel.«

»Aha.« Die Beamtin hatte ein Formular aus ihrer Tasche gezogen, und er hatte seine Fingerkuppen darüber gerollt. Warum auch nicht?

Bevor sie gegangen waren, hatte er die Polizisten gebeten, ihn auf dem Laufenden zu halten, schließlich ging es um seine Kinder. Stefan beabsichtigte, wegen einer Abänderung der gerichtlichen Elternvereinbarung in den nächsten Tagen beim Jugendamt vorstellig zu werden.

Er trat aufs Gaspedal, die Flasche Wein rollte ein Stück auf dem Sitz zurück. Mit einem Tastendruck schaltete er das Radio an, es sprang auf die eingelegte CD um. Das Hörspiel vom kleinen Regenbogenfisch, der nicht einschlafen kann, erfüllte den Innenraum des Wagens. Stefan ließ es laufen und lehnte seinen Unterarm am Fenster der Fahrertür an. Vorfreude kitzelte in seinem Bauch.

Regine. Wer hätte gedacht, dass es mit ihnen noch einmal so kommen würde?

Nach ein paar weiteren Minuten Fahrt durch den Stadtverkehr kam bereits der *Wasserkopp* ins Blickfeld, ein Wasserturm am Ortsrand von Seckenheim. Er stand dort wie ein Wegweiser.

Stefan fuhr weiter und parkte wenig später den Wagen sportlich in einer knapp bemessenen Lücke in der Nähe seines Apartments.

Mit federnden Schritten ging er zu seinem Haus, die Flasche Burgunder unter dem Arm. Er öffnete die Tür, stieg die Treppen hinauf und trat in seine Wohnung.

Als Erstes nahm er in der Küchenzeile Regines Korkenzieher aus der Besteckschublade. Mit einem ploppenden Geräusch entkorkte er die Weinflasche, holte zwei Gläser aus dem Schrank und trat in den Wohnbereich mit der kleinen Couch und dem eichenholzfarbenen Esstisch, auf dem er Gläser und Flasche abstellte.

Pfeifend ging er ins Kinderzimmer, zog eine Sporttasche aus dem Kleiderschrank und packte Sachen für seine Söhne zusammen, ein paar Jeans, T-Shirts, Unterwäsche. Anschließend betrat er das kleine, weiß geflieste Bad und nahm die Kinderzahnbürsten aus den beiden Plastikbechern. Beim Blick in den Spiegel bemerkte er das Lächeln, das um seine Mundwinkel spielte. Er strich sich durch sein volles Haar und richtete den Seitenscheitel. Gerade beugte er sich zum Wasserhahn hinunter, um einen Schluck zu trinken, als es klingelte. Fast eine Viertelstunde zu früh. Mit drei Schritten war er bei der Wohnungstür und öffnete.

Regine trug ein rotes Shirt mit einem weiten Ausschnitt. Ihr Haar hatte sie hochgesteckt, und ihr Gesichtsausdruck war ein wenig angespannt. Sie hob ihren rechten Arm und hielt ihm eine Flasche Wein entgegen, Grauer Burgunder. Unter ihren Achseln war der Stoff des Shirts dunkler.

»Ich hoffe, du hast einen guten Korkenzieher«, sagte sie und zwinkerte ihm zu.

»Aber sicher.« Er nahm die Flasche an. »Komm rein.«

Der Duft ihres Hautöls erfüllte kurze Zeit später das kleine Apartment. Und als sie auf ihm saß und ihm mit fester Stimme Kommandos gab, vergaß er alles um sich herum.

30. KAPITEL

Sylvia hatte zum Abendessen Hühnchen und Pommes Frites gemacht, jetzt saß sie mit vier Kindern am Tisch und hörte sich Maras Genörgel an.

»Ich will keine Pommes, ich will Nudeln.«

»Aber Schatz, du liebst Pommes, sonst isst du sie immer gern.«

»Heute nicht.« Mara fegte mit der Hand über den Tisch und warf ihren Teller herunter.

Für einen Augenblick blieb Sylvia die Luft weg, dann sprang sie auf. »Schluss jetzt«, schrie sie. »Benimm dich endlich!«

Trotzig stieß Mara auch noch ihren Becher mit Apfelsaft um, rutschte vom Stuhl und lief aus der Küche. Kurz darauf schlug im oberen Stockwerk eine Tür zu.

»Kann ich mal den Ketchup haben?«, fragte Vincent. »Ich finde Pommes gut.«

Sylvia stand da, und alles um sie herum schien sich zu drehen. Schon bereute sie ihren Ausbruch, in ihrer Familie sollte nicht geschrien werden. Aus dem Unterschrank neben der Spüle angelte sie Schaufel, Handfeger und ein Bodentuch, wischte die Saftpfütze weg und kehrte das Essen zusammen. Dabei bemerkte sie, wie sehr die letzten Tage sie angestrengt hatten, sie fühlte sich erschöpfter als sonst.

»Ich hole Mara«, murmelte sie, ging nach oben und bewegte mit einiger Mühe ihre Tochter dazu, wieder herunterzukommen.

Als sie mit ihr an der Hand ins Esszimmer zurückkam, waren Aron und Henry mit Ketchup bekleckert.

»Stopp«, sagte sie scharf und nahm Henry die Flasche aus der Hand. »Ihr esst jetzt, und danach geht's ins Bett.«

»Liest du uns noch was vor?«, fragte Vincent. »Wann kommt Papa wieder?«

»Der muss noch arbeiten, es wird später heute.«

»Vielleicht ist er tot, dein Papa«, Mara sah Vincent herausfordernd an, »und kommt gar nicht mehr.«

»Nein«, rief Vincent. »Sei still, du bist blöd.«

»Ich bin nicht blöd, dann geh doch woanders hin«, kreischte Mara. Sylvias Kopf brummte. Sie tat ihrer Tochter eine frische Portion Essen auf.

»Mmm«, summte sie dabei, sie wollte nichts vom Tod hören.

»Vielleicht hatte er 'nen Unfall. So wie deine Mama«, kam es von Mara, und mit einem knackenden Geräusch biss sie in die krossen Pommes frites.

Es war das falsche Geräusch, und sie hatte über das falsche Thema gesprochen. Sylvias Gedanken entglitten ihr, sprangen in die Vergangenheit und rüttelten die Erinnerungen wieder wach. Ihr wurde übel.

»Nein«, schrie Vincent Mara an. »Papa hatte keinen Unfall, und Mama wird bald wieder gesund.«

»Esst jetzt bitte.« Sylvias Stimme klang wie ein Keuchen. »Danach spielen wir, wer als Erster umgezogen ist fürs Bett.«

»Kriegen wir keinen Nachtisch?«, fragte Vincent. »Bei Mama kriegen wir immer Nachtisch. Bei Papa auch. Wann kommt Papa?«

»Später«, murmelte Sylvia und wankte aus der Küche in die Diele. Sie öffnete die Haustür, trat nach draußen und sog die Luft ein. Das vage Gefühl, sich übergeben zu müssen, hielt an, in ihrem Mund war ein merkwürdig metallischer Geschmack. Noch einmal atmete sie tief ein und zwang sich dann zurück ins Haus. Aus der Küche hörte sie ein lautes Weinen, Henry oder Aron, es war ein Geräusch, das heftig an ihren Nerven zerrte. Sie ging hinein. Henry hatte sich seinen Saft übergeschüttet und war ganz nass.

»Ach, Henry, nein.«

Als sie ihren Sohn hochhob und auf den Arm nahm, spürte sie, wie der Saft ihre Bluse durchfeuchtete, eines ihrer besten Stücke. Sie hatte sie heute Abend noch tragen wollen, wenn Stefan nach Hause kam. Unsanft setzte sie den heulenden Henry ab und eilte zur Spüle. Ihr Sohn kam ihr schreiend hinterhergelaufen, »Arm, Arm.«

»Jetzt nicht«, fauchte sie. Konnte denn niemand hier etwas Rücksicht nehmen? Sie durchfeuchtete den Zipfel eines Geschirrhandtuchs und wischte damit auf dem Stoff ihrer Bluse herum. Dabei roch sie Schweißgeruch, er kam unter ihren Achseln hervor und war scharf und durchdringend.

»Verdammt«, fluchte sie, nestelte an den Knöpfen der Bluse, zog sie aus und warf sie neben sich auf die Anrichte.

»Ist dir warm?«, hörte sie Vincent fragen.

»Halt die Klappe«, entfuhr es ihr.

»Das sagt man nicht«, rief Vincent. »So was darfst du nicht sagen.«

Wieso hilft mir keiner?, flehte Sylvia innerlich und sagte tonlos: »Ich habe nicht dich gemeint. Iss bitte fertig.«

Heute ist einfach alles schwieriger, weil Stefan nicht da ist, dachte sie und überlegte, ob sie ihn kurz anrufen konnte? Sie griff nach dem Telefon, das auf der Fensterbank lag, und wählte Stefans Handynummer. Die Mailbox meldete sich, Sylvia versuchte es wieder und noch einmal. Ohne Erfolg. »Geh doch ran«, murmelte sie und fühlte sich unendlich allein.

»Gibt's vielleicht Weingummis zum Nachtisch?«, fragte Vincent. »Die mag ich.«

»Nein«, schrie Sylvia. »Ihr geht jetzt ins Bett.«

Eine weitere halbe Stunde kämpfte sie sich durch den Abend, es kam ihr wie eine Ewigkeit vor. Sie brachte die Kinder nach oben, trieb die Großen an, kümmerte sich um die Kleinen, half beim Umziehen und Zähneputzen und verfrachtete alle in die Betten.

Endlich löschte sie das Licht in den beiden Kinderzimmern. In einem alten T-Shirt betrat sie das Bad und sah in den Spiegel, ihr Haar war unordentlich und ihre Haut fahl. Sie öffnete den Hängeschrank, griff nach einer Tablettenpackung, drückte eine der Pillen heraus und schluckte sie mit etwas Wasser. Dann bürstete sie ihre Haare, trug ein wenig Rouge auf und ging runter ins Erdgeschoss.

Während sie Ordnung in der Küche machte, spürte sie, wie das Medikament zu wirken begann. Es war ein angenehmes Gefühl, so etwas wie eine zuversichtliche Gelassenheit stellte sich ein. Es war doch alles gut, sie konnte sich glücklich schätzen, dass sie Stefan hatte.

Bald kam er nach Hause. Sie freute sich auf ihn, setzte sich auf die Couch und wartete.

Aber er kam nicht.

Gegen halb elf war sie so müde, dass sie nach oben ins Schlafzimmer ging, sich auszog und unter die Bettdecke schlüpfte. Sie wollte noch nicht einschlafen, auch wenn es sehr verlockend war, sich einfach fallen zu lassen.

Das sanfte Licht der Nachttischlampe malte Schatten an die Wände, und Sylvia schickte ihre Gedanken auf die Reise. In den letzten Monaten hatte sie geübt, sich auf Schönes zu konzentrieren, ihr Denken festzupfropfen an Angenehmem.

Vielleicht konnten Stefan und sie über Silvester zu zweit in die Berge fahren. Mara und Henry könnten bei den Schwiegereltern und Stefans Kinder bei ihren Müttern sein – offenbar war Christine ja nicht lebensgefährlich verletzt.

Sylvia sah sich und Stefan durch den Schnee tollen, unbeschwert wie Teenager. Sie stellte sich eine Hütte in einer atemberaubenden Winterlandschaft vor, die weiße Pracht glitzerte in der Nachmittagssonne. Später saßen sie vor einem Kaminfeuer, und Stefan reichte ihr mit erwartungsvollem Gesicht eine kleine rote Samtschatulle. Gerade als Sylvia in ihrer Fantasie den Deckel öffnen wollte, hörte sie das Geräusch der ins Schloss fallenden Haustür. Schlagartig kehrte sie aus ihrem Wintertraum zurück. Endlich war ihr Liebster da.

Ein paar Minuten später hörte sie seine Schritte auf der Treppe, danach das gedämpfte Geräusch der elektrischen Zahnbürste und die Toilettenspülung. Sylvia setzte sich im Bett auf und richtete ihr Haar.

Auf Zehenspitzen kam Stefan ins Schlafzimmer, die Knöpfe seiner Jeans standen offen, und noch im Gehen zog er sein hellblaues Hemd aus.

»Schläfst du noch nicht?«, fragte er.

»Hallo, Liebling, wie war dein Tag? Du Armer, musst so lang arbeiten.« Sylvia streckte ihm eine Hand entgegen.

»Ja, ich bin hundemüde«, murmelte er, streifte Jeans und Socken ab und kam unter die Decke. Fast augenblicklich breitete sich Wärme aus. Sylvia schmiegte sich an ihn und streichelte über die Haare auf seiner Brust. Er roch gut, ein wenig blumig oder fruchtig. Ob er ein neues Rasierwasser hatte? Was war das? Granatapfel?

»Wie war's heute mit den Kindern?«, fragte er und gähnte herzhaft.

»Alles gut.« Sylvia ließ ihre Hand unter die Bettdecke gleiten. »Aber ich habe dich vermisst«, flüsterte sie.

Erneut gähnte Stefan. »Lass uns schlafen, ich bin wirklich müde.«

Nicht einfach einschlafen, dachte Sylvia. Enttäuschung überlief sie. Kümmere dich um mich, hätte sie am liebsten gerufen. Stattdessen presste sie sich an Stefan, seufzte und reckte sich. Dann verschwand sie unter der Decke und begann, ihn zu streicheln.

»Bitte, Sylvia, ich muss morgen früh aufstehen.«

»Ein Teil von dir könnte jetzt schon aufstehen«, kicherte Sylvia unter der Decke, streifte geschickt Stefans Boxershorts herunter und fing an ihn zu küssen.

Im gleichen Moment irritierte sie etwas.

Was war das, dieser Geruch?

Sie zögerte.

Ein Hauch von … Latex?

Sylvia verstand nicht. Einige Sekunden verharrte sie reglos und atmete, aber es war so, in Stefans Haar hing ein Geruch von Gummi. Langsam kam sie unter der Bettdecke hervor und sah ihn an, wie er mit geschlossenen Augen dalag.

Ihre Kiefer mahlten aufeinander, sie wusste jetzt gar nichts mit den Dingen anzufangen. Gedankenfetzen wirbelten in ihrem Kopf herum, war sie im Jetzt oder war sie Monate zurückkatapultiert worden?

Aber es war ja alles schön mit Stefan, sie waren verliebt, und ihnen ging es gut. Ob es etwas mit diesem metallischen Geschmack im Mund zu tun hat?, fragte sie sich. Spielte auch ihr Geruchssinn verrückt? Das tat er doch, oder?

Stefan grunzte leise und war anscheinend dabei einzuschlafen.

Aber das ging nicht, sie konnte jetzt nicht allein gelassen werden, mit einem Fragezeichen im Kopf und der Sehnsucht nach Liebe. Noch einmal tauchte sie unter die Bettdecke ab. Bei Stefan regte sich nichts. Sachte fuhr sie mit ihren Lippen an seiner Leiste entlang und atmete ein.

Wieder dieser Geruch.

Sie schob ihren Kopf nach oben unter der Decke hervor.

»Was war das denn für ein Abendessen heute?«, fragte sie leise.

Stefan drehte sich auf die Seite. »Ach, nichts Wichtiges. Erzähl ich dir morgen. Lass uns bitte schlafen.«

»Ich will aber noch nicht schlafen«, kam es aus Sylvia heraus. »Ich habe den ganzen Tag auf dich gewartet.«

Stefan sagte nichts, sie hörte nur gleichmäßige, tiefe Atemzüge. »Bin morgen auch noch da«, murmelte er dann und zog sich einen Deckenzipfel über den Kopf. »Gute Nacht.«

Unwillkürlich entfuhr Sylvia ein leises Geräusch, wie ein verlorenes Heulen. Stefan reagierte nicht, offenbar war er eingeschlafen. Sie rüttelte ihn am Arm.

»Herrgott, Sylvia, lass mich bitte schlafen«, zischte er.

Ihr kamen die Tränen. Wieso wies er sie so ab? Verstört zog sie sich in ihren Teil des Bettes zurück und starrte an die Decke. Furcht verdrängte die Gelassenheit, die ihr vorhin noch die Tablette verschafft hatte. Was bedeuteten Stefans Desinteresse und dieser Geruch? Bohrende Fragen in Sylvias Gehirn, sich ausbreitende Panik. Das riesige graue Tier mit den gelben Augen. Verlassen werden. Betrug.

Er ist einfach nur müde, sagte sie sich, er hatte einen langen Tag. Vielleicht hat er heute viel geschwitzt, dieser Geruch kann vom Schweiß sein. Ist vom Schweiß. Es bedeutet nichts. Alles ist gut.

»Gut«, murmelte sie leise, »alles gut.«

Es konnte nicht anders sein.

Sylvia stand auf, ging ins Bad und öffnete den Spiegelschrank. Sie drehte den Deckel von einem kleinen Döschen und spülte eine der Tabletten mit Wasser die Kehle herunter. Danach kehrte sie ins Schlafzimmer zurück, legte sich neben Stefan ins Bett und horchte auf seinen Atem. Das Geräusch beruhigte sie. Bald schlief auch sie ein.

31. KAPITEL

Nina hatte sich einen der braunen Stühle herangezogen und saß schon seit einer Weile an Christines Bett. Die war ziemlich aufgelöst.

»Da kommen die beiden Polizisten gestern hier an und sagen, man habe meine Fingerabdrücke auf dem Röhrchen Schlaftabletten gefunden. Das kann doch alles nicht sein, ich bin doch nicht verrückt. Ich weiß doch, was ich gemacht habe.«

»Aber du musst das Röhrchen ja angefasst haben, sonst wären deine Abdrücke nicht drauf«, sagte Nina und strich sich das blonde Haar aus dem Gesicht. Sie war dem Öko-Stil der 90er-Jahre treu geblieben und trug immer noch enge bunte Hosen und weite Oberteile. Heute hatte sie den Look durch ein fliederfarbenes Halstuch abgerundet.

»Ja, scheinbar«, antwortete Christine niedergeschlagen. »Also habe ich den Polizisten gefragt, ob noch andere Abdrücke darauf gewesen sind. Die Tabletten müsste mir ja irgendjemand mal ausgehändigt haben, zum Beispiel ein Apotheker, dessen Abdrücke dann auch auf dem Röhrchen wären. Aber der Polizist meinte, da sei doch im Verkauf eine Umverpackung drum, mit dem Beipackzettel drin. Die habe ich ja sicher schon weggeworfen.«

»Das klingt so, als sei für die Polizei der Fall ziemlich klar«, meinte Nina und legte die Stirn in Falten.

»Genau. Daher geht es jetzt um eine Gefährdung des Straßenverkehrs wegen festgestellter Fahruntüchtigkeit nach Medikamenteneinnahme. Das wird ziemlich teuer, und meinen Führerschein werde ich wohl auch eine Weile los sein. Wobei mir der Beamte sagte, ich könne froh sein, dass ich erstmalig strafrechtlich aufgefallen sei. Ansonsten sähe es schlimmer aus.«

»Hast du mit deinem Anwalt gesprochen?«

»Ja. Der hat mich als Familienrechtler an einen Kollegen weiter verwiesen. Aber der Hammer kommt ja noch. Stefan war offenbar beim Jugendamt und hat dort was von Medikamentenmissbrauch und Kindeswohlgefährdung erzählt. Die haben sich wiederum an meinen Anwalt gewandt. Auf jeden Fall stellt Stefan einen Antrag auf Abänderung der gerichtlichen Elternvereinbarung, die Jungs sollen zukünftig bei ihm leben.« Christine wischte eine Träne von ihrer Wange. »Das ist alles ein Alptraum. Ich habe solche Angst, die Kinder zu verlieren.«

»Lass mal nachdenken«, murmelte Nina, stand auf und ging vor dem Fenster auf und ab. »Also … es kann sein, dass Stefan noch einen Wohnungsschlüssel behalten hat. Damit konnte er in die Wohnung, auch noch nach deinem Unfall.«

Christine nickte.

»Er könnte die Schlaftabletten nach dem Unfall in deiner Küche deponiert haben, zumal man ihn ja als Kontaktperson auf deinem Organspenderausweis als Ersten benachrichtigt hat.« Nina blieb stehen und lehnte sich mit dem Rücken gegen die Fensterscheibe. »Aber wie kommen deine Fingerabdrücke auf dieses Röhrchen?« Skeptisch zog sie die Brauen zusammen. »Du hast es angefasst, weißt aber nichts davon … Da kommt eigentlich nur ein Zeitpunkt in Frage … Du hast doch gesagt, dass Stefan am Samstag hier in der Klinik war, um mit den Ärzten zu sprechen.«

»Ja, er hat sich als mein Mann ausgegeben.«

»War er in deinem Zimmer?«

»Keine Ahnung, ich habe noch geschlafen.«

»Eigentlich lässt man einen Mann ja zu seiner Frau, aber das kannst du bei dem Arzt nachfragen. Angenommen, Stefan war hier drin – dann könnte er dir doch das Röhrchen in die Hand gedrückt haben? Du hättest wohl kaum was davon mitbekommen. Danach hat er es in deiner Küche abgestellt, mit deinen Fingerabdrücken drauf.«

Ein paar Sekunden lang überlegte Christine. Ninas Theorie war möglich.

»Stefan konnte davon ausgehen, dass ich die Sache mit den Tabletten nicht einfach auf sich beruhen lassen würde«, sagte sie. »Ich weiß ja, dass ich keine genommen habe. Also konnte er auch annehmen, dass die Angelegenheit untersucht würde. Folglich hat er dafür gesorgt, dass in meiner Wohnung Schlaftabletten sind und es so aussieht, als habe ich sie selbst genommen. Wenn das einmal feststeht, ist es klar, dass als Nächstes die Kinder bei ihrem Vater leben sollen, der nicht sich und andere durch Medikamentenkonsum gefährdet. Eigentlich ist es ganz einfach.«

»Tja. Hat er gut hingekriegt, dein Ex.« Ninas Ton war sarkastisch.

Christine zitterte vor Wut. Sie konnte nicht weiter herumliegen und tatenlos zusehen, wie ihr Stefan die Kinder wegnahm. »Es reicht«, knurrte sie, beugte sich ein Stück zur Seite und drückte auf den Knopf, der an einem Kabel neben ihrem Bett baumelte.

»Nina, du musst mir helfen. Ich kann noch nicht gut gehen, aber ich werde heute gehen.«

Die Zimmertür wurde geöffnet, und eine ältere korpulente Schwester kam herein. »Frau Gabriel, was gibt's?«, fragte sie und keuchte dabei ein bisschen. Die ringförmigen Speckfalten an ihrem Hals erinnerten an einen Baumkuchen.

»Ich gehe heute nach Hause«, sagte Christine, »auf eigene Verantwortung. Ich entlasse mich. Aber vorher möchte ich mit Dr. Jungbluth sprechen.«

»Frau Gabriel, das geht nicht. Sie sind noch gar nicht in dem Zustand dafür.«

Und ob ich in dem Zustand dafür bin, dachte Christine. Sie richtete sich auf, mit stechenden Schmerzen meldeten sich Bauchschnitt und Rippen.

»Könnten Sie bitte dem Doktor Bescheid sagen?«

Verständnislos schüttelte die Schwester den Kopf. »Wenn Sie es so wollen«, grummelte sie und verließ das Zimmer.

»Nina, hast du morgen Mittag Zeit?« Bittend sah Christine ihre Freundin an. »Du musst mir helfen. Ich hole morgen Vincent vom Hort und Aron von der Krippe ab. Noch gilt die gerichtliche Vereinbarung, wonach die Kinder bei mir leben.«

Dr. Jungbluth kam herein. »Ich habe gehört, Sie wollen uns verlassen?«

»Ich muss«, erwiderte Christine. »Sonst bricht für mich zu Hause alles zusammen.« In knappen Worten erklärte sie, wie sich die Situation mit ihrem Ex und ihren Söhnen zugespitzt hatte. »War Stefan an dem Samstagvormittag bei mir im Krankenzimmer?«, fragte sie dann.

»Soweit ich weiß, schon. Wir sind davon ausgegangen, dass er ihr Mann ist, und er wollte Sie sehen.«

»War er allein hier drin?«

»Ich denke ja«, antwortete der Arzt. »Das ist ja nichts Ungewöhnliches, natürlich sind Ehepartner auch allein miteinander im Krankenzimmer.«

Nina und Christine tauschten einen Blick, den auch Andreas Jungbluth zu bemerken schien. »Wenn Sie wirklich gehen wollen«, meinte er nach einem kurzen Zögern, »lasse ich Ihre Papiere und den Bericht an den weiterbehandelnden Kollegen fertig machen. Sie begleiten Frau Gabriel?«, fragte er an Nina gewandt.

»Na ja, was tut man nicht alles«, erwiderte die mit einem Achselzucken, kramte ein Päckchen Tabak aus ihrer Tasche und begann, sich eine zu drehen.

»Rauchen schadet der Gesundheit«, meinte der Arzt und schob seine Hände in die Kitteltaschen.

»Schlafen auch.« Unverhohlen grinste Nina ihn an. In ihrer Lässigkeit war sie ziemlich attraktiv. Christine sah den Arzt zwinkernd zurückgrinsen.

»Also«, Andreas Jungbluth hüstelte kurz, »wenn ich Ihnen irgendwie helfen kann, lassen Sie es mich wissen.«

»Es könnte sein, dass Sie noch mal bestätigen müssten, dass Stefan an dem Samstag allein in meinem Zimmer war, während ich schlief.«

»In Ordnung, melden Sie sich.« Er reichte Christine die Hand zum Abschied und verließ den Raum.

»Der war doch ganz süß.« Nina rollte ihre Zigarette zwischen den Fingern und sah scheinbar interessiert aus dem Fenster. »Aber nichts für dich, du hast andere Probleme.«

»Kann man so sagen«, murmelte Christine.

»Ich geh noch eine rauchen, bevor wir hier den Abflug machen.« Nina trabte Richtung Tür.

Abflug?, dachte Christine, schön wär's.

Unter Schmerzen bewegte sie sich mühsam aus dem Bett. Aber dann überlief sie wie ein warmer Schauer die Vorfreude auf ihre Kinder und darauf, zurück ins Leben zu kommen.

32. KAPITEL

»Ja, sicher, wir kümmern uns darum. Ich verstehe Sie gut, aber wie gesagt, das kann mal vorkommen … Natürlich ist es ärgerlich …« Nervös klopfte Sylvia mit dem Kuli auf die Schreibtischplatte. Ein aufgebrachter Kunde war am Apparat, sein Rollstuhl war defekt, Sylvias Sanitätshaus hatte ihn erst vor einer Woche ausgeliefert. Mit Stresskunden hatte sie in den letzten Monaten nicht mehr gut umgehen können, sie zerrten an ihren Nerven. »Also, ich schicke eine Mitarbeiterin vorbei … Ja sicher, heute noch. Auf Wiederhören, Herr Beilstein.«

Sylvia legte auf und brach sich ein großes Stück Schokolade von der Tafel ab, die auf ihrem Schreibtisch lag. Seitdem sie mit Stefan zusammen war, hatte sie wieder mehr Appetit.

Sie überlegte, was sie heute zum Abendessen machte. Es war Mittwoch, Cosima wäre auch da. Fisch? Vielleicht Fischstäbchen. Aber ob Stefan damit zufrieden wäre? Gedankenverloren malte sie einen kleinen Fisch auf die Schreibtischauflage vor sich. Auf jeden Fall musste sie nachher noch einkaufen, und sie hatte um 15 Uhr einen Friseurtermin.

»Melanie«, rief sie durch die geöffnete Tür ihres Büros, »kommst du mal bitte?«

»Was gibt's?« Ihre Mitarbeiterin kam heran.

»Kannst du bitte bei Herrn Beilstein vorbeifahren, er hat ein Problem mit seinem Stuhl. Ich kann mich heute nicht darum kümmern, ich hab noch so viel zu tun.«

»In Ordnung. Kein Problem.« Melanie nickte und verließ das Büro wieder. Sie war eine gute Kraft. Das mit dem

Beilstein bekommt sie schon hin, dachte Sylvia und aß noch ein Stück Schokolade.

Als sie gestern Morgen neben Stefan aufgewacht war, hatte es einen Moment gedauert, bis sie sich wieder an die vorangegangene Nacht erinnert hatte, an diesen eigenartigen Geruch und Stefans Zurückweisung. Sie hatte den Kopf zur Seite gedreht und Stefan, der noch friedlich schlief, angeschaut. Alles war so ruhig und harmonisch erschienen, und die Ereignisse der Nacht waren ihr vorgekommen wie Trugbilder. Sie hatte ihre Hand ausgestreckt und Stefan berührt, er war aufgewacht und hatte sie an sich gezogen. Ohne ein Wort liebten sie sich, und Sylvia vergaß die Zweifel der Nacht.

Später unter der Dusche hatte sie noch einmal versucht, sich zu erinnern und war kurz wieder unsicher geworden. Aber sie konnte diesen flüchtigen Sinneseindruck eines Geruchs nicht mehr zurückholen, ihn nicht mehr überprüfen. Sie erinnerte sich und doch wieder nicht. Das warme Wasser war über sie gelaufen, dabei hatte sie den Lavendelduft des Duschgels eingeatmet, und so wie man nicht ein Lied singen kann, während man ein anderes hört, war der Geruch von gestern Nacht nicht mehr fassbar gewesen.

Dann hatte sie der Alltag in Beschlag genommen, vier Kinder mussten sich waschen, anziehen, frühstücken, weggebracht werden. Als sie im Büro angekommen war, hatte sie sich erschöpft auf den Schreibtischstuhl fallen lassen und erst einmal durchgeatmet.

Sylvias Handy gab ein helles Glockenläuten von sich, Stefan rief an.

»Hallo, Liebling, ich habe gerade an dich gedacht.« Sie brach einen halben Riegel Schokolade ab und schob ihn in den Mund.

»Du Sylvia, die Krippe hat gerade angerufen. Aron hat erhöhte Temperatur und muss abgeholt werden. Ich schaffe es hier im Moment wirklich nicht raus, könntest du ihn abholen?«

Unwillen stieg in Sylvia auf, sie hatte auch zu tun. Ich arbeite auch, dachte sie und merkte, dass sie genau genommen ihre Ruhe brauchte.

»Na ja«, begann sie, »ich muss gleich noch zu einem Stresskunden und …«

»Es ist wirklich wichtig«, unterbrach Stefan sie. »Aron ist krank.« Der Ton des letzten Satzes ließ Sylvia unsicher werden. Sie wälzte die süße Kakaomasse von einer Seite des Munds in die andere. Am Telefon herrschte Stille. Sylvia begriff, dass sie Aron abholen musste.

»Okay, ich fahre rüber zur Krippe«, sagte sie.

»Danke«, antwortete Stefan und legte auf.

Sylvia sah auf das Display ihres Telefons, auf dem ein Foto ihrer Kinder hinterlegt war. Beide lachten vor strahlend blauem Himmel in die Kamera.

Ob sie Aron mitnehmen konnte zum Friseur? Sie wollte den Termin ungern absagen.

Draußen regnete es, an der Fensterscheibe liefen die Schlieren herunter. Mechanisch griff Sylvia nach dem Rest Schokolade und stopfte alles in den Mund. Sie hatte keine Lust, in dieses Sauwetter rauszugehen. Missmutig knüllte sie das Schokoladenpapier zusammen und warf es in Richtung Mülleimer. Es flog vorbei und rollte mit einem klickernden Geräusch über den Laminatboden.

Manchmal hatte sie diesen Heißhunger auf Schokolade, kurz bevor sie ihre Regel bekam.

Ihre Gedanken flogen zurück. Wann war das letzte Mal gewesen?

Mit einem Stutzen und einem Anflug von Verunsicherung nahm sie ihr Handy und öffnete den Kalender. Ein paar Sekunden lang musste sie suchen, ehe sie das eingetragene *R* entdeckte.

Sie war sechs Tage überfällig.

Augenblicklich wurde ihr heiß.

Sie hatte nicht verhütet, und Stefan hatte auch nicht danach gefragt. Also hatte sie gedacht, dass es ihm wohl nicht so wichtig sei. Zwischenzeitlich hatte sie einmal daran gedacht gehabt, sich wieder die Pille verschreiben zu lassen. Aber dann waren so viele andere Dinge zu erledigen gewesen, es war einfach in den Hintergrund getreten.

Sechs Tage bedeuteten noch nichts, nach Marcos Tod war ihr Zyklus insgesamt unregelmäßiger geworden.

Und was, wenn es doch etwas bedeutet?, schoss es ihr in den Sinn.

Stefan und sie waren noch nicht lange ein Paar, aber sie wollte mit ihm zusammenbleiben, ihn behalten. Mit einem gemeinsamen Kind wäre das so. Nach allem, was sie beide in ihren Leben schon durchgemacht hatten, würden sie sich nicht mehr trennen, wenn sie ein Kind bekamen.

Ein Kind mit Stefan.

Plötzlich wurde Sylvia von Freude überwältigt, so als öffneten sich die morschen Fensterläden eines abgedunkelten Zimmers.

Sie musste los und einen Schwangerschaftstest besorgen. Hastig sprang sie auf, zog ihren Mantel über, verließ grußlos das Büro und lief hinaus in den Regen.

Bis zu ihrem Wagen war es nicht weit, aber als sie sich auf den Fahrersitz fallen ließ, war sie ganz durchnässt. Ihre beige Hose klebte an den Oberschenkeln, die Nylonstrümpfe in den braunen Pumps hatten den Regen bis auf die Haut durchgelassen. Sylvias Fuß rutschte im Schuh, als sie auf das Kupplungspedal trat. Mit zitternden Händen startete sie den Motor, parkte aus und fuhr zu einem nahe gelegenen Drogeriemarkt.

Die Scheiben beschlugen von innen, sie drehte das Gebläse hoch, tausend Gedanken wirbelten ihr durch den Kopf. Immer wieder tastete sie an ihre Brüste. Spannte da nicht etwas? War ihr nicht morgens flau im Magen? War sie nicht dauernd müde und abgespannt? Und dieser Heißhunger auf Schokolade. Unwillkürlich huschte ein Lächeln über ihre Lippen, vielleicht war das Kleine eine echte Naschkatze.

Mit jeder Minute, die Sylvia durch die regnerischen Straßen fuhr, gewöhnte sie sich mehr an den Gedanken, schwanger zu sein. Und als sie auf den Parkplatz des Drogeriemarktes einbog, war sie ziemlich sicher, dass sie es bald sein wollte, falls sie es noch nicht wäre. Noch einmal alles auf Anfang, die Vergangenheit endgültig hinter sich lassen, ein neues Leben zur Welt bringen, das sie dem Tod entgegensetzte. Sie gebar eine unschuldige kleine Seele, sie war der Ursprung des Lebens, nicht dessen Ende.

Voller Aufregung lief sie zum Eingang des Geschäfts. Sie fröstelte in ihren nassen Sachen, ihr Haar klebte ihr im Gesicht.

Hinter der breiten Glastür war es wärmer. Sylvia eilte an den Regalen entlang und entdeckte schließlich neben den Kondomen eine Reihe von Schwangerschaftstests. Sie griff einen heraus, legte ihn kurz darauf auf das Kassenband, zahlte und schob ihn in ihre Manteltasche.

In der Nachbarschaft des Ladens gab es ein Einkaufszentrum. Sylvia lief durch den Regen, sie nahm ihre Umgebung kaum wahr. Alles in ihr drängte nach Gewissheit. Nach ein paar Hundert Metern überquerte sie den Postplatz und betrat das historische Gebäude, in dem sich Läden und Cafés befanden.

Das Stimmengewirr der Menschen umfing sie. Es war der übliche Betrieb an einem gewöhnlichen Tag, aber für Sylvia war es womöglich ein ganz besonderer. Sie orientierte sich und steuerte die Toiletten an. Die Läden links und rechts der Passage beachtete sie gar nicht, ebenso wenig, wie die Leute, die daran vorbeischlenderten.

Ihre Finger umklammerten die schmale Verpackung in ihrer Tasche, strichen darüber. Im Laufschritt betrat sie den weiß gekachelten Raum und eilte auf eine freie Kabine zu. Es roch nach Raumspray, aus Lautsprechern an der Decke kam leise Popmusik.

Sylvia schloss sich ein, nestelte das Teststäbchen aus der Umverpackung und flog mit ihren Augen über die Beschreibung. Dann streifte sie ihre vor Nässe klebende Hose herunter, setzte sich und starrte an die Tür, während sie mit der rechten Hand das Stäbchen unter sich hielt.

Bis zum Ergebnis musste sie fünf Minuten warten. Sie zog die Hose wieder hoch und blieb in dieser kleinen stickigen Kabine. Wie viel lieber hätte sie den Test zu Hause in ihrem schönen Bad gemacht, aber so lange hatte sie gar nicht mehr abwarten können.

Um sie herum wurden Türen geschlossen und wieder geöffnet, sie hörte andere Frauen urinieren, ein Kind, das mit seiner Mutter redete, zwei Freundinnen, die nacheinander in eine Kabine gingen und ununterbrochen über einen Mann sprachen.

»Und weißt du, als er mich dann mitten in der Nacht angerufen hat«, sagte die eine. »Also nach zwölf, ich hab ja schon geschlafen, sag ich zu ihm: Marco, du musst endlich wissen, was du willst …«

Fast blieb Sylvia das Herz stehen. Sie steckte das Teststäbchen in ihre Manteltasche, drehte das Türschloss und stürmte aus der Kabine.

Außerhalb des Toilettenraums holte sie tief Luft, lief bis zu einer Bank und setzte sich. Voller Spannung zog sie den Test aus ihrer Tasche.

In dem Feld in der Mitte waren zwei senkrechte Linien.

Sie war schwanger.

Ihr Atem stockte, sie sprang auf und hatte den Impuls, die Neuigkeit den Leuten um sich herum zuzurufen. Fast platzte sie vor Freude. Ich muss sofort zu Stefan, dachte sie. Aber sicher hat er Termine. Ob ich ihn anrufe? Nein, derartige Neuigkeiten teilt man nicht am Telefon mit.

Ein paar Meter entfernt war eine Bäckereifiliale. Sylvia ging hin, kaufte einen Schokomuffin und biss hinein, einmal, wieder und wieder. Innerhalb kürzester Zeit war er verschwunden.

Ob es ein Junge oder ein Mädchen wurde?

Dort drüben gab es ein großes Bekleidungsgeschäft. Sylvia steuerte darauf zu und fand sich wenig später in der Abteilung für Babykleidung wieder. Wie süß diese kleinen Strampler waren, und diese Jäckchen erst. Sie war entzückt, es gab ja so hübsche Sachen.

Was Stefan wohl lieber wäre?, überlegte sie. Noch ein Sohn? Oder eine kleine Prinzessin?

Ein Brummen in ihrer Manteltasche ließ Sylvia zusammenzucken. Eine Sekunde lang dachte sie, der Test würde vibrieren. Als ob das Kind sich melden würde, ein Anruf aus der anderen Welt, aus jener der noch nicht Lebenden. Ihr wurde schwindelig, sie nahm ihr Handy aus der Tasche. Stefan rief an.

»Hallo, Liebling, wie schön, dass du dich meldest.«

»Was ist mit Aron?«, fragte Stefan scharf. »Die Krippe hat eben noch mal angerufen.«

Aron. Sylvia hatte ihn ganz vergessen.

»Ach Schatz, ich bin auf dem Weg«, beeilte sie sich zu sagen, »aber du kannst dir nicht vorstellen, was gerade auf den Straßen los ist, keine Ahnung wieso, es war alles dicht.«

»Es wäre gut, wenn du dich ein bisschen beeilen könntest«, unterbrach Stefan sie. »Und sag mir bitte Bescheid, wie's Aron geht.« Er legte auf.

Sylvia starrte auf ihr Telefon. Plötzlich fühlte sie sich ganz leer. Sekundenlang stand sie da, und Stefans Stimme hallte in ihrem Kopf nach. Schließlich setzte sie sich in Bewegung, zuerst wie betäubt. Nach ein paar Schritten wurde sie schneller und hastete aus dem Geschäft, rannte die Passage entlang, durch die große Glastür, über den Postplatz, entlang der Straße bis hinüber zu ihrem Wagen.

Knapp 40 Minuten später war sie in der Krippe in Mannheim angekommen. Ihre Kleidung war immer noch nass, und die Erzieherinnen musterten sie von oben bis unten. Aron saß auf einem kleinen Stuhl und schob ein Spielzeugauto auf dem Tisch vor sich hin und her. Als sie ihn an die Hand nehmen wollte, weinte er und rief nach seiner Mutter. Es kostete Sylvia große Mühe, ruhig zu bleiben.

Irgendwann hatte sie den heulenden Jungen im Auto und fuhr los, schon wieder durch den zeitraubenden Stadtverkehr und dann über Land. Sie war noch nicht weit gekommen, als sie hörte, wie sich Aron auf dem Rücksitz übergab.

»Nein«, schrie sie, »hör auf damit.« Es ekelte sie. Sie war schwanger, das Letzte, was sie jetzt gebrauchen konnte, war irgendein Virus. Aron heulte. Genervt drehte Sylvia den Kopf nach rechts und sah sein rotes Gesicht. Wie hässlich schreiende Kinder aussehen, dachte sie. Auf dem blauen Anorak des Jungen zeichnete sich eine hellbraune Lache ab.

»Igitt, was hast du gemacht?«, rief sie und wandte den Kopf wieder nach vorn. Im gleichen Moment hörte sie den nächsten Schwall aus Aron herausschießen, ein säuerlicher Geruch breitete sich im Auto aus. Vor Wut und Ekel kamen Sylvia die Tränen, sie ließ die Seitenscheibe ein Stück herunter und atmete in Richtung des kühlen Fahrtwindes.

Plötzlich fuhr ihr ein lähmender Schreck in die Glieder. Was war mit den Medikamenten, die sie in der letzten Zeit genommen hatte? Sie hatten doch nicht etwa dem Kind geschadet? Sylvia musste das nachlesen und ihre Frauenärztin fragen. Aber es war ja nicht viel gewesen, versuchte sie sich zu beruhigen, und Medikamente waren ja heutzutage so sicher.

Sie begann, vor sich hin zu summen. Die Summtöne, ihre vertrauten Begleiter. Jetzt wurden sie lauter und versuchten Arons Weinen zu übertönen, aber es gelang nicht. Sylvia drehte das Radio auf.

Als sie endlich zu Hause ankam, hob sie mit angehaltenem Atem Aron aus dem Auto und zog ihn kurze Zeit darauf mit spitzen Fingern um. Sie legte eine alte Wolldecke über die Couch und packte ihn darauf, die vollgebrochene Kleidung beförderte sie direkt in die Waschmaschine. Zwischendurch klingelte ihr Handy, aber sie hatte keine Zeit, erst einmal brauchte sie Sauberkeit um sich herum.

Zehn Minuten später klingelte es erneut, Sylvia ging ran, es war Stefan.

»Ich dachte, du würdest mich anrufen?« In seiner Stimme war der Vorwurf nicht zu überhören. »Was ist mit Aron?«

»Er liegt hier auf der Couch«, sagte Sylvia. »Es geht so.«

»Wie? Es geht so?«

»Er hat sich übergeben.«

»Ach, der Arme. Gib ihn mir mal.«

Sylvia wollte ihr Handy nicht in die bazillenverseuchten Kinderhände geben. Nach einem kurzen Zögern schaltete sie den Lautsprecher an und hielt das Telefon Aron ans Ohr.

»Hallo, mein Großer«, hörte sie Stefan sagen. »Bist du ein bisschen krank? Papa beeilt sich, ja? Papa und Cosima kommen ganz bald.«

Aron griff nach dem Handy. »Haben«, sagte er und sah Sylvia mit fiebrigen Augen an. Die hielt das Telefon fest. Aron zwängte seine heiße Hand zwischen Sylvias und das Gerät. »Handy haben!« Er fing an zu weinen.

»Was hat er denn?«, fragte Stefan.

»Er will mein Handy.«

»Dann gib's ihm halt.«

Sylvia ließ los, das Telefon fiel zu Boden.

»Mist«, rief Sylvia, sie hob das Gerät auf und hielt es an ihr Ohr. »Wann kommst du?«, fragte sie. »Kannst du heute nicht etwas früher Schluss machen?«

»Geht leider nicht, hier ist der Teufel los. Außerdem kann ich Cosi nicht vor 18 Uhr abholen.«

»Ach so.« Mit dem rechten Fuß schob Sylvia ein paar große Legosteine zur Seite.

»Es könnte auch sein, dass ich nach dem Abendessen noch mal kurz ins Büro muss.«

»Was?« Sylvias Stimme war lauter, als sie es wollte. »Warum das denn?«

»Du, ich habe hier eine Firma zu leiten, ich habe Auftraggeber, die mir im Nacken sitzen. Es wäre wirklich schön, wenn du dafür ein wenig Verständnis aufbringen könntest, ich zerreiße mich doch schon förmlich.«

Sylvia schwieg. Sie hatte auch einen Betrieb zu leiten. Dazu musste sie derzeit vier Kinder versorgen. Und bald noch einen Säugling. Sie schluckte. Wie gern hätte sie Stefan die Neuigkeit mitgeteilt, aber nicht am Telefon und nicht in dieser Stimmung.

»Okay, bis später«, sagte sie leise und legte auf.

Bedrückt machte sie sich eine Tasse Tee und setzte sich an den Esstisch. In zweieinhalb Stunden musste sie los, um Mara, Henry und Vincent abzuholen, jedes Kind an einem anderen Ort. Ein Seufzen entfuhr ihr. Wann kam Christine aus der Klinik nach Hause? Stefan sagte nichts dazu, auf ihre Fragen hin war er ausgewichen. Er wisse es auch nicht, und was dann wäre, müsse man sehen.

Sylvia war wirklich müde. Mit einem Gähnen stand sie auf, ging in den Keller, brachte einen Korb Bügelwäsche mit nach oben und begann mit der Arbeit. Den Friseurtermin musste sie auch noch absagen, und sie sollte sich etwas Gesundes zu essen machen. Erschöpft schleppte sie sich durch den Mittag und sah dabei immer wieder gequält auf die Uhr.

Gegen halb vier packte sie den quengelnden Aron erneut ins Auto und fuhr los, um die anderen drei Kinder einzusammeln.

Als endlich alle zu Hause waren, begannen Mara und Vincent wieder zu streiten. Sylvia steckte sie getrennt voneinander in die beiden Kinderzimmer und verbot ihnen, herauszukommen. Sie fühlte sich wie ein batteriebetriebenes Spielzeug, dem langsam der Saft ausging.

Kurz nach halb sieben trafen Stefan und Cosima ein, Sylvia atmete auf. Zusammen aßen sie zu Abend, es gab Fischstäbchen mit Kartoffelbrei.

»Schmeckt's euch?«, fragte Stefan die Kinder. »Es musste heute wohl schnell gehen mit dem Kochen.« Er zwinkerte Sylvia zu. Sie steckte sich gerade ein Stück Fisch in den

Mund und dachte, dass sie endlich ihr süßes Geheimnis mit ihrem Liebsten teilen wollte.

»Musst du denn wirklich später noch mal weg?«, fragte sie ihn.

»Leider. Aber es wird nicht lange dauern.«

Als er gegen halb elf noch nicht wieder zurück war, ging Sylvia ins Bett. Sie wollte wach bleiben, aber die Müdigkeit war stärker. Schließlich konnte sie die Augen nicht mehr aufhalten.

Mitten in der Nacht wachte sie auf, der Wecker zeigte zehn nach drei an. Einen Moment lang musste sie sich orientieren. Neben sich hörte sie leise Schnarchgeräusche, durch das Schlafzimmerfenster fiel die dämmerige Straßenbeleuchtung. Vorsichtig schmiegte sie sich an Stefan. Er trug wieder diesen blumig-fruchtigen Duft, sie wollte ihn morgen einmal darauf ansprechen. Etwas Herberes stünde ihm besser.

33. KAPITEL

Stefan war außer sich. Er hatte sich den Donnerstagnachmittag extra früher aus dem Geschäft losgeeist, um seine Söhne abzuholen, und dann waren sie schon abgeholt worden. Von

Christine. Erbost hatte er in der Klinik angerufen, aber man erteilte ihm keine Auskunft mehr, es täte ihnen leid, er sei kein Familienangehöriger. Er hatte es beim Jugendamt versucht, aber dort war er nicht durchgekommen.

Jetzt saß er in seinem parkenden Auto und suchte auf dem Handy nach der Nummer seiner Anwältin.

Kurz darauf erklärte er ihr atemlos, um was es ging. »Da ist Gefahr im Verzug, tun Sie etwas! Es ist unverantwortlich, die Jungs bei ihrer Mutter zu lassen.«

»Herr Heidmann, die aktuell gültige Umgangsregelung ist die, wonach Ihre Söhne bei Ihrer Expartnerin leben. Juristisch gesehen hat sie das Recht, sie abzuholen und bei sich zu haben.«

»Hören Sie nicht zu?«, entfuhr es Stefan. »Die Kinder sind dort massiv gefährdet, Christine ist doch nicht mehr … zurechnungsfähig.«

»Das ist so bislang nicht festgestellt worden, und offen gesagt gehe ich auch nicht davon aus, dass dem so ist.« Frau Juncker klang betont sachlich. »Wenn Sie tatsächlich von einer akuten Kindeswohlgefährdung ausgehen, müssen Sie die Polizei rufen und Ihre Söhne aus der Wohnung der Mutter holen lassen.«

»Was?«, fragte Stefan.

»Ob Sie das Ihren Kindern zumuten wollen, müssen Sie selbst entscheiden. Und ob die Beamten vor Ort eine Kindeswohlgefährdung feststellen werden, ist wohl auch fraglich.«

Stefan sah durch die Frontscheibe seines Wagens und war fassungslos.

»Vertreten Sie mich oder meine Ex?«, fragte er tonlos. »Haben Sie keine besseren Ratschläge?«

»Aktuell nicht«, sagte Frau Juncker kühl. »Ich berate Sie nach bestem Wissen und Gewissen.«

»Nicht mehr lange«, murmelte Stefan und legte auf.

Fluchend startete er den Motor, parkte aus und reihte sich in den fließenden Verkehr ein. Morgen ging er zum Jugendamt, und außerdem suchte er sich einen anderen Anwalt, jemanden mit mehr Biss und Loyalität.

Die Ampel vor ihm schaltete auf Gelb und dann auf Rot, Stefan bremste ab und fragte sich, wo er eigentlich hin wollte. Er hatte keine Lust, noch einmal ins Büro zurückzugehen. Ihm war eher nach einer Massage. Sein Rücken war in den letzten Tagen etwas besser geworden, aber gerade spürte er wieder deutlich den Druck in der Gegend der Lendenwirbel. Oder war es Muskelkater? Unwillkürlich musste er schmunzeln.

Natürlich könnte er auch schon zu Sylvia fahren. Sie hatte heute Morgen so merkwürdige Andeutungen gemacht, es gäbe eine Überraschung, ob sie heute Abend etwas Zeit zu zweit hätten? Dabei hatte sie geheimnisvoll gelächelt. Er hatte keine Ahnung, was diese Überraschung sein sollte. Etwas Besonderes im Bett?

Heute konnte er für seine Söhne nichts mehr ausrichten. Okay, dachte er, dann fahre ich zu Sylvia. Wir könnten grillen und eine gute Flasche Wein trinken.

Hinter ihm hupte jemand, er schreckte aus seinen Gedanken auf, die Ampel war Grün geworden. Blöder Verkehrserzieher, dachte er und hupte zurück, während er aufs Gaspedal trat.

Im Prinzip fuhr er gern Auto, aber nicht hier in Mannheim. Er brauchte freie Strecken, auf denen man Beschleunigung und Geschwindigkeit spürte.

Hatte Sylvia nicht etwas von einem alten Alfa Spider erzählt, den ihr Mann gefahren hatte? Was war eigentlich mit dem Auto? Diese alten Sportwagen hatten durchaus ihren

Charme. Konnten sie mal eine Spitztour ins Grüne machen? An einem Wochenende, an dem seine Jungs Umgang mit ihrer Mutter hätten, der Wagen war ja vermutlich ein Zweisitzer.

Stefan lavierte sich weiter durch den Stadtverkehr, beschleunigte auf der Bundesstraße, ließ die Kilometer hinter sich und fädelte sich in Speyer wieder ins Stop-and-Go ein. Kurz darauf öffnete er mit dem Schlüssel, den er jetzt hatte, die Eingangstür von Sylvias Haus und trat mit einem lauten »Hallo?« ein.

Sylvia kam aus dem Wohnbereich in den Flur. Sie wirkte frisch in ihrer rosafarbenen Bluse und der hellen Hose.

»Hallo, mein Liebster, schön, dass du da bist.« Kurz berührten ihre Lippen seine. Dann stutzte sie und legte die Stirn in Falten. »Wo sind Vincent und Aron?«

»Ihre Mutter hat sie abgeholt«, knurrte Stefan.

»Wie? Ist sie denn wieder gesund?«

»Nein, ist sie nicht. Sie hat es trotzdem getan.«

»Ach so. Na dann. Komm rein, möchtest du ein Stück Kuchen?« Sylvia lächelte ihn an.

»Was?«, fragte Stefan entgeistert.

»Ich habe welchen mitgebracht, Marmorkuchen, den magst du doch.«

»Nein, ich will keinen Kuchen«, raunte Stefan. Begriff Sylvia gar nicht, um was es ging?

Er betrat das Wohnzimmer und ließ sich auf die Couch fallen. »Ein Bier würde ich trinken«, meinte er gedehnt und presste seinen Oberkörper an die Rückenlehne.

»Natürlich, ich bring dir eins.« Sylvia öffnete den Kühlschrank und nahm eine Flasche heraus. »Wie war dein Tag?«, fragte sie. »Du siehst müde aus.«

Müde ist nicht der richtige Ausdruck, dachte Stefan, aber er brummte nur zustimmend »hm«.

»Ach, ich habe ja noch was für dich.« Sylvia griff in ihre Handtasche, die auf dem Esstisch lag, und zog ein kleines, in türkisfarbenes Papier eingewickeltes Päckchen heraus. »Ich dachte, vielleicht möchtest du mal etwas Herberes ausprobieren? Also, mir hat es sehr gut gefallen.«

Fragend sah Stefan sie an. Was meinte sie? Mit der Bierflasche und dem Päckchen kam sie heran und reichte ihm beides.

»Oh, habe ich Geburtstag?« Er war ein wenig verunsichert.

»Du hast gestern wieder so blumig gerochen, ich glaube, ein anderes Rasierwasser stünde dir besser.«

Für einen Moment blieb Stefan die Luft weg. Scheiße, dachte er, ich Trottel. Duschen danach. Blitzschnell rangierte er seinen Gesichtsausdruck in ein Lächeln.

»Ach, das ist aber aufmerksam.« Er räusperte sich. »Ja, du hast recht, ich finde dieses After Shave auch nicht toll, das ist irgend so ein Unisex-Zeug.«

Sylvia nickte, ihr Gesicht schien offen und arglos, sie setzte sich zu ihm und blickte ihn auffordernd an. Es ist alles in Ordnung, dachte er, stellte die Bierflasche neben der Couch ab und wickelte das Päckchen aus. Zum Vorschein kam ein kleiner brauner Karton mit dem Eau de Toilette einer teuren französischen Marke.

»Probier's aus.« Sylvia schmiegte sich an ihn, ihr Haar kitzelte ihn am Hals.

»Gerne.« Er öffnete den Karton, zog die Flasche heraus, drehte den Deckel ab und roch.

»Mhm, sehr gut«, sagte er, »schön holzig.« Noch einmal hielt er seine Nase an den Flakon. Dann gab er Sylvia einen Kuss auf die Wange, »danke schön.«

Zärtlich küsste sie ihn auf den Mund, sie schmeckte nach Schokolade.

»Wo sind Mara und Henry?«, fragte er, als sie ihre Lippen wieder löste. Er wollte möglichst schnell von dem Duftthema wegkommen.

»Oben in ihren Zimmern. Soll ich sie rufen?«

»Lass nur.« Stefan verschloss das Eau de Toilette und nahm einen großen Schluck Bier. Gleichzeitig fragte er sich, ob das Rasierwasser die Überraschung war, von der Sylvia heute Morgen gesprochen hatte. Aber brauchte man dafür Zeit zu zweit? Gab es noch eine andere Überraschung? Eigentlich wollte er es gar nicht so genau wissen. Dass er seine Söhne nicht hatte abholen können, war ihm für heute Überraschung genug.

»Du Stefan«, Sylvia drückte sich noch fester an ihn. »Es gibt da noch etwas.«

Also doch, dachte Stefan. Sein Magen knurrte, er hatte Hunger. Am liebsten wollte er etwas essen, was Herzhaftes, für Überraschungen war später auch noch Zeit.

»Hm?«, meinte er und trank einen Schluck Bier.

»Ich weiß, wir sind noch nicht so lange zusammen, aber trotzdem fühlt es sich für mich an, als seien wir eine Familie.«

Ja, irgendwie schon, dachte Stefan. »Für mich auch«, sagte er möglichst sanft.

»Also, ich war selbst ziemlich überrascht.« Sylvia lachte leise auf, es klang wie ein Glucksen. »Puh, und dann brauchte ich schon einen Moment, um mich an den Gedanken zu gewöhnen …«

Unwillkürlich horchte Stefan auf. Was wollte sie? Überrascht? An den Gedanken gewöhnen? Er drehte den Kopf nach links und sah Sylvia an. Ein Strahlen lag in ihren Augen, und sie hatte einen merkwürdig verklärten Gesichtsausdruck.

Instinktiv rückte er ein paar Zentimeter von ihr ab. Der gleiche Instinkt schickte ihm eine Ladung Stresshormone durch die Blutbahn.

Was kommt jetzt?, dachte er alarmiert.

»Du Stefan …«, sie biss sich auf die Unterlippe.

Die Ahnung, die er nicht haben wollte, wurde immer bedrohlicher.

»Stefan … also … unsere Familie wird noch größer.«

Ihm blieb die Luft weg.

»Was?«, kam es erstickt aus ihm heraus.

»Ich bin schwanger.«

»Wie bitte?«, rief er und sprang auf. Das durfte doch nicht wahr sein. »Ich dachte, du verhütest.«

Während er den letzten Satz herausgefeuert hatte, hatte sich Sylvias Ausdruck verändert. Freude und Strahlen waren einem ungläubigen Starren gewichen.

»Du hast nicht danach gefragt«, kam es nach ein paar Sekunden stockend von ihr, ihre Stimme klang wie Blech.

»Aber das ist doch selbstverständlich, man kann doch nicht … *du* kannst doch nicht … Herrgott, wir haben uns doch gerade erst kennengelernt …«

»Nun ist es aber passiert … Ich dachte, wir sind eine Familie.« Sylvia saß zusammengesackt auf dem Sofa und sah zu Boden. »Heißt das, du freust dich nicht?«, murmelte sie.

Er konnte es nicht fassen. Ob er sich freue? War die Frau noch ganz bei Trost?

»Sylvia, ist dir klar, in welche Situation du mich damit bringst? Ich habe schon drei Kinder, die alle nicht bei mir leben. Ich kämpfe um meine Söhne, das ist eine offene Front, daneben muss ich in der Firma funktionieren … Und jetzt noch ein … Baby? Wie soll ich das denn alles schaffen?«

»Aber zusammen können wir das doch hinbekommen.« Sylvias Murmeln wurde immer leiser. »Es ist doch unser Kind.«

»Verstehst du das nicht?«, rief er. »So funktioniert das

nicht. Du kannst nicht einfach … Das ist Betrug, du hast mich schlicht hintergangen.« Ihm stand der kalte Schweiß auf der Stirn.

»Mama, bekommen wir ein Baby?«

Stefan fuhr herum. Im Türrahmen stand Mara und schaute mit diesen bleigrauen Augen auf ihre Mutter. Hinter sich hörte er ein leises Aufstöhnen und dann Sylvias gequälte Stimme: »Gehst du bitte wieder hoch zu deinem Bruder?«

»Wann kommt das Baby, Mama?«

»Mara, bitte.«

»Kommt das Baby aus deinem Bauch? Wird es ein Junge oder ein Mädchen?«

»Mara«, schrie Sylvia jetzt, »geh nach oben.«

Das Mädchen zuckte zusammen, drehte sich um und lief die Treppe hinauf.

»Du bist doch mit deinen zwei Kindern schon überfordert.« Blitzschnell wandte sich Stefan wieder Sylvia zu, »und dann noch ein Baby?«

Noch immer saß sie wie vom Donner gerührt auf der Couch. »Vielleicht überlegst du es dir ja noch«, flüsterte sie, hob den Kopf und sah ihm direkt ins Gesicht. »Bitte, Stefan.«

Er spürte, dass er kaum noch Luft bekam, er musste hier raus, und zwar schnell.

»Okay Sylvia, ich muss jetzt los. Ich melde mich.« Bei dem letzten Satz stand er schon im Türrahmen. Drei Sekunden später öffnete er die Haustür, warf sie mit einem lauten Knall hinter sich ins Schloss und rannte zu seinem Wagen.

Hört das alles denn nie auf?, pulsierte es in seinem Hirn. Noch ein Kind. Das überstieg seine Kräfte. Und wie sollte er mit Sylvia eine Beziehung führen können, wenn sein Vertrauen so missbraucht worden war?

Hastig klemmte er sich hinters Steuer, ließ den Motor an und fuhr so schnell er konnte los.

In seinem Kopf war kein klarer Gedanke mehr, außer dem, alles hinter sich zu lassen und abzuhauen. Weg in eine andere Welt, eine, in der es um ihn ging, in der *er* wichtig war, in der die Dinge sich nach seinen Bedürfnissen einrichteten. Die nackte Panik hatte ihn ergriffen. Alles in ihm schrie »nein«, er wollte das gerade Erfahrene einfach nicht wissen.

Vergessen, abschalten, herunterfahren. Er musste diesen Stress aus seinem Körper bekommen, sonst machte sein Herz bald nicht mehr mit.

Vor seinem geistigen Auge erschien das Logo mit dem vollen roten Herzen und der geschwungenen Schrift *Massage Royal* darunter.

Während er mit der linken Hand das Steuer umklammerte, nestelte seine rechte das Handy aus der Sakkotasche. Er suchte einen Moment unter »Kontakte« und wählte dann eine Nummer.

»*Massage Royal*«, kam es vom anderen Ende der Leitung in einer warmen Altstimme mit leichtem Akzent.

»Hallo, Daria, hier ist Stefan Gabriel. Könnte ich kurzfristig einen Termin bekommen?«

»Ah Stefan«, gurrte Daria, »gern. Jetzt sofort? Komm vorbei, wenn du möchtest.«

»Schön. Bis gleich.«

Stefan legte auf. Zwei schmale einfühlsame Hände und der Rest von Darias Körper konnten ihm hoffentlich den Kopf frei machen.

34. KAPITEL

Sylvia kauerte in einer Ecke des Schlafzimmers und presste ihren Rücken gegen die Wand. In dem dunklen Raum flirrte ein Summen, es war bei ihr, sie war nicht ganz allein. Dennoch fühlte sie sich unendlich hilflos. Wie hatte sich Stefan nur so verhalten können?

Ihr Körper gierte danach, eine Tablette zu nehmen, damit es ruhiger in ihm wurde, aber sie musste ja an ihr Kind denken. Keine Medikamente mehr.

Wie lange dauerte diese Nacht schon? Hunderte von Stunden. Verzweifelt krallte Sylvia ihre Fingernägel in die Unterarme. Wieso half ihr niemand? Seit Monaten musste sie alles allein machen, sie schaffte das nicht mehr. Warum konnte sie nicht wieder so sein wie die anderen Leute da draußen, die in ihrer bequemen Wirklichkeit lebten und für die es nur *eine* Wirklichkeit gab.

Die Liebe zu Stefan war für Sylvia ein Rettungsanker gewesen, eine Wiedergutmachung für das, was sie hatte erleiden müssen.

Bis heute verstand sie nicht, warum Marco sie damals betrogen hatte. Es war ihnen doch gut gegangen, ihnen hatte es doch an nichts gefehlt.

Wie eine Fratze tauchte das Gesicht seiner Geliebten vor Sylvia im Dunkel des Raums auf.

Wissen Sie, er war die Liebe meines Lebens.

Es schüttelte Sylvia. »Geh weg«, zischte sie.

Als sie vor ein paar Monaten Daria den Umschlag mit den 50.000 übergeben hatte, hatte sie gedacht, dass eigentlich der Falsche gestorben war. Diese Hexe hätte es nicht mehr geben dürfen. Sie hatte Sylvia einfach mit dem Geld in ein Café nach Mannheim bestellt, offenbar war sie sich ihrer Sache ziemlich sicher gewesen. Was war Sylvia auch anderes übrig geblieben als zu zahlen. Daria hatte sie mit den Nachrichten, die Marco ihr geschickt hatte, in der Hand.

»Danke schön«, hatte Daria gesagt und den Umschlag in eine teure Handtasche gesteckt. »Wissen Sie, er war die Liebe meines Lebens.«

Noch nie hatte sich Sylvia so gedemütigt gefühlt.

Sie hatte teuer bezahlt dafür, weiter bei ihren Kindern leben zu dürfen, ein scheinbar normales Leben führen zu können. Und jetzt, da sich für sie die Dinge wieder zum Guten gewendet hatten, ließ Stefan sie im Stich?

Aus dem Zimmer ihrer Tochter hörte Sylvia einen leisen Aufschrei, »nein, nicht.« Mara träumte wieder schlecht, doch Sylvia hatte keine Kraft aufzustehen und nach ihr zu sehen. Die Angst umklammerte ihren Kopf, Sylvia wiegte sich hin und her und summte immer lauter. Ihr Hirn suchte verzweifelt nach Trost.

Dann, plötzlich, erkannte sie es. Sie hatte Stefan zu sehr überrascht, er war überrumpelt worden, nach einem langen Arbeitstag, an dem er sich außerdem so darüber geärgert hatte, dass seine Söhne nicht bei ihm waren. Wie unklug sie gewesen war, sie hätte doch sehen müssen, dass er in Gedanken ganz bei seinen Jungs war, sie hätte nicht von einem neuen Kind sprechen sollen. Es hatte ihn überfordert.

Er braucht einfach Zeit, um sich an den Gedanken zu gewöhnen, dachte Sylvia. Dann wird er das Kind auch wollen. Wir haben so viel darüber gesprochen, wie wunderbar Kinder sind.

Ängstlich klammerte sich Sylvia an der Vorstellung fest. Sie musste ein wenig nachsichtig mit Stefan sein, Männer reagierten manchmal schroff und impulsiv. Aber das würde schon wieder werden.

Sylvia atmete tief durch. Schließlich löste sie sich aus ihrer Ecke und ging auf unsicheren Beinen die Treppe hinunter in die Küche. Dort nahm sie eine Tafel Schokolade aus dem Vorratsschrank, setzte sich auf einen Stuhl und schob sich einen Riegel in den Mund. Aber die Schokolade fühlte sich wie ein Fremdkörper an, wie geschmackloses, hartes Fett zwischen ihren Kiefern. Widerwillig schluckte sie. Ihr Blick fiel auf das Eau de Toilette, das immer noch neben dem Sofa stand.

Langsam ging sie hinüber, öffnete den Flakon und sog den Duft ein. Stefan würde ihn tragen, ganz bestimmt. Sie sprühte sich einen Stoß auf das linke Handgelenk und einen an den Hals. In die holzigen Noten mischten sich etwas Erdiges und ein Hauch von Moschus, es roch kraftvoll und warm. Eine brennende Sehnsucht nach Stefans Körper und nach seinen Berührungen stieg in Sylvia auf.

»Komm zurück«, wimmerte sie. Sie trug doch das Pfand ihrer Liebe unter ihrem Herzen.

In den warmen Duft gehüllt ging sie wieder nach oben, kauerte sich ins Bett und wartete, bis die Nacht vorüberging.

Am nächsten Morgen las sie betäubt von Müdigkeit und Furcht eine E-Mail, die Stefan am Abend geschrieben hatte.

Hallo Sylvia,

ich weiß nicht, was gerade passiert. Ich erfahre von dir, dass du schwanger bist, und offenbar hast du allein entschieden, es zu werden. Ich bin schockiert darüber, derart hintergangen worden zu sein und kann mir nicht vorstellen, eine Beziehung mit einer Frau zu leben, die mein Vertrauen so missbraucht hat. Selbst wenn diese Frau ein Kind von mir erwartet. Zwischen uns ist etwas zerbrochen, das sich nicht mehr kitten lässt.

Stefan

Mit dem Gefühl zu Boden geschlagen worden zu sein, wählte Sylvia seine Nummer. Nach dreimaligem Summton schaltete sich die Mailbox an.

»Stefan bitte, wir müssen reden«, hastete sie los. »Es ist alles ganz anders, als du denkst. Kannst du heute oder morgen zu mir kommen? Dann können wir gemeinsam entscheiden, wie es weitergeht. Bitte, Stefan.« Und in einem Flehen fügte sie an: »Wir gehören doch zusammen.«

Eine Stunde später empfing sie eine Nachricht:

»Kann Samstagnachmittag kurz vorbeikommen, um meine Sachen zu holen.«

Schluchzend brach Sylvia über ihrem Schreibtisch zusammen.

35. KAPITEL

»Na, fit für eine kleine Joggingrunde?« Nina stand mit ihrem Hund am Gartenzaun und winkte Christine zu.

»Ja klar, topfit. Kommt rein, die Jungs freuen sich bestimmt über Lizzys Besuch.«

»Und du dich über meinen, gell?« Nina öffnete das Tor und kam in bunten Leggins und ausgetretenen Turnschuhen über die Wiese. Christine machte Anstalten, sich aus ihrem schräg gestellten Liegestuhl aufzurappeln.

»Bleib sitzen … äh liegen.« Grinsend beugte sich Nina zu ihr herunter und drückte sie. »Wie geht's dir?«

»Hallo, Lizzy!« Vincent sprang von seiner Schaukel und begann, den Hund zu streicheln. Aron sah erst einmal abwartend von dem kleinen Sandkasten aus zu.

»Eigentlich schon besser. Mein Vater hat uns gestern Mittag aus Mannheim abgeholt, wir bleiben bis Montag früh. Ich glaube, das tut mir gut hier.« Sie verzog einen Mundwinkel. »Kaum Mordanschläge.«

Nina setzte sich auf den Stuhl neben Christine. »Ja, kann ganz erholsam sein. Aber im Ernst. Bist du weitergekommen?«

»Nein«, antwortete Christine niedergeschlagen. »Ich habe unsere Nachbarn im Haus und nebenan gefragt. Niemand hat Stefan am Freitag gesehen. Wenn er in der Wohnung war, wovon ich ja ausgehe, kam er offenbar unbemerkt rein. Ich zermartere mir den Kopf, aber ich weiß nicht, wie man ihn überführen könnte.«

»Wenn ihn keiner gesehen hat, als er die Wohnung betrat,

wird es schwierig. Und selbst wenn er beobachtet worden wäre, dann ja immer noch nicht bei der Tat selbst.«

Christine nickte und sah zu ihren Söhnen. Mittlerweile war Aron auch bei Lizzy und streichelte sie.

»Weißt du, bei aller Wut fühle ich mich total zerrissen. Was bedeutet es denn, wenn ich Stefan überführen könnte? Das, was er getan hat, kann als Mordversuch gelten, dann geht der Vater meiner Söhne ins Gefängnis. Kannst du dir vorstellen, was das für die Jungs heißt? Mutter bringt Vater hinter Gitter?«

»Weil Vater vorher versucht hat, Mutter um die Ecke zu bringen«, sagte Nina und zuckte mit den Schultern. »Es kann doch nicht sein, dass er damit durchkommt. Außerdem – was ist, wenn er es wieder versucht? Du bist doch deines Lebens nicht mehr sicher.« Einen Moment lang zögerte sie. »Hast du das Schloss an der Wohnungstür austauschen lassen?«

»Mittlerweile ja«, erwiderte Christine. »Aber ich kann immer noch nicht fassen, dass Stefan versucht hat, mich aus dem Weg zu räumen. Ich will ihm die Jungs doch nicht wegnehmen.«

»Aber er sieht es wohl so«, erwiderte Nina, »und offenbar erträgt er den Gedanken nicht.«

»Ich würde das auch kaum aushalten.« Christine sah zu Boden.

Die beiden Freundinnen schwiegen eine Weile, nur das Lachen der Jungs klang zu ihnen herüber.

»Hast du Stefan nicht mit irgendwas in der Hand?«, fragte Nina unvermittelt.

»Wie jetzt?«

»Na ja, angenommen, du könntest ihm doch die Sache mit den Schlaftabletten nachweisen. Dann musst du ja nicht unbedingt damit zur Polizei, sondern du machst ihm klar, dass er sich in Zukunft benehmen soll, sonst …«

»Du meinst … Erpressung?«

»Chris, zwischen euch ist Krieg. Wir reden nicht mehr vom Gänseblümchenpflücken.«

In Christines Kopf begann es zu arbeiten. Wo sollte sie Beweise für Stefans Tat herbekommen? Oder gab es etwas, das ihm beruflich so schadete, dass es keinesfalls bekannt werden durfte?

»Hat er in der Firma Dreck am Stecken? Steuerhinterziehung, Schmiergeldzahlungen, Schwarzarbeit, so was in der Art?«, fragte Nina in diese Gedanken hinein.

»Das habe ich auch gerade überlegt. Aber spontan fällt mir nichts ein, und ich habe ja auch keinen Zugriff auf irgendwelche Unterlagen. Jetzt sowieso nicht mehr.«

»Denk mal nach«, entgegnete Nina. »Womöglich fällt dir doch noch was ein.«

Christine nickte stumm.

»So, und jetzt müssen mein Hund und ich weiterziehen.« Nina stand auf. »Ich komme morgen wieder vorbei, okay? Ach … bevor ich's vergesse …« Sie kramte in ihrer bunten Häkeltasche und zog einen Briefumschlag heraus. »Von Ralph. Den habe ich gestern getroffen. Natürlich weiß der halbe Ort schon, was dir passiert ist. Hier …«, Nina reichte Christine den Umschlag. »Mit den besten Wünschen für eine baldige Genesung.« Sie grinste breit.

»Echt? Ein Brief?« Ein paar Sekunden lang betrachtete Christine den Umschlag und spürte ein Kribbeln in der Magengegend. Dann stopfte sie ihn in die Tasche ihrer Jogginghose.

»Willst du ihn nicht aufmachen?« In Ninas Gesicht war die Neugier kaum zu übersehen.

»Später.« Mit Mühe hievte sich Christine aus ihrem Liegestuhl und umarmte ihre Freundin. Kurz darauf verschwand Nina mit dem Hund durch das Gartentor.

Gedankenverloren sah Christine ihr nach und setzte sich wieder.

Was wäre eigentlich, wenn diese Sylvia aus irgendwelchen Gründen die Beziehung mit Stefan beendete?, fragte sie sich. Bricht dann sein Kinderversorgungssystem zusammen, und es wird wesentlich schwieriger, den Alltag mit zwei kleinen Jungs zu stemmen? Kann er das dann überhaupt noch?

Wer war diese Sylvia? Sie war mit Vincent und Aron zusammen, kümmerte sich offenbar um sie, und Christine kannte die Frau gar nicht. Ob Vincent ihren Nachnamen wusste? Sie würde ihn später einfach fragen.

Christine streckte ihre Beine auf dem Liegestuhl aus und verschränkte die Arme vor der Brust. In ihrer Hosentasche piekste sie die Ecke des Briefumschlags durch den Stoff. Sie nahm ihn heraus, betrachtete ihn und riss das Papier auf. Eine Postkarte kam zum Vorschein. Auf einem nachkolorierten Schwarzweiß-Bild saßen ein Mann und eine Frau vor einem Schuppen auf einer Bank. Christine drehte die Karte um und las:

Liebe Chris,
gehen wir mal ein Bier trinken? Ich würde mich wahnsinnig freuen … und ich trag auch deine Krücken.
Ralph

Christine musste schmunzeln. Am unteren Rand der Karte stand eine Handynummer. Warum nicht?, dachte sie. Eigentlich freute sie sich darauf.

36. KAPITEL

Es war ein trüber Samstagnachmittag, und Stefan war übelster Stimmung. Er verstand nicht, warum Sylvia ihn so hintergangen hatte. Sie hätte ihm sagen müssen, dass sie nicht verhütete, Regine tat es ja auch. Besser gesagt, sie sorgte für Verhütung. Man musste doch klar sein in solchen Dingen, vor allem in seiner Situation, Sylvia wusste doch, wie es bei ihm stand.

Es war wirklich besser, wenn es kein Kind mehr gab. Er musste das auch Sylvia klarmachen. Sie wollte doch nach dem Umzug ihres Sanitätshauses in die neuen Räume beruflich noch einmal Gas geben.

Gerade stellte er seinen Wagen in einer Parklücke nah bei seiner alten Wohnung ab. Wenn seine Söhne zu Hause waren, würde er sie einfach mitnehmen. Von einem körperlichen Wrack wie Christine war wenig Gegenwehr zu erwarten.

Stefan lief ein kurzes Stück, schloss die rotbraune Haustür auf und stieg die Treppen zur Wohnung hoch. Er klingelte, einmal und noch einmal. Nichts rührte sich. Also nahm er seinen Schlüssel aus der Jackentasche und schob ihn an das Schloss heran, erst vorsichtig, dann mit Druck. Er passte nicht mehr.

»Mist«, fluchte er leise, offenbar hatte Christine das Schloss austauschen lassen. Verärgert klingelte er noch einmal. Es tat sich nichts. Wahrscheinlich war sie mit den Jungs bei ihren Eltern untergekrochen. Missmutig stieg er die Treppen hinunter, verließ das Haus, ging zurück zu seinem Wagen und fuhr los Richtung Speyer.

Cosima war seinerzeit auch ein Unfall gewesen. Und Regine hatte ihm erst im dritten Monat von ihrer Schwangerschaft erzählt, sie waren nur locker zusammen gewesen. Er hätte sie damals würgen können, ihn so spät erst einzubeziehen. Wer war er denn, ein dahergelaufener Samenspender?

Energisch trat er aufs Gaspedal, nur um ein paar Meter später an einer Ampel wieder abzubremsen.

Womöglich wäre er bei Regine geblieben, wenn er gewusst hätte, auf welche Frauen er noch treffen würde. Wahrscheinlich hätten sie sich miteinander arrangieren können, abgeklärt, erwachsen und hin und wieder scharf aufeinander. Es gab Schlimmeres.

Nur langsam kam Stefan im Verkehr voran, sein Magen knurrte andauernd, und seine Laune wurde zunehmend schlechter.

40 Minuten später parkte er ein, stieg aus und ging mit schleifenden Schritten zu Sylvias Haus. Er klingelte, und fast zeitgleich wurde die Tür geöffnet.

»Wie schön, dass du da bist.« Sylvia stand vor ihm. Ihr Haar war unordentlich nach oben gesteckt, und auf ihrer weißen Bluse waren hellbraune Flecken. Sie sah müde aus, irgendwie teigig und aufgedunsen, mit dunklen Schatten unter den Augen. Ließ sie sich jetzt gehen, nur weil sie schwanger war?

»Komm rein, es gibt Kaffee und Kuchen.«

»Ich habe keinen Hunger«, sagte Stefan, ging an ihr vorbei und betrat den Flur. Dabei wehte ihn ein Schweißgeruch an. Reflexartig stieß er Luft aus seiner Nase aus und ging weiter in den Wohnbereich. Es war unordentlich, überall lagen Spielsachen und Kleidung herum, in der offenen Küche stapelte sich Geschirr.

Vor der Couch spielte Mara mit Barbiepuppen. Als sie ihn bemerkte, kam sie angelaufen.

»Hallo, Stefan!« Sie drückte sich an seine Beine, es war ihm unangenehm. »Wann gehen wir wieder ins Schwimmbad?«

»Mmh«, murmelte er, »mal sehen.«

Kann Sylvia nicht dafür sorgen, dass wir ungestört reden können?, dachte er. Andererseits – wozu noch groß reden?

Auf dem Esstisch standen vier Teller, zwei Kaffeetassen, zwei grüne Kunststoffbecher und ein Marmorkuchen.

»Komm setz dich.« Sylvia goss Kaffee ein, sie wirkte fahrig. Stefan nahm wahr, wie ihre Hand zitterte, als sie die vollen Tassen auf dem Tisch abstellte. Dann griff sie nach dem Kuchen und beförderte nachlässig ein Stück auf jeden Teller. Fast schmiss sie es darauf, Stefan verging endgültig der Appetit.

»Kinder, kommt ihr?« Sie sah zum Sofa und schien zu stutzen. »Wo ist Henry?«, fragte sie.

»Oben in seinem Zimmer«, antwortete Mara. »Soll ich ihn holen?«

»Ja bitte, sei so lieb.« Sylvia klang, als würde sie einen Text ablesen. Was ist mit der Frau los?, dachte Stefan.

Während Mara nach oben stapfte, wendete sie sich wieder ihm zu. »Wie geht es dir, Liebling?« Sie biss von ihrem Kuchen ab und kaute mechanisch.

»Das ist jetzt wohl nicht die Frage«, presste er hervor und räusperte sich. »Die Frage ist vielmehr, wie du dir das alles in Zukunft vorstellst? Und wie es überhaupt so weit hat kommen können.«

»Aber Schatz, das weiß ich doch auch nicht, ich war doch genauso überrascht wie du.« Sylvias Gesicht verzog sich in Ratlosigkeit. »Ich nehme doch die Pille.« Sie ging hinüber zur Anrichte, nahm eine kleine weiße Packung mit einer roten Blume darauf und warf sie auf den Esstisch. »Ich würde dich doch niemals hintergehen.«

Stefan stutzte. Konnte das denn sein? Schwanger trotz Pille? Er hatte das immer für ein Gerücht gehalten.

»Meine Ärztin sagt, so was kann vorkommen, die Pille bietet eben auch keinen hundertprozentigen Schutz.«

Hatte Sylvia ihren Text einstudiert? Sie wirkte völlig hölzern.

»Darf ich dir noch etwas Kaffee nachgießen?«

Er hatte noch gar nichts getrunken. Irgendetwas stimmte hier nicht. Das Unwohlsein, das er bereits auf der Fahrt nach Speyer empfunden hatte, steigerte sich zu einem Fluchtimpuls. Aber sein Instinkt riet ihm, nichts zu überstürzen und erst einmal auf Zeit zu spielen. So lange, bis er wusste, was hier los war.

Hatte Sylvia ihn wirklich nicht hintergangen, war diese Schwangerschaft tatsächlich eine unwahrscheinliche Laune des Schicksals? Änderte das etwas an seinen Gefühlen? Gerade war er Lichtjahre von dieser Frau, die ihm gegenüber saß, entfernt.

»Sylvia, ich brauche etwas Zeit, um mir über alles klar zu werden«, sagte er gedehnt.

»Aber wieso Zeit? Wir waren uns doch sicher, dass wir zusammenbleiben wollen.«

»Ja, aber verstehst du nicht, was noch ein Kind für mich bedeutet? Verstehst du nicht, dass es einfach zu früh für uns ist? Möglicherweise in ein oder zwei Jahren, aber doch nicht jetzt schon.«

»Was soll das heißen?«, fragte Sylvia tonlos.

»Das soll heißen, dass wir uns reiflich überlegen müssen, ob es eine gute Entscheidung ist, ein Kind in die Welt zu setzen.«

Ein paar Sekunden lang schwieg Sylvia. »Ich soll unser Kind umbringen?«, fragte sie dann und klang dabei wie eine Maschine.

»Das kannst du doch so nicht sagen«, brauste Stefan auf. »Man kann doch nicht *umbringen* sagen, es ist doch noch gar kein Kind, noch lange nicht. Also bitte, lass uns doch bei den Fakten bleiben.«

»Dann bringe ich lieber dich und mich um.«

Die Worte knallten durch den Raum wie Pistolenschüsse. Sylvias Gesicht war vollends entglitten, Stefan erschrak. Was redete sie da, war sie völlig verrückt geworden? Hatte er etwa eine Wahnsinnige geschwängert? Im gleichen Moment blitzte ein anderer Gedanke auf: Würde das Kind dann bei ihm leben? Bei einer irren Mutter konnte man es ja wohl nicht lassen.

Aber er wollte gar kein Kind mehr.

Entgeistert sah er Sylvia an.

»Was?« Jetzt lachte sie auf. »Denkst du, das kann ich nicht?«

»Was redest du denn da?« Stefan wurde die Angelegenheit zunehmend unheimlich. Sylvia stopfte wieder Kuchen in sich hinein, der Anblick erfüllte ihn mit Abscheu.

»Mama, Henry will nicht runterkommen«, rief Mara vom oberen Stockwerk.

Ist auch besser so, dachte Stefan. Ob Sylvia ernsthaft Hilfe brauchte? Aber er war bestimmt nicht derjenige, der auch noch in dieser Sache das Jugendamt einschaltete.

Sylvia reagierte nicht auf den Ruf ihrer Tochter und kaute mit vollem Mund weiter.

»Gut, Sylvia, ich muss los, ich habe noch eine Besprechung.« Er gab seiner Stimme einen beruhigenden Klang. »Lass uns in den nächsten Tagen in Ruhe weiterreden. Ich bin sicher, dass wir gemeinsam eine Lösung finden werden.«

Mit vollen Backen starrte Sylvia ihn an. »Bist du heute Abend zum Essen zurück?«

»Herrgott, ich habe doch gesagt, wir reden in den nächsten Tagen weiter«, entfuhr es Stefan. Er wollte so schnell es ging aus diesem Haus. »Also, ich melde mich.« Er war bereits an der Wohnzimmertür. Dann fiel sein Blick auf Mara, die auf der Mitte der Treppe stand.

»Gehst du jetzt zu Cosimas Mama?«, fragte sie.

»Wie bitte?« Er traute seinen Ohren nicht. Was wollte dieses Gör?

»Cosima sagt, ihre Mama und du, ihr habt euch immer noch lieb.«

Vor Erstaunen stockte Stefan der Atem.

»Cosima sagt, ihr küsst euch auch noch.«

»Halt den Mund«, zischte er und hörte im gleichen Augenblick hinter sich eine tonlose Stimme: »Was hast du gesagt?«

Er drehte sich um und sah Sylvias ungläubigen Blick, der auf ihre Tochter gerichtet war.

»Hat Cosima erzählt«, murmelte Mara und senkte die Lider.

»Also bitte, was denkt sich deine Tochter denn für Geschichten aus?« Stefan klang konsterniert. »Sie hat ja wohl eine ziemlich lebhafte Fantasie. Du solltest ihr mal beibringen, bei der Wahrheit zu bleiben.«

»Aber das hat Cosima erzählt«, wiederholte Mara und stampfte mit dem Fuß auf.

»Das ist mir wirklich zu dumm hier.« Stefan eilte zum Ausgang. »Also, bis dann.« Hastig riss er die Haustür auf, schlug sie Sekunden später hinter sich zu und lief in Richtung seines Wagens.

Das war alles nicht zu fassen. Hatte Regine etwa ihre Liaison vor ihrer Tochter ausgebreitet? Konnte man sich denn auf nichts mehr verlassen?

Ein Stich in der Brust ließ ihn innehalten, er japste nach Luft. Keuchend schwankte er weiter zu seinem Auto, schloss auf und warf sich auf den Sitz. *Denkst du, das kann ich nicht?*, hallte es in seinen Ohren nach.

37. KAPITEL

Wie gelähmt stand Sylvia am Treppenabsatz und starrte auf ihre Tochter. Das Zuschlagen der Haustür weckte sie aus ihrer Starre auf. Sie ging auf Mara zu und schüttelte sie.

»Was hast du gesagt? Das hast du dir nur ausgedacht!«

»Nein, habe ich nicht.« Mara begann zu weinen. »Vielleicht hat Cosima sich das ausgedacht, aber sie hat es gesagt.«

Sylvia hielt inne.

Das kann sein, dachte sie. Cosima hat es erfunden. Sie ist eifersüchtig und intrigiert gegen die neue Liebe ihres Vaters. Sylvia ließ Mara los.

»Möchtest du ein Stück Kuchen, Liebling?«, fragte sie.

Noch immer weinte Mara. Sie soll aufhören damit, dachte Sylvia. Das Geräusch war kaum zu ertragen. Sie wandte sich ab und kehrte zum Esstisch zurück. Dort schnitt sie sich noch ein dickes Stück von dem Marmorkuchen ab und biss hinein.

Ihr war wirklich nicht gut, eigentlich brauchte sie irgendetwas zur Beruhigung. Unentwegt flimmerte es in ihr, und manchmal konnte sie ihre eigenen Gedanken hören, manchmal auch fremde. Sie musste ruhiger werden, Ruhe war wichtig, auch für das ungeborene Kind.

Hinter ihr schniefte Mara, kam heran, setzte sich auf ihren Stuhl und rieb sich mit ihrem Ärmel übers Gesicht. Zögerlich begann sie zu essen.

»Wo ist dein Bruder?«, fragte Sylvia.

Mara zuckte mit den Schultern, und Sylvia schob sich mehr Kuchen in den Mund. Es schmeckte süß und gut, nahrhaft, das war auch wichtig.

Stefan hatte nichts mehr mit Regine, das war unmöglich. Mit ein paar Schlucken Kaffee spülte Sylvia den schokoladigen Brei aus ihrer Mundhöhle herunter. Regine war Vergangenheit.

»Ich bin fertig«, sagte Mara und schniefte noch immer. »Darf ich fernsehen?«

»Ja, sicher, Liebling.« Sylvia lächelte, sie hatte eine wirklich brave Tochter. Wo war Henry noch mal? Aber wenn er sich nicht meldete, ging es ihm ja gut, wahrscheinlich spielte er mit seinen Autos.

Sie stand auf und schaltete den Fernseher an. Ihr Kopf juckte, und irgendetwas an ihrem Hals auch. Sie kratzte sich und sah zappelnde Zeichentrickfiguren auf dem Bildschirm. Dann ging sie zurück zum Esstisch und biss in ihren Kuchen. Ein leises Heulen drang an ihre Ohren.

»Mara, Schluss jetzt, hör auf mit der Weinerei«, raunte sie. Es heulte weiter. Das Weinen kam von oben. Sylvia kaute ihren Mund leer und sah auf den Fernseher. Ein Marienkäfer lag auf dem Rücken und konnte sich nicht mehr umdrehen, Mara lachte. Lachen war besser als Weinen, Sylvia ging zu ihrer Tochter und setzte sich zu ihr auf die Couch.

Plötzlich durchschnitt ein lautes Klingeln den Film und ließ sie zusammenzucken. In ihrem Unterleib piekte etwas, Sylvia setzte sich anders hin. Wieder klingelte es, das Geräusch störte sie, es war unangenehm in ihrem Kopf. »Schsch…«, machte sie, aber das Klingeln ließ nicht nach.

Was? Das Telefon? Unwillig stand Sylvia auf und griff nach dem Gerät. »Unbekannt«, stand auf dem Display. Während sie weiter auf den Fernsehbildschirm sah, nahm sie das Gespräch an. »Ja, hallo?«, fragte sie mechanisch.

»Guten Tag«, sagte eine Frauenstimme. Das *u* klang zu lang und das *a* zu kurz. »Hier ist Daria.«

Sylvia verstand nicht. Auf dem Bildschirm segelte eine rosafarbene Blumenfee von einem grellblauen Himmel herab.

»Wer?«, fragte sie und löste mit der Zunge Kuchenreste aus einem der Backenzähne. Gleichzeitig kroch etwas Kaltes in ihr hoch.

»Daria. Sie wissen, wer ich bin.«

Sylvias Beine gaben nach. Mit dem Telefon in der Hand sackte sie auf einen Stuhl am Esstisch.

»Wie geht es Ihnen?«, fragte Daria.

Sylvia schwieg, die Fee saß auf einem Seerosenblatt und paddelte über einen purpurfarbenen Teich.

»Nun ja«, sagte Daria. »Mir geht es nicht gut. Ich vermisse Marco jeden Tag. Wenn ich von der Arbeit komme, ist niemand für mich da, obwohl ich den ganzen Tag für andere da war.«

Sylvia hörte, wie die Frau Luft anzog und kurz darauf wieder ausstieß, sie schien zu rauchen. Marco hatte Zigarettenrauch gehasst.

»Ich muss dringend ein wenig ausspannen«, fuhr Daria fort. »Es ist alles so anstrengend, das Geschäft und alles.«

Die Fee im Fernsehen war bei einem Frosch angekommen, der eine goldene Krone trug. »Quak«, machte er, »endlich bist du da.« Vor ihrem geistigen Auge sah Sylvia ihn in Tausend Stücke zerplatzen.

»Wie geht es Ihren Kindern?«, fragte Daria.

Kindern? Sylvia zuckte zusammen. Bald drei Kinder, die ihre Mutter brauchten.

»Was willst du?«, fragte sie scharf.

Draußen auf der Treppe heulte es, kurz darauf riss Henry die Wohnzimmertür auf und kam hereingelaufen. »Aua, aua«, schrie er und hielt seine linke Hand hoch.

Mit einer unwirschen Kopfbewegung bedeutete Sylvia ihrem Sohn, sich auf die Couch zu setzen. Henry hörte auf zu jammern und starrte wie gebannt auf den Fernseher.

»Ich brauche noch einmal eine kleine Finanzspritze.«

Wer hatte das gesagt? Einen Moment lang war Sylvia irritiert. Der Frosch? Nein, es war aus dem Hörer gekommen. Das rollende *R* erinnerte sie an etwas. *Errr warrr die Liebe meines Lebens.* Ein Adrenalinstoß durchfuhr ihren Körper, dann kam wieder das Bild von zuckenden Beinen unter rotem Metall.

»Vergiss es«, antwortete Sylvia.

Mara griff nach der Fernbedienung und stellte den Ton lauter. Flirrende Harfenklänge durchzogen den Raum.

»Gut, wenn Sie lieber ins Gefängnis wollen …«

Gefängnis? Das war absurd, sie war schwanger, sie würde in kein Gefängnis gehen. Die sphärischen Klänge hielten sie kurz gefangen. Dann krochen ihre Gedanken ans Telefon zurück. Um was ging es? Um Geld?

»Wie viel?«, fragte sie. Aber war das nicht sowieso egal?

»Noch einmal 50.000. Dann lasse ich Sie in Ruhe.«

Rrruhe, echote es in Sylvias Kopf. Im gleichen Moment explodierte der Frosch in einem Funkenregen, und ein schmucker schwarzhaariger Prinz stand da.

Sie würde keine Ruhe haben, nicht, solange es Daria gab. Die Hexe würde immer wieder anrufen, das Familienleben mit dem neuen Baby gefährden, immer wieder dazwischenfunken und noch mehr Geld wollen.

Es gab nur einen Weg.

»In Ordnung«, sagte Sylvia. »Kein Problem. Wann und wo?«

Am anderen Ende der Leitung war es still. Jetzt küsste die Fee den Prinzen, alles konnte so einfach sein.

»Ich melde mich in den nächsten Tagen wieder«, sagte Daria und legte auf.

Der gleichmäßige Signalton einer unterbrochenen Leitung drang an Sylvias Ohr und mischte sich mit der Harfe im Raum. Sylvia drückte auf die Taste mit dem roten Hörersymbol, legte das Telefon auf den Tisch und sah weiter auf den Fernseher.

Daria wer?, ging es durch ihren Kopf. Wie heißt die noch? Budischewski? Ja, genau. Und welches Geschäft betreibt sie? Sylvia nahm sich vor, im Internet zu recherchieren und sie ausfindig zu machen. Später. Oder morgen.

Zuerst hatte sie Lust, noch etwas zu essen. Ohne den Blick von der Fee und dem Prinzen abzuwenden, ging sie zum Kühlschrank. Essen beruhigte sie, und das Baby brauchte Nahrung.

38. KAPITEL

Mit einer energischen Bewegung klappte Sylvia ihren Laptop zu. Sie hatte sich lange genug die in Dunkelrot und Violett gehaltene Webseite angesehen, die überblendenden Fotos der plüschigen Einrichtung, die Liegen mit Brokatkissen darauf und die riesigen Spiegel an den Wänden. Unter einem Bild der geheimnisvoll lächelnden Inhaberin stand in geschwungener Schrift: »Gönnen Sie sich eine royale Auszeit mit einem ganz besonderen Service: Daria kümmert sich persönlich um Ihr Wohlbefinden.«

Marco hatte ein Verhältnis mit einer Nutte gehabt, er hatte seine Ehefrau gegen eine billige Hure eingetauscht.

So wenig war ihm seine Familie wert gewesen.

»Sollen dich die Würmer fressen«, murmelte Sylvia.

»Recht hast du«, sagte eine angenehme Männerstimme sehr dicht an ihrem Kopf oder darin. Sylvia zuckte zusammen. War er wieder da? War ihr Begleiter zurückgekommen? Wie ein guter alter Bekannter, der ihr beistand? Sie nickte bekräftigend. »Genau.«

Darias Adresse und Telefonnummer hatte sie auf einen Notizzettel geschrieben, den sie in die Tasche ihrer bequemen dunkelblauen Stoffhose steckte. Sie hatte sie nach Henrys Geburt immer getragen. Es war nun ihr Lieblingsstück, sie trug sie auch nachts.

Im Fernsehen lief *Biene Maja*, Sylvia hatte die Sendung selbst als Kind gesehen. *Maja* ist auch ein schöner Name, dachte sie. Die Haut am Hals juckte; als Sylvia sich kratzte, tat es weh. Sie stand auf und öffnete die Kühlschranktür.

Schade, dass Henry und Mara nicht mehr da waren, aber sie musste sich jetzt auf andere Dinge konzentrieren.

»Mmhh«, summte sie und räumte Käse, Salami, zwei hart gekochte Eier und ein Glas Gurken auf den Tisch, während sie nebenher auf den Fernseher sah. Auf dem Bildschirm zappelten Maja und Willi gerade in einem Spinnennetz, als das Telefon klingelte. Sylvia öffnete das Glas mit den Gurken, nahm eine heraus und biss hinein. Das Klingeln hielt an. Mechanisch griff sie nach dem Telefon, das am Ende des Esstischs lag.

»Hallo?«

»Hallo, Sylvia, ich bin's, Gerda.«

»Ah«, machte Sylvia und kaute weiter.

»Ich wollte dich nur fragen, ob alles in Ordnung ist. Du warst heute Morgen irgendwie so … angespannt, als du die Kinder zu uns gebracht hast.«

Gerda, diese alte Ziege, Sylvia hatte sie nie gemocht. Sie wusste alles besser, mischte sich in alles ein und hatte nach Marcos Tod allen klargemacht, dass sie als Mutter trauerte wie niemand sonst.

»Was soll nicht okay sein?«, murmelte Sylvia. Die Säure auf der Zunge war lecker, sie steckte sich den Rest der Gurke in den Mund.

»Dann ist es ja gut«, sagte Gerda. »Ich frag ja nur.«

»Ich frag ja nur«, äffte Sylvia sie nach. »Ja ja, du fragst immer nur.«

Einige Sekunden lang war es still in der Leitung. »Wir bringen Mara und Henry dann morgen früh in Kindergarten und Krippe«, sagte Gerda schließlich.

»Mhm«, machte Sylvia und hörte, wie ihre Schwiegermutter weiter redete.

»Ach, Heinz hat ja so viel Spaß mit den beiden, Henry

erinnert ihn so an Marco, da geht ihm das Herz auf. Du weißt ja, wie sehr er immer noch leidet, dass Marco nicht mehr da ist.« Gerda redete ständig, wie ein Wasserfall blubberte sie vor sich hin, es ging Sylvia auf die Nerven. »Für uns alle ist es immer noch so schwer …«, schniefte sie. »Einen Sohn zu verlieren ist wirklich das Schlimmste.«

»Dein feiner Sohn hatte was mit einer Hure«, sagte die Männerstimme dicht neben Sylvia. »Dein braves Söhnchen war ein Schwein.«

»Ein Schwein«, echote Sylvia.

»Was?«, kam es aus dem Hörer.

»Nichts.« Sylvia angelte noch eine Gurke aus dem Glas und biss ab, es knackte laut zwischen ihren Kiefern. »Ich muss jetzt los«, sagte sie und legte einfach auf.

»Schlüsselbund, Autoschlüssel, Geldbeutel«, murmelte sie vor sich hin und ließ ihren Blick über den Esstisch und die Anrichte streifen. Sie stand auf, ging ein paar Mal im Wohnbereich hin und her und dann in den Flur. Was sie suchte, lag dort auf der kleinen Kommode. Eilig griff sie danach, stopfte Geldbeutel und Schlüsselbund in ihre Hosentaschen und verließ das Haus.

Als sie ihren Wagen ausparkte, baumelten die beiden kleinen Schuhe am Rückspiegel hin und her. Schon immer hatte sie Babyfüße entzückend gefunden und sie mit Vorliebe geküsst, Marco hatte darüber gelacht.

Sie fuhr durch das Viertel, vorbei an den schmucken Häusern mit den gepflegten Vorgärten. Plötzlich kam ihr diese ganze Gutbürgerlichkeit verlogen vor. Sylvia atmete tief ein und legte ihre linke Hand auf den Unterleib.

Eine Mutter, die sie aus Maras Kindergarten kannte, stand mit ihrem Mann an der Straßenecke und winkte ihr zu, sie winkte zurück. Alles hohles Getue, dachte sie.

Die Fahrt bis zu dem öffentlichen Telefon in der Gerhart-Hauptmann-Straße war nicht weit. Sie parkte ihren Wagen am Speyrer Wasserturm und ging rüber zu dem Fernsprecher. Eilig zog sie eine Telefonkarte aus ihrem Geldbeutel, hob den Hörer ab und wählte.

Nach dreimaligem Summton hörte sie eine sanfte Frauenstimme: »*Massage Royal*, Daria am Apparat, was kann ich für Sie tun?«

»Schlampe«, dröhnte es in Sylvias Kopf, »Dreckstück.«

»Guten Tag«, antwortete sie, hob ihre Stimme nach oben und presste die Töne mehr durch die Nase als durch den Mund. »Marquart. Ich bin die persönliche Assistentin von Dr. Ballmann.«

Die Namen waren ihr einfach so eingefallen. *Ballmann* war der eines Buchhändlers aus ihrer Kindheit, sie hatte dort einmal ein Bilderbuch von ihrer Mutter gekauft bekommen.

»Ihr Studio wurde Herrn Dr. Ballmann empfohlen, er ist aber nur noch dieses Wochenende in der Stadt. Ist es möglich, heute noch einen Termin zu bekommen?«

»Einen Moment bitte«, antwortete Daria, »lassen Sie mich nachschauen.« Es raschelte in der Leitung. Sylvia betrachtete ein paar aufragende Bäume am Straßenrand, sie wirkten wie Wachsoldaten. An ihr linkes Ohr drang wieder die Frauenstimme: »Ja, um 19 Uhr hätte ich noch was frei.«

Uhrrr hallte es in Sylvias Kopf, *frrrei.*

»Sehr schön«, sagte sie hoch und näselnd. »Dr. Ballmann setzt absolute Diskretion und persönlichen Service voraus.«

»Natürlich«, antwortete Daria. »Ich freue mich.«

»Ich frrreue mich auch«, echote es dicht an Sylvias Kopf, und sie hörte ein Männerlachen.

»Gut. Auf Wiederhören«, sagte sie und hängte den Hörer zurück in die Halterung. Der Kunststoff war klebrig, sie wischte ihre Hand an der Hose ab. Dann eilte sie zu ihrem Wagen und fuhr zurück nach Hause. Dort fühlte sie sich wohler als in der Welt da draußen, sicherer. Schwangere Frauen brauchten ihr Nest.

Der Fernseher lief noch, als sie ankam, und das Essen stand auf dem Tisch. Es war schön heimzukommen, wenn dort Leben war.

Mit einer nachlässigen Handbewegung warf Sylvia den Autoschlüssel auf den Esstisch, zog den schmalen Vorratsschrank auf und nahm eine Packung Schokoriegel heraus. Damit legte sie sich auf die Couch, sah auf den bunten Fernsehbildschirm und aß.

Letzte Nacht hatte sie wieder schlecht geschlafen, eigentlich kaum. Der Schlaf war nicht über sie gekommen, und einige Male, als sie kurz davor gewesen war wegzudämmern, hatte sie die Stimme wieder geweckt.

Ich sollte mich noch ein wenig ausruhen, dachte Sylvia. Ihre Hand griff nach der orangefarbenen Fleecedecke und zog sie hoch bis zur Brust. Arme und Beine fühlten sich schwer an. Sie schluckte die klebrig-süße Masse in ihrem Mund herunter und schloss die Augen. Die Klänge aus dem Fernseher rückten weiter weg und verschwammen schließlich.

39. KAPITEL

Als sie wieder aufwachte, war es später Nachmittag. Sie zuckte hoch und brauchte ein paar Augenblicke, um zu sich zu kommen. Noch benommen stand sie auf, trank ein Glas Wasser und traf danach ein paar Vorbereitungen.

Kurz nach 18 Uhr verließ sie in ihrem dunkelblauen Sommermantel das Haus, über ihrer rechten Schulter hing eine geräumige Tasche. Sylvia nahm den Geruch des Leders wahr, die Tasche war ein Mitbringsel aus einem Italienurlaub, den sie als Familie verbracht hatten. Damals, vor 100 Jahren. Sylvia stieg in ihr Auto und fuhr los nach Mannheim, die Babyschuhe wackelten am Rückspiegel. Sie konzentrierte sich auf den Verkehr, es war anstrengend, ihre Lippen waren rau und spröde, sie biss darauf herum.

Als sie nach Mannheim einfuhr, fühlte sie sich bedrängt von all den aufragenden Häusern links und rechts der Straße. Sie umklammerte das Lenkrad, hielt an Ampeln an, beschleunigte wieder, trieb mit dem Stadtverkehr wie ein Paket auf einem Fließband mit. Ein anonymer Mensch hinter Glas und Blech.

Unvermittelt schreckte sie zusammen. Auf der Gegenfahrbahn sah sie einen schwarzen Audi. Ihr Blick schnellte zum Kennzeichen, der Kopf zuckte nach links, um den Wagen eine Sekunde länger im Sichtfeld zu haben, MA – SH?

Stefan?

Das war er doch gewesen?, dachte sie. Natürlich, das war sein Auto.

Wo war er hergekommen, wo wollte er hin? Sylvia begann zu zittern, sie musste ihm nach, musste ihn sehen.

Aber sie konnte hier nicht anhalten, war gefangen in der Autoschlange.

Und sie hatte ja auch etwas anderes zu tun.

Es zerriss sie fast. Stefan trieb in die eine Richtung und sie in die entgegengesetzte. Sylvia versuchte, sich zu beruhigen, atmete. Später würde sie ihn sehen, bald schon.

Ihr Wagen fuhr weiter, jetzt beinahe wie von selbst, sie hatte kaum noch das Gefühl, ihn zu lenken. Vor ihr lag der Friedrichsplatz, die Brunnenfontäne schoss kraftvoll auf. Sylvia musste in das enge Herz von Mannheim, zu den Quadraten. In das Netz von Straßen, deren Namen aus zwei Zeichen bestanden. E 6. E 605, dachte Sylvia.

Sie lavierte sich durch Fußgängergetümmel und Einbahnstraßen und fand schließlich in der Nähe ihres Ziels einen Parkplatz. Es war noch zu früh, aber das erschien ihr gut so, sie wartete einfach.

Ob Stefan auch ihr Auto erkannt hatte? Sie trug einen Teil von ihm in sich, und sie waren aneinander vorbeigefahren wie Fremde. In ihrem Unterleib stach etwas, sie blinzelte. Es war warm im Auto, der Stoff der Hose klebte an ihren Oberschenkeln. Sie legte die Hände auf den oberen Teil des Lenkrads, beugte sich nach vorn und stützte ihren Kopf ab. Jetzt bohrte es darin, Schweiß lief ihren Hals und ihre Achselhöhlen herunter. Sylvia wartete, Minute um Minute verging.

»Du musst los«, sagte es irgendwann dicht neben ihrem Kopf. »Geh.«

Sylvia sah auf das Armaturenbrett, es war zehn vor sieben. Sie griff in ihre Tasche. Als sie die dünnen Latexhandschuhe überzog, nahm sie wieder diesen Geruch wahr. Gummi. Schweiß. Schlaffe Männlichkeit, gleichgültig daliegend wie ein müdes Tier.

Weg mit dem Bild.

Entschlossen öffnete Sylvia die Autotür, stieg aus, zerrte die Tasche vom Beifahrersitz und schlug die Tür wieder zu. Ohne sich umzudrehen ging sie los und zog den Mantel enger um ihre Hüften.

Auf dem Gehweg lagen Zigarettenkippen und Hundekot, sie richtete ihren Blick nach unten auf ihre Füße, die in blauen Laufschuhen steckten. Die Tasche schlug ihr im Rhythmus der Schritte mit einem dumpfen Geräusch an die Flanke. In der Luft lag der Geruch von Staub und Abgasen.

Eine dunkelhaarige Frau mit einem Dackel kam ihr entgegen und wich nach rechts aus, am Halsband des Hundes klimperte eine Metallplakette. Sylvias Augen hoben sich und suchten nach Hausnummern, hier in der Nähe musste es sein. Ältere Mietshäuser standen auf beiden Seiten der Straße, Sylvia verlangsamte ihre Schritte und blickte sich weiter suchend um.

Kurz darauf stand sie vor einem ockerfarbenen Gebäude, die Fenster waren mit rotbraunem Stein eingefasst. Die Haustür hatte einen Rahmen aus matt gewordenem Metall und einen breiten Glaseinsatz. Auf dem dritten Klingelschild von unten stand in nüchternen schwarzen Lettern »*Massage Royal*«. Sonst nichts, kein Name.

Mit dem behandschuhten Zeigefinger presste Sylvia den Klingelknopf herunter. Direkt darauf summte der Türöffner, die Sprechanlage blieb stumm. Sylvia drückte die schäbige Haustür auf und betrat einen dämmerigen Flur. Es roch muffig, nach altem Haus und nach Kohl.

Eine steile Treppe mit hellgrauem Kunststoffbelag führte nach oben, Sylvia stieg hinauf. Im ersten Stock waberte der Geruch von Eintopf und geräuchertem Speck, vor einer der beiden Wohnungstüren standen abgetretene Männerschuhe. Um den Handlauf herum bog Sylvia nach rechts und stieg die nächste Treppe hinauf. Schnell und ohne zu zögern nahm sie Stufe um Stufe.

Der Reißverschluss der Ledertasche stand offen, kurz vor dem Treppenende hielt Sylvia an, griff in die Tasche, zog das Messer heraus und verbarg es unter dem Mantel dicht an ihrem Körper. Sie nahm die restlichen Stufen und erblickte die halb offene Wohnungstür. Gedämpftes Licht fiel auf den Flur, es waren nur drei oder vier Meter bis zu diesem schmalen beleuchteten Rechteck.

Sylvia war schnell, wie eine Katze auf dem Sprung, sie hechtete zur Tür und sah im gleichen Moment Daria in dem warmen Licht stehen. Bemerkte, dass sich ihr Ausdruck veränderte, von einem aufgesetzten Lächeln in unwirsches Erstaunen.

»Sie?«, fragte Daria, dann hatte Sylvia sie schon mit der Wucht der Entschlossenheit in die Wohnung gedrängt und die Tür mit einem kräftigen Tritt hinter sich geschlossen.

»Ich bringe das Geld vorbei«, zischte Sylvia. »Das wolltest du doch.« Sie riss das Messer unter dem Mantel hervor und rammte es mit aller Kraft in den Körper vor sich. Der Stahl glitt in Darias Bauch. »Und das hier wolltest du auch«, hörte Sylvia die vertraute Männerstimme sagen.

Durch die dünnen Handschuhe fühlte sie etwas Warmes, Blut sprudelte aus dem Stich. Sie zog das Messer wieder heraus, gegen einen leichten Sog, den das weiche Fleisch bildete, und stach es in Darias Brust. Mit einem kurzen Widerstand schabte die Klinge an Knochen vorbei, Daria gab einen winselnden Laut von sich und sackte zusammen. Sylvia hielt den Griff des Messers fest umklammert und spürte, wie der Körper von der Klinge glitt.

Ein dumpfer Laut entstand, als er auf dem Boden ankam. Die apricotfarbene Seide von Darias Negligé färbte sich an zwei Stellen dunkelrot. Blut breitete sich auf dem Stoff aus wie Tinte auf einem Löschblatt. Jetzt erst erkannte Sylvia, dass sie das gleiche Dessous hatte, Marco hatte es ihr geschenkt. Er hatte es zweimal verschenkt.

In Sylvias Kopf summte es, ihre Beine wurden weich, sie ging in die Hocke und rammte das Messer noch einmal in den abstoßend weiblich geformten Körper.

»Weg mit dir«, sagte die Stimme, und Sylvia sagte es auch. »Weg. Mit. Dir«, jedes Wort ein Stich. »Weg. Weg. Weg.«

Die Seide war inzwischen fast überall dunkelrot, das Blut rann auf den hell gefliesten Boden.

Vor Sylvia lag etwas Lebloses, man sah es, wenn das Leben gewichen war. Mit dem Messer in der blutigen Hand richtete sie sich auf und holte Luft. Erst jetzt nahm sie den blumigen Duft wahr, der schwülstig in der Wohnung hing und sich mit dem eisenhaltigen Geruch des Blutes mischte. Es verursachte ihr Ekel.

Suchend sah sie sich um. Ihr gegenüber hing ein großer Spiegel mit pompösem Messingrahmen, darin erblickte sie eine Frau mit einem blutverspritzten Gesicht und schrak zusammen. Einen Augenblick später erkannte sie sich, zog ein Papiertaschentuch aus ihrer Manteltasche und wischte die roten Flecken weg. Anschließend streifte sie die verschmierten Handschuhe ab, knäulte sie in die Ledertasche, nestelte ein frisches Paar heraus und zog sie über. Langsam ging sie durch den schmalen Flur und kam an dessen Ende in den Raum, den sie bereits auf der Internetseite gesehen hatte.

Ein breites Bett mit dunkelroter Tagesdecke stand in der Mitte, mehrere Stehlampen mit orangefarbenen Schirmen gaben gedämpftes Licht ab, das von den Spiegeln an den Wänden reflektiert wurde. Sylvia ließ ihren Blick durch den Raum schweifen, der schwülstige Geruch war hier noch stärker. Auf einem Glastisch neben dem Bett standen mehrere Flacons mit durchsichtigen oder honigfarbenen Flüssigkeiten.

Erneut stieg Ekel in Sylvia auf. Sie trat zurück in den Flur und öffnete die nächstgelegene Tür. Hinter ihr verbarg sich ein kleines Bad. In einer Silberschale auf einer Waschmaschine lagen Kondome wie bunte Bonbons. Sylvia schloss die Tür und öffnete eine weitere auf der anderen Flurseite. Sie betrat eine schmale Küche. Im Gegensatz zu den anderen Räumen war sie nüchtern weiß eingerichtet und wirkte steril und unbewohnt.

Über einem der beiden Stühle hing eine Handtasche aus bordeauxfarbenem Wildleder, Sylvia nahm sie von der Lehne und durchwühlte den Inhalt. Fast sofort fand sie, was sie gesucht hatte, zog das Handy heraus und steckte es in ihren Mantel. Danach schlug sie den rosa eingebundenen Taschenkalender, der auf dem Tisch lag, auf. Offenbar hatte Daria hier ihre Termine notiert. In einer verschnörkelten Klein-Mädchen-Schrift waren etliche Namen aufgeführt. Sylvia blätterte die Seiten durch. Für den heutigen Tag las sie zwei Einträge: *Stefan Gabriel* und *Dr. Ballmann*. Hinter dem ersten Namen stand eine rundliche fünf, hinter dem zweiten eine sieben. Sylvia stutzte.

Stefan Gabriel?

Welche Zufälle es gab, der Vorname ihres Geliebten und der Nachname seiner Ex. Aber Mannheim war groß, hier gab es so viele Namen.

Zum Glück war Stefan nicht mit Christine verheiratet, dachte Sylvia. Er war noch nie verheiratet gewesen, Sylvia konnte seine erste Frau sein.

Sie starrte weiter auf die Kinderschrift. Zwei Kunden heute. Eigentlich nur einer. Der war vor Darias Tod dagewesen. Vor dem Todeszeitpunkt. Verdächtig wäre für die Polizei eher der zweite. Wie hypnotisiert sah sie auf die Namen.

Plötzlich kam ihr eine Idee. Noch einmal kramte sie in Darias Tasche und zog einen Kugelschreiber heraus. Dann setzte sie eine Eins vor die Sieben, Doktor Ballmann war um 17 Uhr gekommen. Aus der Fünf machte sie eine Neun und zog sie ein paar Mal nach, bis man die ursprüngliche Ziffer nicht mehr erkennen konnte. Davor schrieb sie eine Eins und fuhr ebenfalls mehrfach mit dem Stift nach. Eine dicke 19, Stefan Gabriel war also um 19 Uhr bei Daria gewesen, in etwa zum Todeszeitpunkt. Auch wenn es Dr. Ballmann nicht gab, war es gut, wenn die Polizei eine andere Spur verfolgte.

Sylvia klappte den Taschenkalender zu und ließ den Kuli zurück in Darias Tasche fallen. Sie ging aus der Küche und machte im Flur einen großen Schritt über den toten Körper hinweg.

Als sie leise die Haustür hinter sich ins Schloss zog, fiel eine große Sorge von ihr ab. Sie hatte sich von der Blutsaugerin befreit. Fast beschwingt lief sie die Stufen hinunter, wieder stieg ihr der Geruch von deftigem Eintopf in die Nase. Sie hatte Hunger, es war Zeit, etwas zu Abend zu essen.

40. KAPITEL

»Ja, küss mich jetzt, komm hoch.«

Stefan öffnete die Augen und sah Regine an, ihr Ausdruck verband Anstrengung mit Erregung. Sie saß auf ihm und arbeitete an ihrer Lust. Er richtete seinen Oberkörper auf, stützte sich mit den Händen nach hinten ab und presste seine Lippen auf Regines halb geöffneten Mund, sie schmeckte nach irgendeinem Currygewürz.

»Mhm«, seufzte sie und griff von unten zwischen seine Beine, sie wusste genau, wohin, ein wohliger Schauer überlief ihn.

Im selben Moment durchschnitt ein schrilles Klingeln die Luft, vor Schreck zuckte Stefan zusammen. Es hielt Sekunden lang an, dann riss es ab, um sofort wieder einzusetzen.

»Verdammt«, fluchte er und ließ seinen Oberkörper nach hinten fallen. »Wer ist das denn jetzt?«

»Hör nicht auf, komm mach«, keuchte Regine. Es klingelte immer noch.

Scheiße, dachte Stefan und versuchte sich darauf zu konzentrieren, die Angelegenheit zu Ende zu bringen. Es klopfte an der Wohnungstür, fest und energisch. Am liebsten hätte Stefan laut »hau ab« gebrüllt.

»Herr Heidmann?« Eine tiefe Männerstimme drang bis in den Raum. »Öffnen Sie bitte, hier ist die Polizei.«

Augenblicklich wurde Stefan weich, Regine hörte mit ihren rhythmischen Bewegungen auf. Irritiert sah sie ihn an, ihr Gesicht glich für einen Moment dem eines Schafs.

Ruckartig drehte Stefan seine Hüfte ein Stück zur Seite, um sie zum Absteigen zu bewegen. Sie hob ihren rechten Oberschenkel über ihn, ihre Brüste baumelten nach vorn.

»Polizei?«, fragte sie ungläubig, stieg vom Bett und angelte ihre Bluse vom Boden.

»Herr Heidmann?« Erneut klopfte es an der Tür.

»Was soll das?«, fragte Regine in einem Ton, als habe Stefan sie beleidigt.

In seinem Gehirn blinkte nur ein großes Fragezeichen, er wusste nicht, was er tun sollte. Christine, schoss es ihm dann in den Sinn.

»Schon gut, ich komme«, rief er Richtung Tür, griff nach seiner Jeans und stieg so schnell er konnte hinein. Während ein Fuß noch die Öffnung des Hosenbeins suchte, stolperte er schon zum Eingang und öffnete. Vor der Tür standen zwei Männer.

»Stefan Heidmann?«, fragte der ältere mit dem grauen Vollbart.

»Ja?«

»Kripo Mannheim. Mein Name ist Gerlach, das ist mein Kollege Dreher.« Beide hielten ihm ihre Dienstausweise entgegen. »Können wir reinkommen?«

»Ja?« Stefan zögerte. »Sicher.« Er trat zur Seite und ließ die beiden Männer hinein.

Der jüngere musterte Regine und schob seine Brille mit dem Mittelfinger auf dem Nasenrücken nach oben. »Und wer sind Sie?«

»Ich bin nur zufällig hier.« Regine nestelte ihre Bluse in den Hosenbund, »und wollte eh gerade gehen.«

»Aber Ihren Namen dürfen wir schon noch wissen, oder?«, sagte der Beamte in forschem Ton.

»Geht es um Christine? Oder ist etwa was mit meinen

Jungs?« Stefan klang erschrocken. Wieso Kripo?, fragte er sich und wollte endlich wissen, um was es ging.

»Frau … wie?« Der jüngere Beamte sah Regine weiterhin durchdringend an.

»Happ«, sagte die, »Regine Happ.« Ihre Stimme trug diesen unterschwelligen Vorwurf, den Stefan nur zu gut kannte.

»Wohnhaft?«, fragte der Mann weiter.

»Hören Sie«, in Stefan stieg blanker Ärger auf. »Ich möchte wissen, ob etwas mit meinen Söhnen ist.«

»Haben Sie Ihren Ausweis dabei?«, fragte der Beamte weiter an Regine gewandt und ignorierte Stefan einfach. Die Stirn des Mannes war auffallend eckig.

»Nein«, antwortete Regine, »wieso? Wieso sollte ich meinen Ausweis dabei haben, wenn ich mit dem Vater meiner Tochter etwas zu besprechen habe?«

»Gut, geben Sie bitte Ihre Anschrift und Telefonnummer an, möglicherweise haben wir später noch Fragen an Sie.«

»Wieso Fragen?« Regine schürzte die Lippen. »Was denn für Fragen?«

»Ich will wissen, ob mit Vincent und Aron alles in Ordnung ist«, schrie Stefan.

Der ältere Polizist gab ein schmatzendes Geräusch von sich, er hatte einen ordentlichen Bauch und kurze Beine. »Kannten Sie Frau Daria Budischewski?«, fragte er.

Stefan schnappte nach Luft.

Daria?

Kannten?

Warum die Vergangenheitsform?

Unwillkürlich drehte er sich von den beiden Männern weg. Er hatte seinen Gesichtsausdruck nicht unter Kontrolle, und er wusste nicht, was er sagen sollte.

»Wieso *kannten*?«, fragte Regine.

In Stefan begann es zu kochen. Konnte die Frau denn nicht einmal den Mund halten?

»Herr Heidmann, waren Sie am Sonntagabend bei Frau Budischewski? *Massage Royal*?«

»*Massage Royal*?«, wiederholte Regine gedehnt. Stefan wurde heiß und kalt gleichzeitig, er hätte sie ohrfeigen können.

Zeit, dachte er. Ich muss Zeit gewinnen.

»Entschuldigung, wird das ein Verhör? Wenn ja, möchte ich das nicht jetzt und hier in Gegenwart von Frau Happ führen.«

»Ist das nicht Ihre Frau?« Der ältere Beamte blickte fragend von Stefan zu Regine und wieder zurück.

»Nein, wir sind getrennt«, antwortete Stefan.

»Ach«, sagte Regine und sah ihn kühl an. »Von jemandem, der zu *Massage Royal* geht, bin ich allerdings getrennt.«

Stefan glaubte, gleich zu explodieren. »Du musst ja jetzt auch los, oder?«, blaffte er Regine an.

»Anschrift? Telefonnummer?«, fragte der jüngere Polizist und strich seinen aschblonden Seitenscheitel nach. Jetzt wusste Stefan, woran ihn diese Kopfform erinnerte: an die eines Terriers.

Regine setzte ein trotziges Gesicht auf, kräuselte die Lippen und gab die gewünschten Informationen an.

»Dann brauchen Sie mich ja hier nicht mehr«, ließ sie verlauten und griff nach ihrer Fransenhandtasche, die auf einem der Stühle lag. »Ich erwarte, dass du mich darüber informierst, um was es geht«, meinte sie an Stefan gewandt. »Immerhin haben wir eine gemeinsame Tochter, deren seelische Unversehrtheit mir sehr am Herzen liegt.« Mit einem lauten Türschlagen verließ sie das Apartment.

Während ihr Stefan mit offenem Mund hinterhersah,

setzte der ältere Beamte wieder an. »Also noch einmal, Herr Heidmann, waren Sie gestern Abend bei Frau Budischewski in ihrem Salon in den Mannheimer Quadraten?«

»Warum wollen Sie das wissen?«, fragte Stefan zurück.

»Weil Frau Budischewski umgebracht wurde.«

Es kam wie ein Hammerschlag vor den Kopf.

»Umgebracht?«, fragte Stefan ungläubig und spürte, wie seine Beine weich wurden. »Aber doch nicht von mir.«

»Um das herauszufinden, sind wir hier«, gab der jüngere Polizist zurück. »Was haben Sie gestern Abend zwischen 18 und 20 Uhr gemacht?«

Scheiße, dachte Stefan, elender Dreck. Wieso hatte sich diese Nutte denn umbringen lassen? Und das offenbar direkt, nachdem er dort gewesen war. In seinem Hirn rotierte es. Er hatte nie seinen richtigen Namen hinterlassen, wie waren die Bullen auf ihn gekommen? Hatte ihn jemand gesehen? Hatte es überhaupt Sinn zu leugnen, dass er da gewesen war?

»Herr Heidmann, ich hatte Sie etwas gefragt.«

»Ja, äh, ... gestern Abend war ich hier, zu Hause. Wenn man es Zuhause nennen kann. Es ist nur für den Übergang, Sie sehen ja selbst, wie beengt es hier ist. Ich habe drei Kinder, da braucht man schon etwas mehr Platz, meine Tochter und meine Söhne können auf Dauer nicht ...«

»Gibt es Zeugen dafür, dass Sie während der fraglichen Zeit hier waren?«, unterbrach ihn der aschblonde Terrier und fügte in leicht anzüglichem Ton an: »Vielleicht Frau Happ?«

»Nein, ich war allein«, knurrte Stefan. »Haben Sie immer Zeugen, wenn Sie zu Hause sind?«

»Sie sind noch in der Drachenfelsstraße gemeldet?«, übernahm wieder der ältere Beamte.

Stefan räusperte sich, sein Hals war ganz trocken.

»Ja, ich hatte noch keine Zeit mich umzumelden. Und diese Wohnung hier ist ja wie gesagt nur für den Übergang.«

»Sie lebten dort mit Frau Christine Gabriel zusammen?«

Scheiße, fuhr es erneut durch Stefans Kopf.

»Kann es sein, dass Sie hin und wieder deren Nachnamen benutzen?«

»So ein Quatsch, wie kommen Sie denn darauf? Mein eigener Name ist mir wesentlich lieber, das können Sie mir glauben«, echauffierte sich Stefan.

»Wie Sie wissen, hatte Frau Gabriel vor Kurzem einen Autounfall«, sagte der Dicke. »Sie hat zu Protokoll gegeben, dass sie Sie als Urheber in Verdacht hat. Die Akte liegt quasi noch offen bei uns im Revier, auch mit den Angaben zu Ihrer Person. Und just ein Stefan Gabriel war laut dem Kalender von Frau Budischewski bei ihr, als sie ermordet wurde.«

Das ist kein Beweis, dachte Stefan, das ist gar nichts. Zufall. Hypothese. Reine Theorie.

»Ach? Haben Sie sich schon die Mühe gemacht, nachzusehen, ob es *echte* Stefan Gabriels hier in der Umgebung gibt?«, konterte er.

»Natürlich haben wir das. Bis in den Rhein-Main-Raum rauf ungefähr ein halbes Dutzend. Die, die wir bislang erreicht haben, sind bereit, eine DNA-Probe abzugeben.«

»DNA-Probe?« Das Blut wich aus Stefans Kopf.

»Unter den Fingernägeln des Opfers wurde fremdes Zellmaterial gefunden.«

Wie in einem Zerrbild kam eine Szene vor Stefans geistiges Auge, dann noch eine. Es gab ein paar Spiele, die er mit Daria gespielt hatte und bei denen es etwas härter zur Sache gegangen war. Er ließ sich auf einen Stuhl fallen.

»Sechs Stefan Gabriels, da haben Sie doch genug Verdächtige«, sagte er matt. »Was wollen Sie denn noch von mir?«

»Würden Sie bei einer Prostituierten Ihren richtigen Namen angeben?«, fragte der ältere Polizist und blinzelte listig. »Wohl eher nicht. Da nehmen Sie doch eher einen anderen Nachnamen. Und statt Müller oder Meier vielleicht einen, der Ihnen näher steht. Oder?« Er machte eine Pause und sah Stefan abwartend an. »Dazu liegt diese frische Akte bei uns. Bei *Stefan Gabriel* machte es dann bei einem unserer Kollegen klick. Gegen Sie wurde der Verdacht eines Mordversuchs geäußert. Nun haben wir einen Mord.«

Stefan rang nach Atem. »Sie können doch nicht die Verleumdungen meiner Ex als Grundlage nehmen, um mich eines Mordes zu beschuldigen«, ereiferte er sich. »Wo sind wir denn? Außerdem ging es bei dem Unfall um eine völlig andere Angelegenheit.«

»Sie haben uns immer noch nicht gesagt, ob Sie am Sonntag bei Frau Budischewski waren«, erwiderte der Terrier kühl.

Stefan spürte, wie sich eine imaginäre Schlinge um seinen Hals legte. Wenn er Nein sagte, würden die Polizisten eine DNA-Probe von ihm wollen, wenn er Ja sagte, sowieso. Im ersten Fall stand er aber auch noch als Lügner da, wenn das gefundene Zellmaterial von ihm war, was sehr gut sein konnte.

Innerlich schwankte er hin und her wie eine klägliche Nussschale auf hoher See. Aber er hatte Daria nicht umgebracht, man konnte ihm das doch nicht anhängen.

»Ja, ich kannte Frau Budischewski«, murmelte er schließlich. »Und ich war am Sonntag da. Aber ich habe sie nicht umgebracht«, hastete er weiter. »Ich war am späten Nachmittag dort, und als ich ging, war sie quicklebendig.«

»Der Name *Gabriel* war für 19 Uhr eingetragen.«

»Das stimmt nicht, ich war bereits um fünf Uhr dort, um sieben war ich schon wieder weg.«

»So so«, sagte der ältere Beamte und machte ein nachdenkliches Gesicht. »Gibt es dafür Zeugen?«

»Zeugen, Zeugen«, brach es aus Stefan heraus. »Denken Sie, ich nehme noch jemanden mit ins Massagestudio?«

»Wir kennen Ihre Vorlieben nicht«, erwiderte der Terrier trocken. »Aber so wie sich die Sache für uns darstellt, wäre es besser für Sie, wenn es jemanden gäbe.«

»Was soll das heißen?« Stefan brachte kaum noch einen Ton heraus.

»Laut Frau Budischewskis Kalender waren Sie so etwas wie ein Stammkunde?«

Stefan schwieg. Das letzte Wort widerte ihn an.

»Also«, meinte wieder der ältere Polizist, »sind Sie damit einverstanden, eine DNA-Probe abzugeben?«

»Habe ich denn eine Wahl?«

»Im Prinzip nicht. Entweder wir lassen das anordnen oder Sie geben die Probe freiwillig ab.«

»Aber Sie können doch nicht von irgendwelchem Zellmaterial unter Fingernägeln darauf schließen, dass ich ein Mörder wäre, das geht doch nicht.« Anwalt, schoss es Stefan, noch während er sprach, in den Sinn, ich brauche sofort einen Anwalt.

»Was wir woraus schließen überlassen Sie uns«, gab der Terrier kalt zurück.

»Ich möchte erst mit meinem Anwalt sprechen, vorher sage ich gar nichts mehr.«

»In Ordnung.« Der Beamte nickte. »Dann begleiten Sie uns bitte aufs Revier. Dort können Sie gern Ihren Anwalt benachrichtigen.«

»Was?«, schrie Stefan. »Ich gehe nirgendwo mit Ihnen hin! Wie käme ich dazu, ich bin ein freier Bürger, ich habe mir nichts zuschulden kommen lassen.«

»Dringender Tatverdacht und akute Fluchtgefahr«, sagte der ältere Polizist. »Wenn Sie nicht freiwillig mitkommen, nehmen wir Sie fest.«

Das darf alles nicht wahr sein, wühlte es in Stefans Kopf, Festnahme?

»Wenn Sie sich also bitte etwas überziehen würden?«

Erst jetzt registrierte Stefan, dass er immer noch kein Hemd an hatte, auch seine Füße waren nackt. Eine Sekunde lang dachte er daran, aufzuspringen und zur Wohnungstür zu stürzen, aber er wusste, dass das sinnlos war. Er hatte keine Chance gegen die beiden Bullen.

Wie in Trance stand er auf, griff nach seinem Hemd, das immer noch auf dem Boden vor der Schlafcouch lag, und zog es an, dann folgten Socken und Schuhe.

Kurze Zeit darauf verließ er mit den zwei Beamten das Apartment. Als die Tür hinter ihm zuschlug, klang es in seinen Ohren, als fiele eine Zellentür ins Schloss. Er ballte die Fäuste und schüttelte den Gedanken ab. Nicht mit mir!, dachte er.

41. KAPITEL

Zum wiederholten Mal sah Christine auf die Uhr. Mittlerweile war es halb sechs am Mittwochnachmittag, und Stefan hatte die Kinder immer noch nicht abgeholt. Sie konnte sich nicht vorstellen, dass er freiwillig auf Umgangszeiten verzichtete.

Ob das alles etwas mit vergangenem Montag zu tun hat?, fragte sie sich. Da hatten am frühen Abend zwei Polizisten bei ihr vor der Tür gestanden und Stefan sprechen wollen. Sie hatte ihnen die Adresse seines Apartments gegeben, aber als sie fragte, um was es ginge, erhielt sie keine Auskunft.

»Um meinen Autounfall?«, hatte sie nachgehakt.

»Nein, darum nicht«, hatte der ältere der beiden Beamten geantwortet, der offenbar von dem Unfall wusste.

Nun saß sie mit den Jungs in ihrer Wohnung, und Vincent fragte immer wieder, wann Papa käme. Seine Kinder zu vertrösten, weil ihr Vater sie nicht abholt, ist auch nicht toll, dachte Christine. Sie griff nach ihrem Telefon, zögerte noch einen Moment und wählte schließlich Stefans Handynummer. Sofort meldete sich die Ansage der Mailbox, Christine legte wieder auf.

»Dann nicht«, murmelte sie.

Nachdenklich ging sie in Vincents Kinderzimmer, in dem beide Jungs spielten. »Habt ihr Lust auf ein Eis?«, fragte sie.

»Ja, Eis«, rief Aron sofort, aber Vincent sah sie skeptisch an. »Und Papa?«

»Schatz, ich erreiche ihn nicht, wahrscheinlich ist ihm was dazwischengekommen. Er wird sich melden, wenn er doch kommen kann. Lass uns ein wenig nach draußen, das Wetter ist so schön.« Aufmunternd lächelte sie ihre Söhne an.

Kurz darauf stand sie mit ihnen im Flur. Als sie nach ihrer Tasche griff, hörte sie, wie ihr Handy darin piepte, eine Kurznachricht. Unwohlsein stieg in ihr auf. Sie wollte nichts von Stefan lesen, wollte nicht erfahren, dass er in einem Geschäftstermin aufgehalten worden war, aber nun gleich da wäre.

Wir sind so gut wie weg, dachte sie, öffnete die Wohnungstür und ging mit den Jungs runter auf die Straße. Sie liefen los, Christine hoffte, keinen schwarzen Audi zu sehen. Sie fühlte sich, als sei sie mit ihren Kindern auf der Flucht vor einer Bedrohung, einem Angreifer. Seit ihrem Unfall hatte sie Angst vor Stefan.

Scheinbar leichten Herzens plauderte sie mit ihren Söhnen, fragte, welches Eis sie bestellen wollten, und las mit Vincent die Kennzeichen der parkenden Autos. Sie hörte sich an, was er zu den Automarken erzählte, und musste wie so oft darüber schmunzeln, wie er als großer Bruder Aron die Welt erklärte.

Etwa eine Viertelstunde später saßen die Jungs und sie in der Meerwiesenstraße vor einer ziemlich großen Portion Eis. Christines Blick wanderte durch die Panoramascheiben des Cafés und ihre Gedanken zu Stefan. Dauernd hatte sie in den letzten Tagen überlegt, wieso die Polizisten nach ihm gefragt hatten. Ob seine Freundin Sylvia etwas wusste? Aber Christine hatte keine weiteren Informationen über sie bekommen, Vincent kannte ihren Nachnamen nicht.

Vielleicht wollte die Polizei Stefan auch nur als Zeuge in irgendeiner Angelegenheit befragen, und es ging gar nicht um ihn selbst.

»Hat sich Papa immer noch nicht gemeldet?«, fragte Vincent, in seinem Gesicht standen Unsicherheit und Traurigkeit. Es gab Christine einen Stich.

»Spatz, ich schau mal nach.« Sie zog ihr Handy aus der Tasche und tippte das Briefsymbol auf dem Display an. Im Postfach wurde eine neue Nachricht angezeigt.

Sie war nicht von Stefan, sondern von Ralph.

Unwillkürlich huschte ein Lächeln über Christines Lippen.

»Von Papa?«, fragte Vincent.

»Nein«, antwortete Christine. »Leider noch nicht.«

Sie begann zu lesen. »Hallo, meine Liebe. War schön am Wochenende. Sehen wir uns bald wieder?«

Fast verlegen steckte sie das Telefon in ihre Tasche zurück und fing dabei einen forschenden Blick von Vincent auf. »Wer hat denn geschrieben?«

»Nur ein Freund, nichts Besonderes«, beeilte sie sich zu erwidern. Ein Exfreund, doch was Besonderes, dachte sie.

Letzten Sonntag waren sie in ihrer alten Stammkneipe in Deidesheim gewesen und hatten zwei Stunden lang geredet. Schon nach kurzer Zeit war diese alte Vertrautheit zwischen ihnen wieder da, und Christine hatte sich sehr wohlgefühlt.

Sie hatte Lust, Ralph am Wochenende wiederzusehen.

Ob Stefan die Kinder am Freitag auch nicht abholt?, überlegte sie und merkte, dass sie es zu hoffen begann. Sie wusste nicht, was mit ihm war, aber sie wusste, dass sie ihn am liebsten aus ihrem eigenen Leben ausradiert hätte.

42. KAPITEL

»Es ist sechs Uhr, die Nachtruhe ist vorbei«, schallte es aus dem Lautsprecher. Stefan musste nicht geweckt werden, er hatte nicht geschlafen. Er lag auf dem Rücken und starrte an die Decke, in deren Mitte eine lange, schmale Neonröhre angebracht war. Fünf Quadratmeter Zelle, weiße Wände, heller Boden. Die Einrichtung bestand aus einer Pritsche, einem kleinen, an die Wand montierten Tisch und einem Stuhl. Die Enge bildete einen Käfig um das Ich. Permanent hatte Stefan das Gefühl durchzudrehen. Dabei hatte er den Luxus einer Einzelzelle mit einem einigermaßen großen Fenster.

Luxus. Dass er nicht lachte.

Langsam erhob er sich und ging zur Toilette, die von dem Rest der Zelle durch eine dünne Wand abgetrennt war. Anschließend setzte er sich auf die Pritsche und wartete auf die Ausgabe des Frühstücks.

Es war seine zweite Nacht in Haft gewesen, und er befürchtete, dass er nicht mehr viele Nächte aushielt.

Als er am Montagabend hier angekommen war, hatte er tatsächlich mit einem Anwalt telefonieren dürfen – mit einem aus der Liste, die die JVA Mannheim bereithielt. In einer normalen Kanzlei hätte er niemanden mehr erreicht, und er kannte auch keinen Anwalt für Strafrecht.

Herr Pfeiffer war dann noch gekommen, ein junges Bürschchen mit strähnigem Haar und einer unmodernen Brille. Er sagte immer »hm« und »äh« und wollte Stefan die Abläufe in einer Vollzugsanstalt nahebringen.

»Ich gehöre hier nicht hin«, hatte Stefan irgendwann geschrien. »Sie müssen mir nicht erklären, wie's hier läuft.«

Als er am nächsten Morgen dem Haftrichter vorgeführt worden war, war sein Pflichtverteidiger ebenfalls dabei gewesen. Stammelnd hatte er vorgebracht, dass eine Fluchtgefahr bei Stefan doch eher weniger gegeben sei, immerhin habe er ein gut gehendes Geschäft und drei Kinder. »Herr Heidmann ist fest in seinem Umfeld verwurzelt, da muss man ja nicht davon ausgehen, dass er sich so mir nichts, dir nichts aus dem Staub macht.« Während er sprach, hatte der Anwalt ein linkisches Grinsen im Gesicht.

Der Richter hatte ihn müde angesehen, und Stefan wusste, dass er verloren hatte.

»Angesichts des dringenden Tatverdachts und der Schwere der Ihnen zur Last gelegten Tat befürworte ich eine weitere Unterbringung in Untersuchungshaft«, hatte er kurz darauf den Richter sagen hören. Danach war er durch einen unterirdischen Gang zurück in seine Zelle geführt worden.

»Ich sehe, was ich für Sie tun kann«, rief ihm sein Verteidiger noch nach. Die nackte Verzweiflung hatte Stefan gepackt wie eine riesige kalte Hand.

Jetzt saß er in diesem Käfig und starrte durch das vergitterte Fenster. Draußen auf den Gängen hörte er das morgendliche Rumoren, das Auf- und Zugehen der Zellentüren. Er war hier drin völlig ausgeliefert. Ohne Handy und ohne Internetverbindung konnte er sich um nichts kümmern, keinen anderen Anwalt ausfindig machen, keinen Kontakt zu dem Leben da draußen herstellen. Sein Pflichtverteidiger hatte ihm zugesagt, in seiner Firma anzurufen. Was genau er seinen Leuten mitgeteilt hatte, wusste Stefan nicht.

Bei der Aufnahme in der JVA am Montagabend und der Protokollierung einiger persönlicher Daten war Stefan gefragt worden, ob man das Jugendamt benachrichtigen solle, damit die Mütter seiner Kinder über den Ausfall des Umgangs informiert werden.

Dem Jugendamt mitteilen, dass er in Untersuchungshaft saß? Entschieden hatte er abgelehnt.

Mit beiden Händen rieb sich Stefan durchs Gesicht, seine Bartstoppeln kratzten, und seine Haut war trocken. Er stand auf, ging zu dem kleinen Waschbecken neben der Toilette und schaufelte sich mit den hohlen Händen kaltes Wasser über Stirn und Wangen.

Das Geräusch eines Schlüssels im Schloss der Zellentür ließ ihn zusammenzucken. Für einen Moment glaubte er, dass er nun gehen könne, man ihn mit einer Entschuldigung für die entstandenen Unannehmlichkeiten in die Freiheit entließe. Es war so selbstverständlich, durch eine offene Tür zu gehen, wenn man es wollte, dass das Gehirn nicht begriff, wenn dies unmöglich war.

Ein Wärter in hellem Hemd und dunkler Hose reichte ihm mit einem trockenen »Guten Morgen« ein Plastiktablett mit seinem Frühstück: lauwarmer Kaffee, zwei Scheiben Brot, etwas Butter, Marmelade und eine Scheibe Wurst.

Stefan hatte keinen Hunger, aber Essen war eine der wenigen Beschäftigungen, die er hier überhaupt hatte. Er nahm das Plastiktablett an, der Wärter drehte sich um, und die Zellentür schloss sich wieder. Mit zwei Schritten ging Stefan zu dem schmalen Tisch, setzte sich und begann, Butter auf eine Brotscheibe zu streichen.

Einmal am Tag durfte er für eine halbe Stunde nach draußen auf den Hof. Dabei war er gestern von den anderen Insassen prüfend gemustert worden. Er war ein Neuling, er kannte sich in diesem Gefängniskosmos nicht aus, und er wollte es auch nicht. Er wollte nur raus. Hinter sich hatte er

»'ne Nutte kaltgemacht« gehört. Er war entsetzt gewesen und mit gesenktem Kopf weitergelaufen, dabei hatte er die stechenden Blicke der anderen in seinem Rücken gespürt.

Lustlos biss er in sein Brot, kaute und spülte den Brei mit einem Schluck schlechten Kaffee herunter. Als Untersuchungshäftling war er noch isolierter als die anderen Inhaftierten. Man hatte ihm mitgeteilt, dass er nur auf Antrag und mit richterlicher Genehmigung telefonieren oder Besuch empfangen durfte. Dabei musste er dringend mit seiner Assistentin sprechen. Sabine musste ihm einen richtigen Anwalt besorgen, irgendeinen, der ihn hier rausholte, Geld spielte keine Rolle.

Stefan kaute weiter, mechanisch, so als sei es Arbeit. Die Kirschmarmelade schmeckte künstlich. Nachdem er die Scheibe Brot gegessen und den Kaffee geleert hatte, legte er sich zurück auf die Pritsche. In 20 Minuten kam jemand, um das Tablett wieder einzusammeln.

Matt starrte er an die Zellendecke. Zeit hatte hier drin eine völlig andere Bedeutung. Man versuchte, sich selbst abzuschalten, und unterdrückte nur mit größter Mühe den Drang, auszurasten und alles kaputt zu schlagen.

Immer wieder dachte er an den vergangenen Sonntag. Nach wie vor wusste er nicht, wie Daria umgebracht worden war, es hatte ihm niemand gesagt. Wahrscheinlich wollten sie es von ihm hören, aber woher sollte er es wissen?

Die Zellentür wurde aufgeschlossen, dieses Mal zuckte Stefan nicht zusammen, es ging nur um das Tablett. Er blieb einfach auf der Pritsche liegen.

»Sie können sich was zu lesen ausleihen«, meinte der Wärter.

Stefan drehte den Kopf hin und her. »Dann nicht«, sagte der Mann und ging.

Etwa zwei Stunden später hörte Stefan plötzlich wieder das Geräusch des Schlüssels im Schloss. Er schoss hoch, richtete seinen Oberkörper so schnell auf, dass ihm schwarz vor Augen wurde. Jetzt endlich durfte er raus, es hatte sich alles geklärt.

Der Wärter, ein anderer als vorher, blieb am Türrahmen stehen. »Besuch für Sie«, sagte er. »Kommen Sie bitte mit.«

»Besuch?«, fragte Stefan und spürte mit einem Schlag Freude und Aufregung. Jemand kümmerte sich um ihn, jemand holte ihn hier raus. »Wer denn?«

»Keine Ahnung«, antwortete der Wärter.

Er führte Stefan über den Gang, den links und rechts beigefarbene Zellentüren säumten, einige standen offen. Manche Zellen waren leer, in anderen saßen oder lagen die Männer auf ihren Pritschen, lasen oder hörten Radio. Stefan wusste nicht, wann und warum man eine offene Zellentür haben durfte, für ihn gab es dieses Privileg offenbar nicht.

Zügig lief er mit dem Wärter die Treppen aus dem zweiten Stockwerk hinunter und erneut durch den unterirdischen Gang, der mit hellem Neonlicht ausgeleuchtet war. Nach 30 oder 40 Metern ging es wieder eine Treppe hoch und über einen Flur ins Erdgeschoss. Stefans Aufregung stieg, irgendein vertrauter Mensch, der ihn sehen wollte, wartete auf ihn. Endlich hatte er Kontakt zur Außenwelt.

Der Wärter öffnete eine Tür. Als Erstes nahm Stefan einen aschblonden, eckigen Kopf wahr, dann einen breiten, fleischigen Rücken. Schlagartig überfielen ihn Enttäuschung und Ärger, da saßen die Schweine, die ihn hier reingebracht hatten.

»Guten Tag, Herr Heidmann«, sagte der Terrier und drehte sich ihm zu. »Setzen Sie sich doch.« Mit seiner Hand wies er auf den Holzstuhl, der an der anderen Seite des Tisches stand.

Zögernd ging Stefan heran und setzte sich. Der Terrier nickte. »Gut, Herr Heidmann«, sagte er. »Die Ergebnisse der DNA-Probe liegen vor.« Erwartungsvoll sah er Stefan an. »Haben Sie uns etwas zu sagen?«

Stefan drückte seine Daumen in die Augenwinkel, er hasste diesen Bullen abgrundtief.

»Ich hatte Ihnen schon gesagt, dass ich am Sonntag bei Daria war. Sie hat mich massiert, es kann also gut sein, dass Zellen meiner Haut unter ihren Nägeln waren.«

»Es war etwas mehr als Zellen«, entgegnete der Terrier. »Es waren Hautreste. Frau Budischewski muss Sie sehr grob massiert haben. Oder gekratzt. Wie bei einem Kampf.«

Hörbar atmete Stefan aus. »Ja, es ging etwas härter zur Sache. Aber das gehörte dazu, es passierte in gegenseitigem Einvernehmen.«

»Die Gerichtsmediziner haben auch Kratzer an Frau Budischewskis Hals gefunden, hieran konnte ebenfalls fremdes Zellmaterial sichergestellt werden – das gleiche wie unter ihren Fingernägeln. Zellen von Ihnen. Darüber hinaus fand sich Ihre DNA in dem benutzten Kondom, das im Mülleimer im Bad lag.«

»Ich habe Ihnen doch gerade gesagt …«, setzte Stefan an. Dann hielt er inne. Offensichtlich wollte man ihn nicht verstehen. »Wie wurde Frau Budischewski umgebracht?«, fragte er leise.

»Ja, natürlich, das wissen Sie nicht.« Der Terrier bleckte in einem zynischen Grinsen die Zähne.

»Nein, ich weiß es nicht«, schrie Stefan. »Ich war nicht dabei, woher soll ich es wissen?«

Jetzt räusperte sich der ältere Bulle, hievte seinen Körper vom Stuhl hoch und begann, im Raum auf und ab zu gehen. »Sie wurde erstochen«, sagte er. »Sechs Stiche. Ein Messer, dessen Klinge zu dem Muster der Stiche passt, haben wir in Ihrer Wohnung gefunden.«

Stefan stutzte. »Was? Ich habe nur zwei ganz normale Küchenmesser dort, so wie sie zigtausendfach verkauft werden, das ist überhaupt kein Beweis.«

Der ältere Bulle wiegte den Kopf hin und her. »Ein Beweis nicht, aber ein Indiz. Eines von mehreren.«

Stefan hatte Angst zu ersticken, die weißen Wände des Raums begannen, auf ihn zuzukommen.

»Aber das Motiv?«, schrie er. »Wieso soll ich mir wegen einer Nutte mein Leben versauen? Ich habe keinen Grund dazu, sie war einfach nur eine billige … völlig unbedeutend.«

Die Worte hallten in dem kahlen Besuchsraum nach, dann war es still. Die beiden Polizisten schwiegen sekundenlang. Schließlich sagte der Terrier kalt: »So viel ist Ihnen also ein Menschenleben wert?«

Von Stefans Stirn fiel ein Schweißtropfen auf die hellbraune Tischplatte, er sah ihn dort aufschlagen und zerplatzen.

»Was?«, fragte er tonlos, und in seinem Kopf lief plötzlich sein Leben wie in einem rückwärts gespulten Film ab, zurück bis zu Cosimas Geburt. Alles danach hätte ich anders machen sollen, dachte er. Alles anders.

»Aber Sie haben recht«, schnitt die Stimme des Terriers durch den Raum, »das Motiv.«

Er warf seinem dicken Kollegen einen vielsagenden Blick zu. Der verschränkte die Arme über seinem Bauch. »Wir haben Hinweise darauf, dass Frau Budischewski Sie erpresst hat«, meinte er.

»Wieso erpresst?« Stefan verstand nicht.

»Wir haben private Notizen von Frau Budischewski gefunden, aus denen hervorgeht, dass sie 50.000 von einem S.G. wollte, offenbar Schweigegeld.«

Entgeistert starrte Stefan von einem Polizisten zum anderen. »Von einem S.G.?«, wiederholte er. »Es gibt Hunderttausende S.G.«

»Sicher«, sagte der ältere Beamte. »Aber das Indiz kommt zu den anderen dazu, und irgendwann sind es zu viele, um noch an einen Zufall zu glauben.«

»Sie sollen nicht glauben, sondern Ihre Arbeit machen«, schrie Stefan. »Sie sollen den wahren Täter finden.«

»Genau das tun wir«, konterte der Terrier. »Herr Heidmann, Sie würden sich das Leben wesentlich erleichtern, wenn Sie gestehen. Auch mit Blick auf das zu erwartende Strafmaß.«

Stefan wurde speiübel. »Ich will mit meinem Anwalt sprechen«, keuchte er. »Ohne meinen Anwalt sage ich nichts mehr.« Und während die Worte mühsam aus ihm herauskamen, dachte er an seinen kläglichen Pflichtverteidiger, und Verzweiflung legte sich tonnenschwer auf seine Brust. »Ich will hier weg, zurück in meine Zelle«, brachte er mit letzter Kraft hervor.

Prüfend musterte der Terrier ihn. »Wie Sie wollen«, sagte er, stand auf und ging zur Tür.

Kurze Zeit später wurde Stefan durch die Gänge in die Zelle zurückgeführt. Er taumelte zu seiner Pritsche und legte sich hin.

Als sich der Schlüssel im Schloss drehte, atmete er auf. Einen Augenblick lang empfand er seine Zelle als Ort der Sicherheit, ein Unterschlupf für ein gejagtes Tier. Doch dann schickte dieser Gedanke noch größere Panik durch seinen Körper.

»Nein«, brüllte er und schlug mit der Faust gegen die Zellenwand. Seine Fingerknöchel knackten, der Schmerz zuckte den Arm hoch bis zum Kopf und brachte einen rasenden

Zorn mit sich, eine Wut, die sich nicht mehr einsperren ließ. Wie von Sinnen sprang Stefan auf, griff nach dem Stuhl und drosch ihn auf die schmale Tischplatte. Holz splitterte und traf ihn im Gesicht, er schlug weiter, gegen die Wand und das Fenster. Die Stuhlbeine aus Metall klirrten gegen Glas, Stefan schrie und tobte und schlug.

Plötzlich waren laute Stimmen in seiner Zelle, er spürte feste Griffe, und seine Arme wurden auf seinen Rücken gedreht. Dieser Schmerz machte ihn noch rasender. Mit aller Kraft versuchte er, sich zu befreien und merkte, dass er keine Chance hatte. Kurz darauf wurde er mit dem Gesicht auf den Zellenboden gedrückt.

43. KAPITEL

»*Konzept 44*, Sabine Weyand, was kann ich für Sie tun?«

»Sylvia Greiner hier, ich möchte Stefan sprechen. Es ist dringend.«

»Tut mir leid, Herr Heidmann ist zurzeit nicht im Haus. Er musste ein paar Tage geschäftlich ins Ausland. Kann ich etwas ausrichten?«

»Ins Ausland? Hören Sie, ich muss ihn sprechen. Er geht

nicht ans Handy, also geben Sie mir bitte die Nummer seines Hotels.«

»Bedaure, aber die habe ich gar nicht. Ich muss Sie wirklich um ein paar Tage vertrösten. Herr Heidmann ruft Sie dann sicher zurück.«

»Nein«, rief Sylvia. »Ich muss ihn *jetzt* sprechen.« Sie zögerte kurz. »Es geht um unser Kind.«

Am anderen Ende der Leitung war es still.

»Um was?«, fragte die Frauenstimme schließlich.

Eigentlich ist es ja noch zu früh, es allen zu erzählen, dachte Sylvia. Aber es war ihr wichtig, dass Stefan sich zu ihr und dem Kind bekannte.

»Ja, ganz recht«, sagte sie. »Wir gründen eine Familie.«

»Ah«, hörte Sylvia die Frau sagen. »Ah so. Hm. Tja. Ich kann Ihnen aber wirklich im Moment nicht weiterhelfen. Und ich muss jetzt zu einem Termin. Also auf Wiederhören.«

Schon hatte sie aufgelegt.

»Blöde Ziege«, schrie Sylvia und legte ebenfalls den Hörer auf. Aber so einfach ließ sie sich nicht abwimmeln. Sie hatte die Weichen gestellt, um in Ruhe leben zu können, und ohne Frage hatte sie es auch getan, damit Stefan und sie eine gemeinsame Zukunft haben konnten.

Sie stand von ihrem Bürostuhl auf und ging zum Fenster. Die gegenüberliegenden Dächer waren nass, der Schiefer dunkel und glänzend. Ihre Mutter hatte eine Kette aus Blutstein gehabt, die Sylvia als Kind immer bewundert hatte, der Schiefer erinnerte sie an die Steine.

Sylvias Mitarbeiter waren bei Außenterminen, sie war allein im Büro. Gedankenverloren zog sie einen kleinen Hautfetzen mit den Zähnen von ihrem Daumen ab. Sie hatte Hunger. In der Teeküche gab es immer etwas. Sylvia verließ ihr Büro und begab sich in den Nachbarraum.

Auf dem weißen Tisch lag eine angebrochene Packung Kekse. Sylvia griff danach, nahm einen heraus und schob ihn sich in den Mund. Sie kaute ein paar Mal, nahm einen zweiten und stopfte ihn hinterher. Gerade wollte sie zum Kühlschrank gehen, um etwas Herzhaftes zu essen, als ihr Blick auf die Zeitung fiel, die unter der Kekspackung gelegen hatte. Dicke schwarze Lettern prangten ihr entgegen und verzerrten sich einen Moment später auf ihrer Netzhaut.

»Neues im Mannheimer Massage-Mord: Ist Stefan H. der Täter?«

Augenblicklich hörte Sylvia auf zu kauen. In ihrem Kopf passte etwas nicht zusammen. Zwei Teile weigerten sich, ineinanderzugehen, obwohl sie zusammen zu gehören schienen wie bei einem Puzzle.

Massage-Mord. Stefan H.?

Ihr Blick sprang hinunter auf das Foto. Der Mann hatte einen schwarzen Balken über den Augen, aber wenn man Stefan kannte, erkannte man ihn.

Ein Ziehen fuhr durch Sylvias Unterleib, die krümeligen Kekse in ihrem Mund fühlten sich wie trockene Erde an. Ungläubig riss sie die Zeitung hoch und starrte auf den Artikel.

»Der am vergangenen Montag in Untersuchungshaft genommene Stefan H. (48) wird dringend des Mordes an Daria B. (36), Inhaberin eines Massagestudios, verdächtigt. Sie war am vergangenen Sonntag brutal in ihrem Geschäft in den Mannheimer Quadraten erstochen worden. Den Ermittlungen zufolge soll der Verdächtige zur Tatzeit Kunde bei Daria B. gewesen sein.«

Sylvias Beine gaben nach. Stefan war *Kunde* bei Daria gewesen?

Dann sickerte es in ihr Gehirn. Stefan Gabriel. Dem sie eine andere Uhrzeit in Darias Kalender eingetragen hatte.

Den sie ans Messer geliefert hatte. Das kann nicht wahr sein, flehte sie innerlich. Es muss sich um einen Irrtum handeln.

»Hurenbock«, sagte die Stimme dicht an ihrem Ohr.

»Sei still«, schrie sie und schleuderte die Zeitung auf den Boden.

»Noch so ein Hurenbock«, höhnte die Stimme.

Ein spitzes Kreischen füllte Sylvias Schädel und den ganzen Raum. Stefan hatte es mit der gleichen Schlampe wie Marco getrieben.

Das Kreischen hielt an, dabei schnitt ein stechender Schmerz Sylvia durch Brust und Bauch. Keuchend hielt sie sich an der Tischkante fest.

Der Latexgeruch, den sie bei Stefan wahrgenommen hatte – sie hatte ihn sich nicht eingebildet, Stefan war an dem Tag bei dieser Frau gewesen.

Und jetzt saß er im Gefängnis für etwas, das er nicht getan hatte. Aber er hatte etwas anderes getan, etwas, für das er eine noch härtere Strafe verdient hatte.

Ihr ganzes Leben schien Sylvia zu zerrinnen, mit ein paar Tropfen Druckerschwärze auf zerfleddertem Papier wurde alles zerstört.

Außer sich fegte sie einen Kaffeebecher vom Tisch, die Keramik zersprang mit einem Klirren auf dem Fliesenboden. Sie trug das Kind eines Verräters in sich, erst Marco, dann Stefan, auf ihr lag ein Fluch.

»Ich hatte sie auch«, sagte die Männerstimme.

»Hör auf«, kreischte Sylvia und presste sich die Handflächen an den Kopf. »Halt den Mund!«

»Es ist so«, höhnte die Stimme. »Du weißt, dass es so ist.«

Voller Entsetzen stürzte Sylvia in den schmalen Flur. Weg hier, sie musste raus, weg aus diesem vergifteten Raum. Sie hastete Richtung Eingangstür. Plötzlich wurde ihr linker Fuß festgehalten und im Lauf nach hinten gerissen, er hing an dem gusseisernen Garderobenständer. Gleichzeitig knickte der rechte Fuß um und Sylvia stürzte hart auf die Bodenfliesen, der Schlag erschütterte ihren ganzen Körper. Reste von Kekserde kamen aus ihrem Mund, eine Metallstange schlug ihr mit Wucht auf Rücken und Kopf. Ein Schleier aus dunkelblauem Jackenstoff breitete sich über sie, die umgerissene Garderobe begrub sie unter sich. Ihr Gesicht wurde kalt, es lag auf den Fliesen, die sich anfühlten wie Eis.

»Bleib liegen«, sagte die Stimme. »Wo willst du noch hin?«

Unfähig sich zu rühren lag Sylvia da, ihre Handflächen links und rechts neben ihrem Kopf. Auch sie wurden kalt, nach und nach schlich die Kälte in den ganzen Körper. Sie schloss die Augen, die dunkelblaue Nacht wurde schwarz. »Verhext«, sagte die Stimme, »verflucht«.

Sylvia konnte nichts anderes mehr tun, sie blieb einfach liegen, eine Viertelstunde oder eine halbe. Die Wärme wich aus ihrem Körper, dafür füllte sie das Gefühl aus, eins mit dem Steinboden zu werden. Sie glaubte, sich darin aufzulösen. Bilder stiegen in ihr hoch, sie sah zwei Körper, die sich ineinanderkrallten, bis ein Messer durch sie hindurch schnitt und sie trennte. Es waren ein Mann und eine Frau, aber das Messer hatte sie nicht sauber getrennt, Teile des Mannes klebten noch an der Frau und umgekehrt. Zwei entstellte Körper reckten die Arme nacheinander aus, wie um sich ihre Teile zurückzuholen. Warmes Blut lief an beiden herab, heiße Rinnsale an erkaltenden Körpern.

Unvermittelt konnte Sylvia die Wärme spüren. Sie hob ihren schmerzenden Kopf und hatte gleichzeitig das Gefühl, in zwei Teile gerissen zu werden. Ein Jaulen entfuhr ihr. Mit Mühe richtete sie ihren Oberkörper auf, zog den Mantel über sich weg und drehte sich zur Seite, sie konnte kaum atmen.

Dann spürte sie, dass es nass unter ihr war. Sie sah nach unten, eine Blutlache breitete sich auf den hellen Fliesen aus. Ihre Oberschenkel lagen darin, und große dunkle Flecken zeichneten sich an der Innenseite ihrer blauen Hose ab. Während sie darauf starrte, kroch das Verstehen in ihren Kopf.

»Nein«, schrie sie, »mein Kind!« Der Schmerz in ihrem Unterleib wurde stärker und krampfartig. Sylvia krümmte sich zusammen und spürte einen heißen Schwall aus sich herauslaufen. Sie presste die Beine zusammen und eine Hand dazwischen.

»Verräterbrut«, sagte die Stimme. »Lass es laufen.«

»Nein«, heulte Sylvia. Ihr Oberkörper sackte wieder auf die Fliesen, ihre Fäuste schlugen auf den harten Boden. Die rechte Hand war voller Blut, und es lief weiter aus ihr heraus.

»Verhext und verflucht«, raunte die Stimme, jetzt war sie direkt in ihrem Kopf. »Du musst dich befreien.«

44. KAPITEL

Er war eingesperrt in einem weißen Quader mit grauem Betonboden. Der Raum war fensterlos und bis auf eine Neonröhre, eine Toilettenschüssel aus Edelstahl und eine

Holzpritsche leer. Stefan kauerte in einer Ecke, drei Wärter hatten ihn hierhergebracht. Er hatte versucht, sich zu wehren, aber sie hatten ihn fest an Armen und Beinen gepackt und in die Isolationszelle befördert.

Er wusste nicht, wie lange man ihn hier drin lassen würde und was als Nächstes passierte, man ließ ihn komplett ohne Informationen. Sein Rücken schmerzte so heftig, dass es ihm Übelkeit verursachte. Er hatte keine Ahnung, wie viel Uhr es war, seinem Gefühl nach war er schon eine Ewigkeit hier eingesperrt.

Vor vielen Stunden hatte es durch die Klappe in der Zellentür ein einfaches Essen gegeben, zwei Scheiben Brot, zwei fahle Scheiben Wurst und lauwarmen Tee. Der Wärter hatte es ihm hereingereicht und kein Wort gesprochen. Stefan war nicht nach Essen zumute gewesen, die Wurst hatte in dem kleinen Raum einen ekelerregenden Geruch verbreitet, und schließlich hatte er sie die Toilette heruntergespült.

Irgendwann war das Neonlicht ausgegangen, und eine kleine Lampe etwa 20 Zentimeter über dem Boden hatte ein schwaches, bläuliches Licht verbreitet, wahrscheinlich die Nachtbeleuchtung. Erschöpft hatte sich Stefan auf die Pritsche gelegt und dort ein paar Stunden geschlafen. Dann saß er lange im Dunkeln und starrte einfach vor sich hin. Irgendwann war das Neonlicht wieder angegangen, die Klappe in der Zellentür wurde geöffnet, und er hatte noch einmal das gleiche widerliche Essen bekommen.

Jetzt presste er seinen schmerzenden Rücken gegen die Zellenwand und wartete, zeitlos und angefüllt mit Hass, der in ihm fraß wie Säure. Irgendjemand würde dafür bezahlen müssen, dass er hier einsaß, irgendjemand musste dafür bluten.

Wenn er Pech hatte, kostete ihn das alles seine Existenz, an seine Kinder wollte er zurzeit gar nicht denken. Er musste davon ausgehen, dass über den Mord an Daria berichtet wurde, dass durchsickerte, dass er der Tatverdächtige war, die Zeitungen stürzten sich auf so etwas. Womöglich würde er seine Kunden verlieren.

Und dass Regine mitbekommen hatte, wie die beiden Bullen bei ihm in der Wohnung gewesen waren, ärgerte ihn maßlos. Sie würde Stress machen, wenn er hier wieder raus war. *Sie* auch noch.

»Scheiße«, fluchte er und stand ächzend auf. Er ging drei Schritte bis zur Zellentür und wieder drei Schritte zurück, danach wieder hin und wieder zurück, wie ein Tiger im Käfig. Die Enge machte ihn verrückt, und das Neonlicht ließ seine Augen stumpf werden.

Die Schnürsenkel waren aus seinen Schuhen entfernt worden, die schlurfende Geräusche von sich gaben, wenn er ging. Ansonsten war es absolut still hier drin, er hörte nichts vom Gefängnisalltag, keine Stimmen anderer Häftlinge, kein Öffnen und Schließen von Türen. Er war völlig isoliert, als habe man ihn abgeschoben und vergessen.

Einen, zwei, drei Schritte, er stand vor der Metalltür, wieder drei Schritte und er stand vor der gegenüberliegenden Wand. Wie lange konnte man das machen? Tagelang? Kilometerweit?

Das plötzliche Geräusch des Schlüssels im Türschloss ließ ihn zusammenfahren. In der gleichen Sekunde durchzuckte ihn der Impuls, auf den Eingang zuzuspringen.

Die schwere Metalltür öffnete sich, zwei Wärter standen im Gang.

»Kommen Sie bitte mit«, sagte der eine. Stefan hörte die Wörter, und im selben Moment stand er schon im Türrahmen, im Gesicht des Wärters zuckte etwas. Stefan setzte einen weiteren Schritt nach vorn und war draußen. Endlich.

Er stand auf einem neonbeleuchteten Gang, fast in Körperkontakt zu den Wärtern. Der eine trat von ihm weg und schloss die Zellentür, der andere ging ein Stück vor.

»Hier lang«, sagte er auffordernd.

Sofort setzte sich Stefan in Bewegung und ging flankiert von den beiden Männern den Gang entlang, weg von dieser Zelle, gerade war das für ihn das Wichtigste überhaupt. Er sog die Luft ein, im Vergleich zu der in dem Isolationskäfig erschien sie kühl und frisch.

»Wohin bringen Sie mich?«, fragte er.

»Das sehen Sie schon.«

Wieder keine Informationen. Stefan schlurfte weiter über den grauen Kunststoffboden des Flurs. Nach etwa 20 Metern ging es eine Metalltreppe hinauf, die festen Tritte der Wärter hallten auf den Stufen. Oben angekommen bogen sie nach ein paar Schritten links ab, und Stefan erkannte den Teil des Flurs wieder. Sie waren auf dem Weg in den Besuchsraum, in dem ihn letztes Mal die beiden Bullen erwartet hatten.

»Nein«, kam es scharf über seine Lippen, und er blieb abrupt stehen. Fast gleichzeitig packte ihn einer der zwei Männer am Arm, seine Hand fühlte sich wie ein Schraubstock an.

»Wie, nein?«, sagte der andere.

»Ich spreche nicht noch mal mit den Bullen, nicht ohne meinen Anwalt.«

Mit einem ruckartigen Dreh seines Körpers versuchte Stefan, den Arm aus der Umklammerung zu lösen. Es gelang ihm nicht. Der andere Wärter packte ihn nun ebenfalls. »Sie gehen schön weiter«, knurrte er.

Alles in Stefan gierte danach zuzuschlagen. Aber er wusste, wohin ihn das brachte. Bebend vor Zorn setzte er wieder einen schlurfenden Schritt vor den anderen, beide Oberarme umfasst von Schraubstockhänden.

Als er wenig später vor der Tür des Besuchsraums angekommen war, öffnete der eine Wärter sie und bedeutete ihm mit einer Kopfbewegung, einzutreten. Unsicher ging Stefan zwei Schritte nach vorn, alles in ihm sträubte sich. Dann fiel sein Blick auf einen etwa 40-jährigen, gut aussehenden Mann in weißem Hemd und hellgrauem Jackett. Irritiert musterte Stefan ihn, auf den ersten Blick sah er nicht wie ein Bulle aus.

»Herr Heidmann, ich grüße Sie.« Ein Managerlächeln, das helle Zähne entblößte, ging in Stefans Richtung, gleichzeitig stand der Mann von seinem Stuhl auf. »Mein Name ist Patrick Auer, Kanzlei Auer und Schütz. Ich bin Fachanwalt für Strafrecht. Nehmen Sie doch bitte Platz.« Er machte eine einladende Bewegung mit seiner linken Hand, so als sei er hier der Hausherr.

Fragend sah Stefan einen der beiden Wärter an. Der bedeutete ihm erneut mit dieser befehlenden Kopfbewegung zu dem Tisch zu gehen. Stefan schlurfte heran und setzte sich dem Anwalt gegenüber.

Patrick Auer nahm ebenfalls wieder Platz und klappte den vor sich liegenden Ordner auf.

»Ihre Assistentin, Frau Sabine Weyand, hat uns kontaktiert«, begann er laut und scheinbar völlig unbeeindruckt von der Anwesenheit der Wärter. »Sie wurde auf uns aufmerksam, weil wir eine gewisse Expertise in unserem Fachgebiet vorweisen können.« Der Ton des Anwalts blieb sachlich und nüchtern, er referierte Tatsachen. »Ich bin bereit, Sie anwaltlich weiter zu vertreten.« Er machte eine Pause, sein kantiges Gesicht war attraktiv, das schwarze Brillengestell passte exakt dazu. »Sofern Sie einverstanden sind, würde ich Sie bitten, dieses Formular zu unterschreiben.«

Ohne Umschweife zog er ein Blatt Papier aus dem Ordner und schob es zusammen mit einem silberfarbenen Kugelschreiber Stefan hin. Der versuchte verzweifelt, klar zu denken. Aber sein Kopf war nicht in der Lage dazu, die Enge und das Neonlicht in dem Quader hatten ihm zugesetzt.

»Falls Sie Referenzen benötigen …«, Patrick Auer zog weitere Papiere hervor und reichte sie Stefan, der sah darauf. Hinter Ausdrucken von der Internetseite der Kanzlei gab es ein Blatt, auf dem diverse Strafsachen mit Aktenzeichen aufgeführt waren. Neben den Fällen stand entweder *Einstellung des Verfahrens* oder *Freispruch*.

Aufregung ergriff Stefan, allmählich kam sein Gehirn wieder in Gang. Sabine hatte ihm einen Fachanwalt geschickt, einen richtigen Anwalt. Er legte die Papiere hin, zog das Formular zu sich heran und unterschrieb hastig auf der Linie, die mit einem Kreuz markiert war.

»Gut«, der Anwalt nickte. »Ich werde den Wechsel des Rechtsbeistandes in die Wege leiten. Wenn Sie hier bitte noch unterschreiben …« Er zeigte auf ein weiteres Formular. »Es ist bereits alles vorbereitet.«

Ein heftiges Glücksgefühl überkam Stefan, *alles vorbereitet.* Patrick Auer erschien ihm wie ein Heilsbringer.

»Ich war's nicht, das müssen Sie mir glauben«, sprudelte es aus Stefans Mund. »Und ich werde hier drin unmöglich behandelt, das ist Folter, Isolationshaft, Sie müssen etwas tun.«

Der Anwalt faltete seine Hände auf der Tischplatte. »Herr Heidmann, der Antrag, dass Ihnen statt des Pflichtverteidigers ein Anwalt Ihres Vertrauens beigeordnet wird, muss von einem Richter entschieden werden. Das kann etwas dauern.«

Etwas dauern, hallte es in Stefans Ohren nach, und ein Schauer überlief ihn.

»Aber ich bin zuversichtlich, dass wir das durchbekommen.« Jetzt nickte der Anwalt.

Das war alles gar nicht sicher? Stefan verstand nicht. Hatte er nicht das *Recht* auf einen Anwalt seiner Wahl? Fragend starrte er auf sein Gegenüber.

»Hat Ihr Verteidiger bereits eine Besuchserlaubnis über die Staatsanwaltschaft organisiert? Damit ein Angehöriger oder Freund Sie besuchen kann?«

»Angehöriger oder Freund?«, echote Stefan. Ihm fiel gerade niemand ein.

»Oder eine Besuchserlaubnis zur Regelung dringender beruflicher Belange?«, fragte Patrick Auer weiter.

Sabine, dachte Stefan. Natürlich, er musste mit ihr sprechen.

»Ich will meine Assistentin sehen«, keuchte er. »Sabine Weyand, ich muss sofort mit ihr reden.«

»Herr Heidmann, *sofort* funktioniert in der JVA nicht, aber ich werde dem Kollegen Pfeiffer mitteilen, dass dies beantragt werden soll. Solange ich das Mandat noch nicht innehabe, kann ich leider nicht persönlich tätig werden.«

»Ach so?«, fragte Stefan gedehnt. Aber Hauptsache irgendjemand wird tätig, dachte er. Und die Aussicht, mit Sabine zu sprechen, ließ Hoffnung in ihm aufkeimen. Vielleicht konnte sie die wichtigsten Kunden eine Weile hinhalten, vielleicht musste es gar nicht bekannt werden, dass er im Knast saß, und sein Geschäft war noch zu retten.

»In Ordnung«, sagte der Anwalt. »Ich werde alles in die Wege leiten. Im Übrigen würde ich Ihnen noch raten, nichts mehr zu den Tatvorwürfen oder der Sache insgesamt zu sagen. Jedenfalls nicht, bis Sie von einem Anwalt Ihres Vertrauens vertreten werden.« Er stand auf und streckte ihm seine gepflegte Hand entgegen. »Auf Wiedersehen.«

Noch während Stefan sie drückte und von der Berührung merkwürdig verstört war, registrierte er, wie die beiden Wärter an ihn herantraten.

»Kommen Sie bitte wieder mit«, befahl einer von ihnen.

Wohin wieder mit? Stefan konnte nicht wieder zurück in die Isolationszelle. Dieser Anwalt musste ihm helfen, und zwar jetzt. *Sofort.*

»Nein«, schrie Stefan. »Ich gehe nicht in diese Zelle zurück, Sie müssen das verhindern!« Er richtete seinen Zeigefinger auf Patrick Auer, sprang von seinem Stuhl auf und wurde im gleichen Moment mit festem Griff an Arm und Schulter gepackt.

»Herr Heidmann«, sagte der Anwalt mit Nachdruck, »bitte leisten Sie keinen Widerstand. Das verkompliziert die Sache unnötig.«

»Ach ja? Sie werden ja auch nicht in dieses Loch eingesperrt«, brüllte Stefan und wurde von den beiden Wärtern zur Tür bewegt. Der eine öffnete, und zusammen mit seinem Kollegen schob er Stefan hinaus.

»Schweine, lasst mich los!« Stefans Stimme hallte durch den Gang, dabei wurde er energisch vorwärtsgedrängt. Es ging die Treppe runter und den anderen Flur hinüber bis zur Zelle.

»Beruhigen Sie sich erst mal«, sagte der eine Wärter. Einen Augenblick später war Stefan wieder in dem verhassten Käfig. Mit einem lauten Knall wurde die Tür hinter ihm geschlossen.

Keuchend setzte er sich auf die Pritsche und ballte die Fäuste. »Reiß dich zusammen«, murmelte er vor sich hin. Dann zwang er sich, seine Gedanken zu ordnen.

45. KAPITEL

Nochmals sah Christine auf die Uhr, kurz vor fünf, um halb hätte Stefan die Kinder fürs Wochenende abholen sollen. Vincent spürte die Anspannung seiner Mutter und fragte immer wieder, wann Papa käme. Christine brauchte Klarheit und wählte Stefans Nummer.

Erneut hörte sie die Ansage der Mailbox: »Der Teilnehmer ist vorübergehend nicht erreichbar.«

In Christines Magengrube breitete sich ein ungutes Gefühl aus. Irgendetwas war vorgefallen, und sie wollte jetzt wissen, was. Außerdem musste sie Vincent ja eine Antwort geben.

Sie rief bei Stefans Firma an. Nach dem dritten Rufton meldete sich seine Assistentin. »*Konzept 44*, Sabine Weyand.«

»Hallo, Sabine. Hier ist Christine Gabriel.«

»Ah. Hallo.« Die zögerliche Ablehnung war bereits in den zwei Wörtern zu hören, Christine schluckte.

»Kannst du mir sagen, wo Stefan ist? Er hat die Kinder am Mittwoch nicht abgeholt und ist heute wieder nicht erschienen.«

Stefans Assistentin schwieg.

»Sabine?«

»Er musste ins Ausland. Es war kurzfristig und dringend.«

»Und da kann er nicht Bescheid sagen, dass er die Jungs nicht zu sich holt?«

»Es war, wie gesagt, sehr kurzfristig.«

»Es gibt Telefone.«

»Was weiß ich, warum er sich nicht meldet.« Nun klang Sabine gereizt. »Ich muss jetzt auch zu einem Termin.«

»Stopp«, rief Christine. »Stefans Kinder warten hier auf ihn, ich sollte wissen, was los ist. Du weißt doch was!«

»Keine Ahnung«, nuschelte Sabine. »Ich mische mich nicht in Stefans Privatangelegenheiten.« Sie legte auf.

»Hallo?«, rief Christine verärgert in ihr Telefon und drückte auf die Wahlwiederholung. Wie erwartet ging Sabine nicht mehr ran.

Christine überlegte, wer noch etwas wissen konnte. Ihr Anwalt wohl nicht. Er hätte sie informiert. Aber zumindest sollte sie ihm mitteilen, dass Stefan die Kinder nicht mehr abholte. Sie wählte die Nummer und hörte ein paar Sekunden später eine freundliche Stimme auf dem Anrufbeantworter, die ihr sagte, dass die Kanzlei zurzeit nicht besetzt war.

Klar, Freitag um diese Zeit, dachte Christine. Beim Jugendamt anzurufen konnte sie sich auch sparen. Vielleicht bei Stefans Mutter? In der Kontaktliste ihres Telefons suchte Christine den Eintrag und wählte. Aber auch hier ging niemand ran. Wahrscheinlich war Marianne wieder auf Reisen. Sie holte aus ihrem letzten Lebensviertel so viel raus, wie es ging, und hatte ohnehin kaum Kontakt zu ihrem Sohn und ihren Enkelkindern.

Nachdenklich legte Christine das Handy zur Seite und bemerkte erst jetzt, dass Vincent am Türrahmen stand.

»Komm mal her, mein Schatz.« Sie streckte ihm eine Hand entgegen. »Papa kann heute leider nicht, er musste ganz dringend verreisen, beruflich, weißt du.«

»Hm«, machte Vincent. »Wann kommt er zurück?«

»Ich weiß es nicht genau, vielleicht schon nächste Woche. Aber lass uns doch zu Opa und Oma fahren.« Es zog Christine dorthin, seit dem Unfall fühlte sie sich in der Mannheimer Wohnung allein mit den Kindern oft unwohl. »Komm Spatz, wir fahren ein bisschen Zug. Ich packe schnell ein paar Sachen zusammen.«

Zwei Stunden später saß sie mit ihren Eltern und ihren Söhnen beim Abendbrot. Vincent erzählte gerade mit vollem Mund von seinem Fußballtraining, als Christines Handy piepte. Sofort dachte sie an Stefan und zuckte zusammen. War er doch schon wieder zurück und wollte seine Söhne sehen? Möglichst beiläufig zog sie ihr Telefon aus der Tasche ihrer Jeans und sah darauf. Die Nachricht war von Ralph.

»Mal wieder Lust auf ein Bier, wenn du im Lande bist?«

Ja, sie hatte Lust.

»Bin übers Wochenende da«, antwortete sie und spürte auf einmal flatternde Aufregung.

»Super«, kam es prompt zurück. »Um neun im Barfly?«

»Gern.«

Das Kribbeln in ihrem Bauch nahm zu. Sie sah auf den Teller mit dem dunkelroten Zwiebelmuster vor sich und hatte plötzlich keinen Appetit mehr. Vincent erzählte, Aron plapperte dazwischen, Christines Eltern lachten oder mahnten, »jetzt esst aber mal.« Opa schmierte noch ein Käsebrot, Oma goss Tee nach, und das alles dauerte Christine heute viel zu lang.

Nach dem Abendessen las sie ihren Söhnen noch eine Geschichte vor, machte sich ein wenig zurecht und verließ endlich das Haus.

Sie war aufgeregt, als sie durch die Straßen ihrer alten Heimat ging. Die Umgebung um sie herum war ihr so vertraut wie ihr eigenes Leben. Sie mochte den alten Deidesheimer Stadtkern mit dem Marktplatz, dem Andreasbrunnen und der Pfarrkirche. In Christines Jugend war der Ort touristischer geworden, Pfälzer Saumagen und die große Politik hatten ihn ins Rampenlicht gerückt. Aber Christine hatte schon immer ihre eigenen Lieblingsplätze hier gehabt. Noch gut konnte sie sich daran erinnern, wie sie als Kind erfuhr, wozu das Beinhaus in der Nähe der Pfarrkirche gedient hatte. Eine Weile lang hatte sie geglaubt, in dem kleinen Gebäude noch Knochen entdecken zu können, die nach der Liegezeit auf dem Friedhof dorthin befördert worden waren. Und die Vorstellung, dass nach der Beerdigung noch eine Station kam, hatte sich ihr merkwürdig eingeprägt.

Während sie den gepflasterten Marktplatz überquerte, wanderten ihre Gedanken wieder zu Stefan. Es war ziemlich klar, dass ihm nichts zugestoßen war, dass er nicht mit gebrochenen Knochen im Krankenhaus lag. Das hätte man ihr mitgeteilt. Die Ahnung, dass er irgendwie aus dem Verkehr gezogen worden war, verstärkte sich.

Sie bog nach rechts in die schmale Weingasse ein und lief weiter. Am Ende der Straße näherte sie sich der offen stehenden Eingangstür des *Barfly.* Die Musik und das Stimmengewirr der Gäste waren schon zu hören. Christine holte tief Luft und spürte ein Stechen in ihrem Brustkorb, dann trat sie ein.

Der Raum war in warmes Licht getaucht. Geradeaus waren helle Ledersessel um kleine runde Tische gruppiert. Die Theke war links, dahinter reihten sich bunte Spirituosenflaschen in Spiegelregalen.

Ralph saß auf einem der Barhocker vor der Theke. Er trug Jeans und ein weißes Hemd, strahlte Christine an und winkte sie zu sich heran. Als sie auf ihn zuging, hatte sie das Gefühl, der Boden schwanke unter ihr. Ralph stand von seinem Hocker auf und begrüßte sie mit einer Umarmung.

»Schön, dass du da bist. Setz dich. Magst du ein Bier?

Oder was anderes? Wein? Sekt? Wie geht es dir? Was machen die Jungs?«

Ist der etwa aufgeregt?, fragte sich Christine und setzte sich auf den Barhocker neben ihn. Wieder fand sie seine Nähe sofort angenehm.

»Magda, machst du mir bitte ein Pils«, meinte sie an die Wirtin gewandt.

Als das Bier auf der Theke stand, hob Ralph sein Glas, um mit ihr anzustoßen, Christine trank einen großen Schluck.

»Was hat dich schon wieder in die alte Heimat verschlagen? Die Jungs sind dieses Wochenende doch bei ihrem Vater, oder?«

»Tja …« Christine nahm noch einen Schluck. »Eigentlich ja, aber er hat sie nicht abgeholt.«

»Wie? Ich denke, er ist so scharf auf die Zeit mit ihnen.«

»Ich finde es auch merkwürdig. Irgendwie ist er verschwunden. Seine Assistentin sagt, er habe kurzfristig ins Ausland gemusst. Aber auch dann hätte er sich bei mir melden können, eine SMS reicht ja.« Christine registrierte, wie ihre Stimme härter geworden war, der Zorn über Stefan war ihr anzuhören. Schnell trank sie noch einen Schluck, stellte ihr Glas zu heftig ab und drehte den Kopf nach links zu Ralph. »Weißt du«, brach es aus ihr heraus, »dieser dämliche Heidmann taucht einfach mal ab, nachdem er vorher so eine Welle wegen der Umgangszeiten gemacht hat. Und ich sitze da mit den Kindern und weiß von nichts. Mir persönlich wär's ja recht, wenn sich die Erde aufgetan hätte und …«

»Was?«, unterbrach Ralph sie und runzelte die Stirn.

»Wie, was?«

»Wie heißt der?«

»Stefan?« Christine zog ebenfalls fragend die Augenbrauen hoch. »Heidmann. Wieso?«

»Oh«, kam es von Ralph. Angestrengt richtete er den Blick auf sein Bier.

»Was oh?«

»Hm«, brummte Ralph und begann, das Glas auf dem Bierdeckel hin und her zu drehen.

Christine stutzte. »Ralph?«, fragte sie unsicher.

»Ähm ja?«

»Was ist?«

Ein paar Sekunden lang zögerte Ralph. »Du weißt also von nichts?«, fragte er schließlich zurück.

»Nein, das sagte ich doch, wovon soll ich denn wissen? Was weißt du denn?« Die Angelegenheit wurde Christine immer suspekter.

Ralph hustete und drehte weiter sein Bierglas hin und her. »Tja, hm …«

»Bitte, Ralph. Vincent fragt dauernd nach seinem Vater, was weißt du?« Christines Knie wurden weich, obwohl sie saß.

Wieder schwieg Ralph, sekundenlang. »Okay«, sagte er und sah sie direkt an. »Patrick vertritt ihn.«

»Wer?«

»Mein Kompagnon Patrick Auer. Fachanwalt für Strafrecht. Er vertritt Stefan.«

In Christines Kopf verband sich *Strafrecht* mit der Tatsache, dass Stefan von der Bildfläche verschwunden war. Ihr Magen zog sich zusammen.

»Vertritt ihn in was?«, fragte sie leise.

»Phh …« Ralph blies hörbar Luft aus und fuhr sich mit der Hand durchs Gesicht.

»Ralph, bitte, in was?«

»Tötungsdelikt.«

»Wie bitte?« Christines Stimme war viel zu laut, Magda sah erstaunt auf. »Worin?«, wiederholte Christine leiser.

»Mordverdacht.«

»Scheiße.« Christines Kehle war plötzlich ganz trocken, und ihr Herz raste. Gleichzeitig begannen sich ihre Gedanken zu drehen.

»Mord?«, fragte sie ungläubig. »An wem?«

»Der Inhaberin eines Massagestudios.«

»Massagestudio?«

»An einer … Prostituierten.«

Eine lähmende Kälte kroch in Christine. Zitternd hob sie ihr Glas und trank einen Schluck Bier, dann noch einen. Vincent und Aron, dachte sie, bitte nicht.

»Du bist ganz blass«, sagte Ralph. »Sollen wir einen Moment nach draußen?«

»Nein, es geht schon.« Christine trank ihr Glas leer. »Noch eins bitte, Magda.«

»Chris, es tut mir wirklich leid, vielleicht hätte ich dir das nicht erzählen sollen. Erzählen dürfen hätte ich es ohnehin nicht … Aber ich glaube, dass du tatsächlich Bescheid wissen solltest, und früher oder später hättest du es ohnehin erfahren.«

»Nachdem ich gemerkt hatte, dass du etwas weißt, hätte ich eh so lange gebohrt, bis du es mir sagst.« Christines Hand schloss sich um das volle Bierglas, das Magda gerade abgestellt hatte. Hastig trank sie ein paar Schlucke.

»Nachbohren konntest du früher schon.« Ralph schmunzelte und strich ihr sanft mit dem Zeigefinger über die Oberlippe, an der Bierschaum gewesen war.

In Christines Bauch flatterte es, ihr wurde ganz warm. Am liebsten hätte sie sich Ralph an den Hals geworfen und »halt mich fest« gerufen. Hörte der Alptraum denn gar nicht mehr auf?

»Was weiß dein Kompagnon noch?«, fragte Christine. »Denkt er, dass Stefan tatsächlich der Täter ist?«

»Patrick weiß im Prinzip noch nicht viel. Dein Ex sitzt in U-Haft und hat derzeit noch einen Pflichtverteidiger. Seine Assistentin hatte uns kontaktiert, um ihm einen etwas engagierteren Anwalt zu verschaffen. Patrick hat aber noch keine Akteneinsicht gehabt.«

In Christines Kopf rotierte es weiter. Sie war hin und her gerissen, ob sie Stefan einen Mord zutraute. Aber einen Mordversuch hatte er ja offenbar schon unternommen.

»Traust du Stefan das zu?«, fragte Ralph, als habe er ihre Gedanken gelesen.

Ratlos zuckte Christine mit den Schultern, Ralph trank sein Bier leer.

»War Stefan denn … Kunde bei dieser Frau?«, fragte sie leise.

»Chris, ich glaube, ich habe schon zu viel erzählt und …«

Christine drehte den Kopf ein Stück weiter zur Seite und sah Ralph nur an.

Der zögerte einen Moment und nickte dann. »Ja, das ist wohl ziemlich unstrittig.«

»Scheiße.«

Dabei hatte Stefan doch gerade erst diese neue Freundin. Aber das schien ja offenbar kein Hinderungsgrund zu sein.

Was bedeutet das im Nachhinein für unsere Beziehung?, schoss es Christine in den Sinn.

Spielte das noch eine Rolle?

Christine kippte ihr Bier auf ex.

»Magda, machst du bitte noch zwei Pils?« Ralph nickte der Wirtin zu.

»Was soll ich den Jungs sagen?«, murmelte Christine. »Dass ihr Vater im Gefängnis sitzt?« Das geht nicht, dachte sie, auf gar keinen Fall. Ihr musste etwas anderes einfallen. Hoffentlich erfuhren Vincents Mitschüler nichts von der Sache.

»Wenn ich irgendetwas für dich tun kann …« Christine fühlte eine warme Hand auf ihrem Unterarm. Ralphs Hände … sie erinnerte sich. Er hatte wunderbare Hände, kräftig, trocken und ein bisschen rau. Sie hatte es geliebt, mit ihm Hand in Hand zu gehen.

»Du könntest mich auf dem Laufenden halten«, sagte sie. »Wenn das geht.«

»Okay.«

»Denkst du, dein Kollege kann Stefan da rausholen?«

»Das weiß ich nicht, ich kenne den Fall und die Ermittlungsakten nicht. Aber Patrick ist ziemlich gut.« Die warme Hand hob sich von Christines Arm und griff nach dem vollen Pilsglas. Ralph trank, und Christines Blick streifte über sein Gesicht, seinen Nacken und seine Schultern, dann wieder ein Stück nach oben. In seinem rechten Ohrläppchen konnte man noch das Loch erkennen, aber den kleinen silbernen Ring, der dort früher gewesen war, hatte er abgelegt. Er trug sein Haar jetzt sehr kurz, man sah nicht mehr, dass er eigentlich Locken hatte.

Was hat er alles gemacht in den letzten 15 Jahren, fragte sie sich, was erlebt?

»Wieso bist du nicht längst nach Mannheim gezogen, näher an deine Kanzlei?«

»Ich bin ja erst seit ein paar Jahren Teilhaber«, antwortete Ralph. »Da wollte ich nicht mehr umziehen wegen Liv. So kann ich sie unter der Woche auch mal am Nachmittag sehen. Sie kann bei mir übernachten, und ich kann sie morgens in den Kindergarten bringen.«

Nachdenklich nickte Christine und hob ihr Glas, um zu trinken. »Wie war das mit eurer Trennung?«, fragte sie. »Du hast bei unserem letzten Treffen nicht viel davon erzählt. Wahrscheinlich weil ich die ganze Zeit von meiner geredet habe.«

»Na ja, deine war ja auch spektakulärer.« Ralph schmunzelte und trank ebenfalls. »Bei uns ging's einfach auseinander. Wir wussten beide, dass die Beziehung nicht mehr funktioniert und dass wir einfach nicht mehr wollen. Wir waren genervt, gelangweilt, es hatte irgendwie nie richtig gepasst. Jetzt müssen wir uns halt arrangieren wegen der Zeiten mit Liv. Das läuft so weit ja auch ganz gut.«

Sie redeten weiter über die Kinder und deren Wechsel zwischen den beiden Elternteilen, tranken und sahen sich ein paar Mal lange in die Augen. Christine spürte das Bier, der Alkohol legte sich wie ein gnädiger Schleier über ihre Verwirrung. »Willst du eigentlich, dass Stefan aus der U-Haft kommt?«, fragte Ralph.

»Gute Frage.« Christine leerte ihr Glas, um Platz zu schaffen für ein neues. Sie war ziemlich benebelt. »Als Mutter ja, als Ex nein.« Ihre Aussprache war leicht undeutlich. Egal, dachte sie, Ralph und sie waren in ihren gemeinsamen Jahren oft genug betrunken gewesen, auf einmal mehr oder weniger kam es auch nicht an.

»Verstehe«, sagte er. Hoffentlich versteht er noch ein paar andere Dinge, dachte Christine. Der muss doch glauben, ich war völlig blind und blöd, mich mit jemandem wie Stefan einzulassen. Kein tolles Aushängeschild, wenn der Ex wegen Mordverdachts im Knast sitzt.

Gerade holte sie Luft und wollte loswerden, dass man nun einmal einfach nicht in einen Menschen hineinsehen konnte, da sagte Ralph: »Ich habe oft an dich gedacht, die ganzen Jahre über.« Seine Stimme war tief und warm. »Manchmal habe ich gehofft, dich in Mannheim zu treffen, zufällig, und mit dir einen Kaffee zu trinken oder so.«

»Du hättest dich ja einfach melden können, Nina hatte immer meine Handynummer.«

»Ich hab mich nicht getraut, ich wusste ja auch nicht, wie du lebst.«

»Und mit wem«, ergänzte Christine und zog die Mundwinkel nach unten.

»Das auch.« Ralph kramte ein Päckchen Tabak aus der Tasche seiner Jeans. »Kommst du mit vor die Tür?«

»Klar.« Christine stand von ihrem Barhocker auf und merkte, wie ihr schwindelig wurde. Schnell stützte sie sich an dem hellen Lederpolster ab und blinzelte ein paar Mal.

»Alles okay?«, fragte Ralph.

»Ja, geht schon.« Sie versuchte ein Lächeln und ging mit ihm nach draußen.

Die frische Luft tat gut, Christine atmete tief ein. Sie beobachtete, wie sich Ralph eine Zigarette drehte und sie anzündete.

Er sah Christine an, mit diesem Grinsen, das irgendwo zwischen Herausforderung, Neugier und Verheißung lag. Das hatte er früher schon getan, sie hatte es nie vergessen. Dann kam er einen Schritt näher an sie heran.

»Ist schön, mit dir hier zu sein«, sagte er und blies mit zusammengekniffenen Augen Rauch an ihr vorbei in die Abendluft.

»Finde ich auch. Und irgendwie ziemlich vertraut.«

»Hm«, brummte Ralph zustimmend.

Christine lehnte sich an der Hauswand an. Am Himmel funkelten Tausend Sterne, dazwischen stand eine helle Mondsichel. Es roch schon nach Herbst, und sie fröstelte. Ralph zog noch ein paar Mal, die Spitze der Zigarette glühte auf. Dann ging er zur Seite und drückte sie in einem Aschenbecher aus.

Langsam kam er zurück, seine Augen mit den Lachfalten drum herum auf Christines Gesicht gerichtet. Ihren Blick festhaltend stand er vor ihr. Sie fühlte seine Nähe, und wie in einem Flashback wurde sie 20 Jahre zurückgeschleudert. Es war, als würde sie fallen, Sehnsucht überwältigte sie und die tröstliche Illusion, noch einmal von vorn anfangen zu können. Alles neu, ein Nachholspiel, eine zweite Chance. Sie sah sich mit ihren Kindern an der Hand durch eine sternenfleckige Galaxie rasen, gezogen wie in einem Strudel. Ihre Söhne lachten mit nach hinten wehendem Haar, gemeinsam flogen sie durch die Zeit. Dann fühlte sie warme Lippen auf ihren, sie schmeckten ein bisschen nach Rauch und waren vorsichtig und zart. Christine schlang ihre Arme um Ralph und glaubte zu ertrinken.

46. KAPITEL

Es roch unangenehm, und die Yuccapalme dort hinten in der Ecke hatte braune Spitzen. Braune Spitzen, braune Spitzen. Die Wörter reihten sich wie eine Perlenschnur im Kopf auf und wiederholten sich. Schlechte Luft und braune Spitzen. Gitter vor den Fenstern, Leere im Bauch, ein ausgehöhltes Gefäß, alles verloren, herausgeschwemmt in einem Blutstrom. Ein Säugling, der auf dunkelroten Wellen reitet.

Braune Spitzen, Dürre, kaum Luft zum Atmen in einem spärlich eingerichteten Raum mit weißen Wänden.

Die ganze Zeit über dachte sie an dieses Kind, hatte so oft die Stimme in ihrem Kopf gehört, wie sie *Verräterbrut* geraunt hatte, und wollte es doch nicht glauben. Sie hatte sich so darauf gefreut, noch einmal Mutter zu werden.

Die beiden anderen Kinder waren zurzeit meist bei ihren Großeltern, sie wusste nichts Rechtes mehr mit ihnen anzufangen. Im Geschäft kümmerte sich Melanie um alles, es war auch nicht so wichtig, wie es dort lief.

Tagelang war sie mit Schmerzen zwischen Bett und Sofa hin und her gekrochen, dann irgendwann war es vorbei gewesen, das Blut versiegt.

Wenig später war ihr klar geworden, dass sie ihn sehen musste. Sie musste wissen, ob es stimmte. Ob er sie wirklich so verraten hatte, ob er bei dieser Frau gewesen war. Vielleicht war alles ein Irrtum.

Die Tür des weißen Raums öffnete sich, und ein Wärter mit hellblauem Hemd und Schnäuzer kam herein. Eine plötzliche Furcht flog Sylvia an, Angst vor dem Moment des Wiedersehens.

Hinter dem Wärter sah sie einen Mann in einem dunkelroten Trainingsanzug. Stefan.

Sein Gesicht war eingefallen, neben Nase und Mundwinkeln hatten sich tiefe Falten eingegraben. Unter seinen Augen lagen violette Schatten, die Bartstoppeln kamen grau aus der fahlen Haut. Sylvia erschrak, er wirkte um Jahre gealtert. Ihre Blicke trafen sich, und sie bemerkte, wie er zurückzuckte, so als würde er ebenfalls über ihren Anblick erschrecken.

»Nein«, hörte sie seine belegte Stimme. »Ich will zurück.«

Sylvia traute ihren Ohren nicht, was hatte er gesagt? Als sie einen Moment später begriff, löste Zorn ihr Erstaunen ab.

Sie hatte den Besuchsantrag als Stefans Lebensgefährtin, die ein Kind von ihm erwartete, gestellt. Er konnte nicht wissen, dass dieses Kind verloren war. Als sie sich zuletzt gesehen hatten, waren sie immer noch ein Paar gewesen, ein Paar, das zusammen ein Kind erwartete. Und jetzt sagte er »nein«?

Der Wärter hob den Kopf, und ein zweiter mit Glatze und kräftigem Körperbau trat hinter Stefan einen Schritt vor.

»Heißt das, Sie wollen auf den genehmigten Besuch verzichten?«, fragte der Glatzköpfige laut.

Stefan zögerte, er sah nach unten, sekundenlang.

»Was ist jetzt?«, maulte der Wärter mit dem Schnäuzer.

Als Stefan wieder aufblickte, lag in seinem Gesicht ein Zug von Entschlossenheit. »Gut, ich spreche mit der Frau«, sagte er.

Mit der Frau? Sylvia konnte es nicht fassen, sie war nicht irgendeine Frau.

»Na also«, murmelte der Schnauzbärtige und schob Stefan ein Stück Richtung Tisch. Die dunkelrote Sporthose schlackerte um Stefans Beine, er setzte sich Sylvia gegenüber. Seine knochig wirkenden Hände legte er auf dem Tisch übereinander.

»Was führt dich her?«, fragte er trocken.

Wusste er das nicht? Was sollte diese Frage?

»Ich musste dich sehen«, antwortete Sylvia. *Muss wissen*, hallte es in ihrem Kopf nach. »Ich muss wissen«, murmelte sie, »ob das stimmt, was die Zeitungen schreiben.«

»Ach. Was schreiben sie denn? Vielleicht lese ich hier drin nicht so oft Zeitung.« Der Sarkasmus in Stefans Stimme war bitter wie Galle.

»Dass du bei dieser Frau warst …«

Jetzt lachte Stefan auf. »Ist das dein einziges Problem? Das Einzige, was dich interessiert?« Seine Worte kamen scharf wie Messerstiche. »Ich sage dir was, liebe Sylvia. Du solltest kein Kind austragen von jemandem, dessen Existenz ruiniert ist.« Stefan beugte sich nach vorn, Sylvia roch seinen kohligen Atem. »Und auch nicht von jemandem«, flüsterte er weiter, »der zu anderen Frauen geht.« Ein spöttisches Lächeln entblößte seine gelblichen Schneidezähne.

»Nicht flüstern!«, kommandierte der glatzköpfige Wärter aus dem Hintergrund.

Stefan wich ein kleines Stück zurück, das herablassende Lächeln blieb in seinem Gesicht.

Fast hätte Sylvia laut geschrien, aber der Atem stockte ihr. Womöglich war sie bereit gewesen, zu Stefan zu stehen, wenn das mit Daria nicht stimmte. Vielleicht hätte sie noch einmal neu mit ihm angefangen. Aber jetzt saß er dort und verhöhnte sie.

Sie sah ein Messer, das in einem Frauenkörper steckte, einen roten Sportwagen, unter dem zappelnde Beine hervorragten. Sie musste sich nicht weiter demütigen lassen. Aus. Schluss.

»Natürlich werde ich das Baby bekommen«, rief sie, in ihrem Schädel wimmelten die Gedanken wie Mehlwürmer durcheinander. Allein weil Stefan das Kind nicht wollte, hielt sie daran fest.

»Wie kann man so dumm sein?« Stefan schüttelte den Kopf und kam wieder ein Stück näher heran. »Denk doch mal nach.«

Zwischen ihm und ihr lagen nur ein paar Zentimeter, sie sah seine rot unterlaufenen Augen und die borstigen Härchen, die aus der Nase wuchsen. Mit jedem Atemzug kam ein muffiger Hauch zu ihr herüber. Beide schwiegen und forschten im Gesicht des anderen, als belauerten sie sich wie Duellanten kurz vor dem Dolchstoß.

»Du hast den gleichen Fehler gemacht wie Marco«, presste Sylvia schließlich hervor. »Aber ich habe dafür gesorgt«, wisperte sie kaum hörbar, »dass er keine Fehler mehr macht. Du wirst auch keine mehr machen, falls du jemals wieder hier rauskommst.« Mit einer verhaltenen Geste brachte sie ihre rechte Hand waagerecht an ihren Hals.

»Sprechen Sie lauter«, donnerte der glatzköpfige Wärter von der Türseite des Raums.

Sylvia wich ein Stück auf ihrem Stuhl zurück und verschränkte die Arme vor der Brust. »Aber natürlich«, sagte sie. »Ich habe keine Geheimnisse.«

»Was?«, rief Stefan. »Die Frau ist irre, die hat mir gerade gedroht.« Er sprang auf, wobei der Stuhl hinter ihm umfiel. »Haben Sie das nicht gehört?«

Blitzschnell waren die beiden Wärter bei ihm und packten ihn an den Armen.

»Jetzt mal schön ruhig«, knurrte der Glatzkopf und schob Stefan ein Stück vom Tisch weg. »Sie gehen besser wieder zurück in Ihre Zelle.«

»Die Frau gehört in die Zelle, nicht ich«, schrie Stefan und wurde bereits von beiden Wärtern aus dem Besuchsraum geführt.

Sylvia sah zwei breite Rücken in hellblauen Hemden, die einen dunkelroten Trainingsanzug aus der Türöffnung schoben. Innerlich bebend blieb sie sitzen. Doch dann überkam sie eine heiße Freude darüber, dass Stefan hier einsaß, festgesetzt für etwas, das er nicht getan hatte.

»Besser für ihn, wenn er hier bleibt«, raunte die Stimme in Sylvias Kopf. Sylvia nickte.

»Frau Greiner, bitte.« Ein großer, schlaksiger Wärter kam in den Raum und machte eine auffordernde Handbewegung.

Sylvia stand auf, ging zur Tür und verließ mit dem Mann das Besuchszimmer.

Als sie über den Kunststoffboden des Ganges lief, quietschten die Gummisohlen ihrer Halbschuhe. Sich rhythmisch wiederholende Geräusche luden die Stimme ein. Es dauerte nicht lange, da flüsterte sie »Schwein«. Immer wieder, bei jedem Schritt.

»Dreckiges«, sagte Sylvia.

»Wie bitte?« Der Wärter sah irritiert auf.

Sylvia zuckte zusammen. »Nichts«, murmelte sie und lief mit aufeinandergepressten Lippen weiter durch den Flur.

Nach kurzer Zeit erreichten sie den Bereich, der Sylvia an den Schalterraum einer Bank erinnerte.

»Greiner«, sagte der lange dünne Wärter, und ein Kollege schob Sylvia ihr zuvor abgegebenes Handy und den Schlüsselbund in einer kleinen gelben Plastikwanne über eine Art Tresen. Dazu reichte er ihr ein Blatt von einem Quittungsblock.

»Unterschreiben bitte.«

Mit einer fahrigen Schlangenlinie quittierte Sylvia. Danach wurde sie weiter begleitet bis zur Pforte. Hinaus in die Freiheit.

47. KAPITEL

Vier Tage waren vergangen, seit er Sylvia gesehen hatte. Vier Tage, in denen es ihm noch dreckiger ergangen war als zuvor. Immer wieder dachte er an ihren Besuch, daran, wie heruntergekommen sie ausgesehen und was sie gesagt hatte. Er wusste, dass sie diese geflüsterten Sätze nicht nur so gesagt hatte. Es war nicht zu übersehen gewesen, dass Sylvia sich verändert hatte, dass etwas mit ihr passiert war. Sie war nicht mehr die Frau, die er kennengelernt hatte. Etwas stimmte nicht mit ihr.

Er hatte versucht, sie für eine Lügnerin zu halten, für eine boshafte Frau, die sich nur rächen und Macht demonstrieren wollte mit dem, was sie gesagt hatte. Aber er hatte sein eigenes Wissen nicht täuschen können. Ihre Augen, ihr Gesicht, ihre Stimme, sie hatte ihn eingeweiht in ihr Geheimnis. Und mit dieser Erkenntnis war das Entsetzen in ihm hochgekrochen. Es hatte ihn kalt gepackt und seitdem nicht mehr losgelassen.

Er bekam ein Kind mit einer Mörderin.

Ein unschuldiges kleines Wesen. Dessen Mutter jemanden umgebracht hatte.

In seinem Kopf kriegte er das nicht zusammen. Was sollte er für dieses Kind empfinden? Er würde es nicht lieben können, wie sollte das gehen? Er wollte keine Beziehung zu diesem Kind, er wollte dieses Kind nicht.

Aber was konnte das Kind dafür? Was konnte es für seine Mutter?

Stefan zermarterte sich das Hirn, innerlich zerriss es ihn. Es durfte dieses Kind nicht geben.

Aber Sylvia würde es bekommen. Er saß hier drin fest und hatte keine Möglichkeit einzugreifen. Dass er nicht mehr verhindern konnte, was er verhindern musste, machte ihn schier wahnsinnig.

Was sollte er tun? Konnte er überhaupt etwas tun? Wann kam er endlich hier raus?

Kam er jemals wieder hier raus?

Wenn er draußen wäre, würde er Sylvia ans Messer liefern.

Dann käme sein Kind im Gefängnis zur Welt.

Wie sollte er sie überhaupt des Mordes an ihrem Mann überführen?

Dann würde er das Kind dort rausholen, und es konnte bei ihm leben.

Ein Kind, um das er nicht mit einer uneinsichtigen Mutter kämpfen musste.

Aber er wollte es doch gar nicht, dieses Kind.

Immer weiter drehte sich das Gedankenkarussell im Kreis, immer mehr schnürte es ihm den Hals zu.

Nachts schlief er nicht, die zehrende Schlaflosigkeit ließ ihn manchmal halluzinieren. Auf den kahlen Zellenwänden erschienen Bilder oder Umrisse von merkwürdigen Tieren, die darüber huschten und so schnell wieder verschwanden, wie sie aufgetaucht waren.

Er war wieder in seine alte Zelle gekommen und durfte einmal am Tag raus auf den Hof. Aber das klitzekleine Quäntchen Freiheit, oder die Illusion davon, wurde ihm durch die anderen Häftlinge verdorben, muskelbepackte Fleischberge, gewalttätige Kriminelle, die nur darauf warteten, ihn zu drangsalieren. Die Hackordnung hier drin war gnadenlos. Je mehr er körperlich abbaute, umso gefährlicher wurde es für ihn.

Wieder war Hofzeit. Stefan setzte einen Fuß vor den anderen und sog die frische Luft ein.

Alle liefen sie rechts herum. In allen Knasts dieser Welt liefen sie auf dem Hof rechts herum, wie Tiere, wie dressierte Affen, immer im Uhrzeigersinn.

Stefan konnte sich kaum noch auf den Beinen halten, aber er wusste, dass er nicht auf diese Bewegung an der Luft verzichten durfte. Er musste versuchen, seinen Körper in Gang zu halten, und schlurfte Schritt um Schritt weiter.

Plötzlich war ein Koloss aus Fleisch und Muskeln neben ihm. Stefan sah auf einen breiten Oberkörper und einen kahlrasierten Schädel, auf den ein schwarzes Pentagramm tätowiert war.

»Mach Platz, du Hemd. Bist Nuttenkiller, eh?«

Der Glatzkopf rempelte ihn an, Stefan kam ins Straucheln. Vor seinen Augen verschwamm alles, die Gebäudefassaden liefen ineinander. Kalter Schweiß brach auf seinem Rücken aus.

Dann explodierte etwas in seinem Kopf. Hass, Wut, Verzweiflung.

Auf einmal hörte Stefan seine eigene Stimme schreien, so grell und laut, wie er sie noch nie gehört hatte.

»Ach ja? Für was hältst du dich, du Sackgesicht? Für den King? Ich krieg ein Kind mit einer Mörderin, das musst du erst mal toppen, du Stück Dreck.«

Der Zug monoton vorwärts laufender Männer stockte, alle sahen zu Stefan.

Der registrierte, wie die Augen des Glatzkopfs sich vor Verblüffung weiteten. Ein Zögern lag in seiner Haltung, zwei Zentner Fleisch in sekundenlanger Unsicherheit. Dann hob er die geballte Faust.

»Was hast du gesagt?«, brüllte er. Spucketropfen flogen bis in Stefans Gesicht.

Ein Kerl mit Bürstenschnitt kam ein paar Schritte heran

und hielt dem Fetten den Arm fest. »Lass, Olli, mach halblang.«

»Den mach ich kalt, die halbe Portion da«, schrie der Glatzkopf, sein Gesicht lief purpurrot an.

»Ho, lass jetzt, komm.« Mit Mühe wurde er von seinem Kumpel weggezogen. Dabei fing Stefan einen wütenden Blick aus den Schweineaugen auf. Und dann sah er, wie der Fette die rechte Hand waagerecht über seine Kehle zog.

Stefans Beine gaben nach. Er sackte zusammen, auf den kalten Betonboden, Speichel sammelte sich in seinem Mund. Er musste würgen und übergab sich, gelblicher Schleim kam aus ihm herausgeschossen.

»Boah, was für 'ne Sauerei«, tönte es an sein Ohr. »Kotz dich woanders aus, du Memme.«

Der Marsch im Kreis laufender Häftlinge zog an ihm vorbei, abgetretene Turnschuhe und dunkelrote Beine wichen aus und liefen rechts und links von Stefan weiter.

Irgendwann nach einer Ewigkeit raffte er sich auf und schleppte sich zum Gebäudeeingang.

Ab jetzt war er Freiwild, das wusste er.

Am nächsten Tag holten ihn zwei Wärter in seiner Zelle ab. »Besuch für Sie.«

Stefan fragte nicht mehr, wer es war.

»Ihr Rechtsbeistand«, sagte einer der Wärter, der andere schloss die Zellentür hinter Stefan ab.

»Welcher?«, fragte Stefan.

Der Wärter zuckte mit den Achseln.

Nach ein oder zwei Minuten erreichten sie den Besuchsraum, die Tür wurde geöffnet. Stefan schnappte nach Luft, er war kurzatmig geworden.

Hinter dem Tisch saß Patrick Auer, mit seinem gebräunten Teint und dem eleganten Anzug. Erleichterung überfiel Stefan, aber es war die Sorte von Erleichterung, die Zorn im Gepäck hat.

»Guten Tag, Herr Heidmann«, begrüßte ihn der Anwalt.

»Guten Tag? Holen Sie mich endlich hier raus«, japste Stefan und ließ sich auf den freien Stuhl vor dem Besprechungstisch fallen. »Warum tun Sie nichts?«

»Herr Heidmann, ich habe gerade erst Ihr Mandat übernommen, dass der Richter so entschieden hat, ist schon einmal als Erfolg zu werten.«

»Erfolg, Erfolg … Für mich hat sich nichts verändert hier drin«, sprudelte es aus Stefan heraus. »Im Gegenteil, es wird immer schlimmer. Wissen Sie überhaupt, wie das hier ist, mit all den bis zur Schädeldecke tätowierten Arschlöchern?«

»Ich kann es mir ungefähr vorstellen.«

»Nein, ich glaube nicht, dass Sie das können. Jeder Tag hier drin ist die Hölle. Unternehmen Sie endlich was!«

»Ich bin gerade dabei.«

»Ach«, Stefan wurde immer ungehaltener. »Ich habe bisher nichts davon mitbekommen. Und meine Assistentin konnte mich auch noch nicht besuchen, obwohl das wirklich wichtig wäre. Stattdessen war diese Irre hier.« Jetzt beugte er sich ein Stück vor. »Die hat ihren Mann auf dem Gewissen«, flüsterte er. »Und wissen Sie, was das Schlimmste ist? Sie will nicht abtreiben.«

»Bitte?« Patrick Auer blickte fragend drein.

»Genau.« Stefan beugte sich noch weiter vor. »Die ist schwanger. Angeblich von mir.« Die Worte kamen aus ihm heraus, in einem unbändigen Drang, die zermürbenden Gedanken der letzten Tage auszusprechen. Endlich saß dort jemand, der ihm zuhörte, den er fürs Zuhören bezahlte, und nicht nur fürs Zuhören.

»Wissen Sie, was in Ihnen vorgeht, wenn Sie ein Kind mit einer Mörderin bekommen?«, wisperte Stefan weiter. »Ein eigentlich unschuldiges Kind ... Aber wollten Sie, dass das zur Welt kommt?«

»Mörderin?«, fragte Patrick Auer. »Wie kommen Sie darauf?«

»Hat sie mir gesagt. Bei ihrem Besuch. Und wie die aussah ... völlig daneben ... total ungepflegt. Der Schweißgeruch hat den ganzen Raum verpestet. Würden Sie mit *der* ein Kind bekommen wollen?«

»Herr Heidmann«, Patrick Auer räusperte sich. »Um was geht es überhaupt, um welche Frau?«

»Na Sylvia. Ihr Mann ist tot, und sie hat ihn um die Ecke gebracht.«

»Hat sie das so gesagt?«

»So ungefähr.«

»Wie? Ungefähr?«

»Indirekt halt, aber ich habe das genau verstanden.«

»Hat das noch jemand gehört? Das Wachpersonal?«

»Nein, sie hat natürlich geflüstert.«

Patrick Auer atmete hörbar aus. »Herr Heidmann, ich denke, wir sollten uns im Moment auf Ihren Fall konzentrieren.«

»Mir hat sie auch gedroht.«

»Inwiefern?«

»Sie sagte, sie werde dafür sorgen, dass ich keine Fehler mehr mache, wenn ich hier jemals wieder rauskomme.«

»Wieso droht sie Ihnen?«, fragte der Anwalt.

»Die ist krankhaft eifersüchtig. Wollte nur wissen, ob ich bei dieser Daria war.«

»Haben Sie ihr gesagt, dass Sie dort waren?«

»Ich will kein Kind mit der!« Stefan sprach eindringlich, der Anwalt musste auch in dieser Sache etwas unternehmen.

»Also, haben Sie ihr von Ihrem Besuch bei Frau Budischewski erzählt?«

»Was heißt erzählt … Ich hab's halt gesagt.«

Patrick Auer legte seine gepflegten Hände übereinander auf die Tischplatte und ging mit seinem Oberkörper ein Stück zurück, wie um mehr Abstand zwischen sich und Stefan zu bringen.

»Herr Heidmann, mit der Übernahme Ihres Mandats habe ich Akteneinsicht erhalten«, meinte er dann. »Ich habe gesehen, dass Sie auch gegenüber der Polizei angegeben haben, am Tattag bei Frau Budischewski gewesen zu sein.«

Stefan zuckte mit den Schultern. »Die hätten das doch sowieso rausgekriegt.«

»Herr Heidmann, ein großer Teil unserer Mandanten erschwert die Lage dadurch, dass sie Angaben gegenüber den Ermittlungsbehörden machen, ohne zuvor anwaltlichen Beistand zu fordern. Ich ersuche Sie dringend, zukünftig weder mit der Polizei noch mit anderen Menschen über den Fall und den Tatvorwurf zu sprechen. Sie reden ab jetzt nur noch mit mir darüber, haben Sie das verstanden?«

Etwas im Ton des Anwalts störte Stefan, er war kein Kind, mit dem man so sprechen konnte.

»Was sonst?«, konterte er. »Legen Sie sonst das Mandat wieder nieder? Lassen Sie sich Ihr Honorar entgehen?«

Stefan sah, wie sein Gegenüber mit ungerührtem Gesicht den Deckel des schwarzen Aktenordners öffnete, der vor ihm lag.

»Also, ich habe mir die Ermittlungsprotokolle angesehen, dazu die kriminaltechnischen Aufzeichnungen, Tatortfotos, DNA-Auswertungen, die Ergebnisse der Obduktion und so weiter«, sagte er ruhig. »Wir werden einen Antrag auf Haftprüfung stellen. Hierbei wird auch entscheidend sein, wie hoch die Wahrscheinlichkeit ist, mit der Sie als Täter in Betracht kommen.«

»Ich bin nicht der Täter«, raunte Stefan. »Oder glauben Sie mir etwa nicht?«

»Können Sie mir gegenüber die Angaben, die Sie bei der Polizei gemacht haben, so bestätigen?«

Stefan nickte. »Ich habe den Bullen gesagt, wie's war. Komme ich über diesen Antrag endlich hier raus?«

»Das entscheidet der Richter, je nach Antragsbegründung, in einer Verhandlung.«

»Immer nur Anträge«, maulte Stefan unzufrieden. »Die können doch ganz einfach abgelehnt werden. Fällt Ihnen nicht was Besseres ein?«

»Der Haftprüfungsantrag ist das reguläre Vorgehen«, antwortete Patrick Auer trocken. »Ich bin in den Unterlagen auf etwas gestoßen, das bei der Antragsbegründung maßgeblich sein wird. Also hören Sie jetzt bitte zu.«

48. KAPITEL

Na endlich. Die langen blonden Haare stachen als Erstes hervor. Wird auch Zeit, dachte sie. Sie wartete schon lange genug hier, das Warten ging ihr auf die Nerven, überhaupt ging ihr alles auf die Nerven. Horden von Kindern waren bereits an ihr vorbeigelaufen, jüngere und ältere, in bunter Kleidung, schnatternd und in ihre eigene Welt versunken. Sie hatte ein paar Blicke von ihnen aufgefangen, prüfende und gleichgültige. Es waren fremde Wesen für sie, irgendwelche Kinder eben.

Wahrscheinlich hatte Cosima getrödelt und kam deshalb so spät. Sie trug einen hellblauen Rucksack über der Schulter und redete mit einem dunkelhaarigen Mädchen, das neben ihr lief. Auffälliges Lachen und dauernde Kopfbewegungen hin und her, dann wieder diese coolen Gesten, Zurückwerfen der Haare, ein aufgesetzter Mannequinblick, das affektierte Getue von Teenagern.

Mit ihrer Freundin kam Cosima näher heran, die graue Bruchsteinfront des Schulgebäudes lag schon etliche Meter hinter ihnen. Die Mädchen gingen auf einem gepflasterten Weg zwischen den Bäumen entlang, die auf dem Vorgelände standen und ihre alten, knorrigen Äste ausbreiteten. Wie hagere Riesen ragten sie auf, wie Kinderfänger.

Sie fixierte Cosima, die immer noch plapperte und kicherte. Das Mädchen würde nicht an ihr vorbeikommen. Wenn Cosima weiter geradeaus ging, lief sie ihr direkt in die Arme.

Wenige Sekunden später trafen sich ihre Blicke, Cosima stockte. Das Lachen gefror in ihrem Gesicht, und gleichzeitig schien ein Vorhang aus Ablehnung darüber zu fallen. Sie musterte Sylvia von oben bis unten. »Was machst du denn hier?«, fragte sie abschätzig.

»Schöne Grüße von deinem Papa«, antwortete Sylvia und bemerkte, wie es hinter der Fassade aus aufgesetztem Selbstbewusstsein zu bröckeln begann.

»Von Papa?«, fragte Cosima unsicher.

»Ja. Ich habe ihn besucht.«

»In den USA?« Ungläubig ließ sie die Augenbrauen hochschnellen.

Sylvia brauchte einen Moment, um zu verstehen, dann huschte ein feines Lächeln über ihr Gesicht.

»Weißt du nicht, dass er im Gefängnis sitzt?« Die Worte tropften heraus wie Gift aus einer Pipette. Sie ließ sie wirken und beobachtete das Gesicht des Mädchens.

»Was? So ein Quatsch!« Abwehrend schüttelte Cosima den Kopf. »Papa musste geschäftlich nach Amerika.«

»Offenbar hat er eine Frau umgebracht«, zischelte Sylvia. »Man hat ihn verhaftet und eingesperrt.«

»Das ist nicht wahr, du lügst.« Die Farbe wich aus Cosimas Wangen, Hilfe suchend blickte sie zu ihrer Freundin.

»Klar, die lügt doch voll«, murmelte die Braunhaarige. »Echt jetzt.« Sie hatte ein längliches Gesicht und stark getuschte Wimpern, die wie Insektenbeinchen die dunklen Augen umrahmten.

»Es stand sogar in der Zeitung.« Sylvia war vorbereitet. Sie zog die zerfledderte alte Ausgabe aus ihrer Handtasche und hielt sie Cosima unter die Nase. Das Mädchen sah darauf, Entsetzen breitete sich auf ihrem Gesicht aus.

»Deine Mutter lügt dich an«, fuhr Sylvia trocken fort. »Sie ist eine Lügnerin.«

»Krass«, sagte Cosimas Freundin, die sich ebenfalls über

die Zeitung geneigt hatte. »Im Gefängnis? Ne Frau ermordet?«

»Quatsch«, schrie Cosima. »Halt die Klappe!«

»Du darfst ihn sicher auch mal besuchen.« Sylvias Ton war beiläufig, sie zog ihre laufende Nase hoch und wischte mit dem Handrücken darüber. »Aber was ich dich eigentlich fragen wollte …« Sie kam noch zwei Schritte näher an Cosima heran. »Hast du Mara erzählt, dass deine Eltern sich noch küssen?«

»Wie?« Verständnislos starrte Cosima und ließ den Mund offen.

»Krass, sind deine Eltern wieder zusammen?« Ihre Freundin riss die großen Insektenbeinaugen auf.

»Also was jetzt, stimmt es, was du Mara erzählt hast?«, setzte Sylvia ungeduldig nach. »Sag schon!«

Sie musste die Wahrheit wissen, und wenn sie sie aus dem Gör herausschüttelte.

»Ist es wahr, was du Mara gesagt hast?«, wiederholte sie in drohendem Ton und packte Cosima am Kragen ihrer Jacke.

»Lass mich los.« Jämmerlich verzogene Lippen öffneten und schlossen sich direkt vor Sylvias Gesicht. »Meine Mutter hat's mir vor einer Weile so gesagt, das ist alles, was ich weiß.«

»He, was machen Sie da? Lassen Sie sofort meine Tochter los!« Eine energische Frauenstimme klang aus einiger Entfernung zu Sylvia herüber.

»Mama«, heulte Cosima auf und riss sich los. »Endlich kommst du.«

Sylvia drehte sich um und sah eine Frau Mitte, Ende 40 mit schulterlangem, braunem Haar und einem beigen Trenchcoat heraneilen und kurz darauf Cosima an sich drücken.

»Wer ist das, kennst du die Frau?«, fragte sie ihre Tochter. »Was ist passiert?«

»Mama, ist Papa wirklich im Gefängnis?« Cosimas Stimme zitterte, und Sylvia bemerkte, wie die Frau zusammenzuckte.

»Was soll das?« Unwirsch schüttelte Cosimas Mutter das braune Haar nach hinten. »Wer sagt so was? Du weißt doch, dass Papa geschäftlich in Amerika ist.«

»Sylvia sagt das.«

»Sylvia? Ach … *die* Sylvia? Sind Sie das? Was fällt Ihnen ein, solche unverschämten Lügen zu verbreiten?«

Dumme Gans, dachte Sylvia, spult sich hier auf. Dabei muss die doch wissen, was los ist. Oder etwa noch nicht?

»Tu doch nicht so«, knurrte sie zurück. »Du weißt doch genau, um was es geht. Stefan sitzt ein. Weil er eine Nutte umgebracht hat. Und du hattest noch was mit ihm, bevor er verhaftet wurde?«

»Wie bitte?«, keuchte Regine.

»Ne Nutte?«, echote Cosimas Freundin und hielt sich eine Hand vor den Mund. »Echt?«

»Janine, du gehst jetzt besser. Wir gehen auch. Und Sie lassen sich nie wieder in der Nähe meiner Tochter blicken, sonst zeige ich Sie an.« Sylvia sah einen in ihre Richtung stechenden Zeigefinger und dahinter ein böses Streitgesicht. Sie lachte trocken auf.

»Anzeigen? Wegen was denn? Tu doch nicht so, *Regine*«, antwortete sie kalt und betonte den Namen wie ein Schimpfwort. »Du warst doch auch noch mit dem Hurenbock im Bett.«

Regines Augenlid zuckte, danach ihr rechter Mundwinkel. Sylvia erkannte es genau, sie hatte einen Treffer gelandet. In ihrem Ohr hörte sie die Stimme: »Tatsächlich. Sie hat ihn dir ausgespannt.«

»Obwohl ich mich so gut um deine dämliche Tochter gekümmert habe«, brach es kreischend aus Sylvia heraus. »Obwohl ich zu ihr war wie eine zweite Mutter, fickst du mit meinem … Mann?« Sie war kurz davor, Regine an die Gurgel zu gehen.

Ein paar andere Kinder kamen auf dem gepflasterten Weg heran. Aus den Augenwinkeln registrierte Sylvia, wie sie ihre Schritte verlangsamten und zu ihnen hinsahen.

»Komm jetzt«, befahl Regine, packte ihre Tochter unsanft am Arm und versuchte, sie wegzuziehen. Aber Cosima wand sich und warf ihren Rucksack von der Schulter auf den Boden.

»Ich will wissen, ob das, was Sylvia gesagt hat, stimmt, … das mit Papa«, schrie sie und stampfte mit dem Fuß auf, über ihre Wangen liefen Tränen.

»Das besprechen wir zu Hause, komm endlich«, keifte Regine zurück. »Oder willst du, dass die ganze Schule alles mitbekommt?«

»Ähm, ich geh dann mal.« Aus Janines Gesicht war die Neugier gewichen und hatte Unsicherheit Platz gemacht. »Also, tschüss.« Mit schnellen Schritten und wehendem Haar eilte sie davon. Cosima schien es gar nicht mitzubekommen, sie ballte die Fäuste. »Ich will es *jetzt* wissen«, schrie sie.

»Sei endlich still und komm mit!« Regine zerrte heftig an ihrer Tochter und bückte sich gleichzeitig, um den Rucksack aufzuheben.

Etwas ließ Sylvia einen großen Schritt an Cosimas Mutter herantreten, so als würde eine unsichtbare Hand sie schieben. Von hinten rempelte sie Regine an, die kam sofort aus dem Gleichgewicht und fiel um.

»Mieses Dreckstück«, zischte Sylvia, und es verschaffte

ihr eine heiße Befriedigung, die andere vor sich auf der Erde zu sehen.

Doch Regine kam in einer energischen Bewegung erstaunlich schnell wieder auf die Beine. Einen Augenblick später packte sie Sylvia an ihrer Bluse und riss daran.

»Was bildest du dir ein?«, schrie sie. »Stefan brauchte dich doch nur als Kinderbetreuung. Sieh dich doch mal an, denkst du, der war scharf auf eine wie dich?«

Sylvia sah verschmierten Lippenstift direkt vor sich und roch Knoblauch und irgendein anderes Gewürz.

»*Wir* waren eine Familie, *wir*. Alles, was er danach hatte, war nur noch Murks. Und du warst der größte Murks, man sieht ja, wohin es ihn gebracht hat«, keifte Regine weiter. »Offenbar hast du ihm ja nicht genügt.«

Sylvia nahm wahr, dass sich Regines Augen verengten und ihr Gesicht ein Stück zurückwich. Sie schien zu stutzen.

»Wie, wohin gebracht? Redest du von Papa? Stimmt es also?«, fragte Cosima aus ein paar Metern Entfernung, heulte laut auf und lief davon. Sofort ließ Regine Sylvia los und wandte sich ihrer Tochter zu.

»Cosi, warte doch«, rief sie. »Es ist doch alles ganz anders.« Sie hastete Cosima hinterher, dabei drehte sie noch einmal den Kopf zu Sylvia. »Das wird ein Nachspiel haben!«, schrie sie. »Und weißt du was? Er hat mir erzählt, wie sehr er sich mit dir langweilt.«

In Sylvias Schädel knirschte etwas. Sie blickte nach unten und konnte Regines Worte auf den Pflastersteinen sehen, wie zuckende kleine Monster lagen sie da. »Verräterbrut«, sagte die Stimme in Sylvias Ohren, und sie wusste, dass es nur einen Weg gab, die aus der Ordnung geratenen Dinge wieder ins Lot zu bringen.

49. KAPITEL

Ihm war hundeelend. Er hatte eine weitere Woche in der Knast-Hölle hinter sich. Die Platzwunde an seiner Schläfe pochte, und er hatte einen Schneidezahn verloren. Der tätowierte Glatzkopf hatte in einer Ecke des Hofs zugeschlagen.

»Also, Herr Heidmann, dann mal los«, flüsterte Patrick Auer und klappte den Deckel der Akte vor sich auf.

Sie saßen nebeneinander in einem Verhandlungsraum. Hinter ihnen warteten zwei Gefängnisbeamte, auf der linken Seite saß eine gelangweilt aussehende Mittfünfzigerin vor einem Laptop, auf der rechten Seite der Staatsanwalt und vorn der Richter. Es war ein anderer, als der, der Stefan eingebuchtet hatte. Ob das ein gutes Zeichen war, wusste Stefan nicht. Dr. Denglers runder Kopf wurde von einem grauen Haarkranz umsäumt, die blanke Schädeldecke glänzte daraus hervor. Für eine Sekunde meinte Stefan ein Pentagramm darauf zu erkennen; als er blinzelte, verschwand es wieder.

Angestrengt fixierte er die bronzeglänzende Justitia-Figur, die hinter dem Richter an der Wand hing. Sie hatte eine Waage in ihrer rechten Hand und verbundene Augen. Warum noch mal darf Justitia nichts sehen?, fragte sich Stefan. Damit sie nicht für den Besseraussehenden entschied? Stefan hatte keine Ahnung.

Von der Decke schien helles Neonlicht. Immer dieses künstliche Licht, es verursachte ihm mittlerweile ein Ekelgefühl. Er nahm die Personen und die Dinge im Raum wie in isolierten Momentaufnahmen wahr. Es gab nicht mehr die Zusammenhänge zwischen den einzelnen Eindrücken, sodass ein Gesamtbild entstand. Statt dessen kam irgendetwas über die Netzhaut herein, wurde wie in einem Foto registriert, danach kam das nächste Foto und das nächste, aber alle waren sie unbedeutend oder störend.

Eigentlich hätte er rausgemusst, Brechreiz funkte in seinem Gehirn, aber er hatte panische Angst davor, dass dann die Verhandlung auf einen anderen Termin verschoben wurde.

»Zur Entscheidung steht der Haftprüfungsantrag von Herrn Stefan Heidmann, vertreten durch den Rechtsbeistand Auer«, begann der Richter in förmlichem Ton und sah über den Rand seiner Brille hinweg von seinen Unterlagen auf. »Die Begründung des Antrags liegt dem Gericht und der Staatsanwaltschaft, vertreten durch Staatsanwalt Leipold, vor. Ich eröffne hiermit die Verhandlung. Herr Auer, Sie haben das Wort.«

Jetzt schon?, dachte Stefan. Musste sein Anwalt jetzt schon reden, alles in die Waagschale werfen? Hoffentlich war er gut, hoffentlich versaute er es nicht.

»Danke«, sagte Patrick Auer. »Wie wir dargelegt haben, stützen wir uns in der Antragsbegründung zum einen auf die kriminaltechnischen Untersuchungen. Hiernach lässt die Analyse der Stichkanäle, das heißt, der Winkel, mit dem die tödlichen Messerstiche geführt wurden, auf eine Körpergröße des Täters zwischen 1,75 Meter und 1,85 Meter schließen. Mein Mandat ist gemäß den Angaben in seinem Personalausweis 1,86.«

»Also bitte«, kam es umgehend von dem Staatsanwalt. »Sie gründen Ihre Argumentation auf einem Zentimeter?«

»Unter anderem ja. Das forensische Gutachten gibt einen Spielraum in der Größe vor, und mein Mandant passt nicht mehr in diesen Bereich. Punkt. Wir haben uns hier an den vorgegebenen Zahlen zu orientieren und nicht an Werten darunter oder darüber. Mit maßgeblicher Wahrscheinlichkeit liegt die Körpergröße des Täters im mittleren Bereich zwischen den angegebenen Zahlen. Damit scheidet mein Mandant höchstwahrscheinlich als Täter aus. Und wir haben hier nach Wahrscheinlichkeiten zu befinden.«

»Keinesfalls«, ging der Staatsanwalt dazwischen. »Der Täter kann natürlich 1,85 groß sein und auch sicherlich 1,86. Es handelt sich bei der kriminaltechnischen Stellungnahme um eine Einschätzung.«

»Es handelt sich um ein *Gutachten*«, antwortete Patrick Auer, »in dem exakt berechnete Werte angegeben werden, die für meinen Mandanten nicht mehr zutreffen. Sie wissen so gut wie ich, dass die Rechtslage für das Aufrechterhalten einer Untersuchungshaft voraussetzt, dass es sich bei dem Untersuchungshäftling mit erheblicher Wahrscheinlichkeit um den Täter handelt.«

»Ein Zentimeter hin oder her, Ihr Mandant kann bei der Passbehörde auch unzutreffende Angaben gemacht haben.«

»Dann messen Sie bitte nach«, sagte Patrick Auer.

»Ich bin eher noch 1,87«, warf Stefan dazwischen. Es klang verzweifelt und dabei fast kindlich, *bist du wirklich schon so groß*?

Mit einer unwirschen Handbewegung wischte der Staatsanwalt Stefans Einwand weg. »Der Tatverdacht gründet sich auf etlichen weiteren Indizien. Dem Kalender des Opfers zufolge war der Verdächtige zur Tatzeit Kunde bei Frau Budischewski. Sie starb dem Gutachten aus der Pathologie nach zwischen 18.30 Uhr und 19.30 Uhr. Herr Heidmann war um 19 Uhr dort. Da haben Sie Ihren Mittelwert.«

»Mein Mandant war nicht um 19 Uhr, sondern um 17 Uhr dort. Er verließ Frau Budischewskis Studio kurz vor 18.30 Uhr wieder.«

»Dafür gibt es aber keine Zeugen und auch keine Beweise.«

»Aber auch nicht für das Gegenteil«, antwortete Stefans Anwalt prompt. »Ich habe mir die Fotoaufnahmen des Kalendereintrags angesehen. Die 19, die die Uhrzeit beziffert, für die ein Stefan Gabriel eingetragen ist, ist mit dem Stift mehrfach nachgefahren. Sie könnte überschrieben worden sein. Wir beantragen hier ein grafologisches Gutachten.«

»Was? Ein Gutachten für zwei Zahlen? Was wollen Sie denn da herausfinden bei einer Eins und einer Neun?« Scheinbar belustigt schüttelte der Staatsanwalt den Kopf.

»Das lassen Sie mal unsere Sorge sein.« Patrick Auer sah den Richter an. »Wir haben bereits einen entsprechenden Antrag eingereicht.«

Der graue Haarkranz neigte sich in einem angedeuteten Nicken nach vorn, und Dr. Dengler machte sich ein paar Notizen. Unruhig rutschte Stefan auf seinem Stuhl hin und her. Sein Anwalt hatte ihn eindringlich gebeten, zunächst nichts zu sagen, aber in ihm brodelte es wie in einem Dampfkessel.

»Zudem gebe ich zu bedenken, dass es keinerlei Beweise dafür gibt, dass Stefan Heidmann sich als Stefan Gabriel ausgegeben hat. Es gibt keinen Beleg dafür, dass es sich um dieselbe Person handelt. Und so lange es keine Beweise gibt, gilt die Unschuldsvermutung«, fuhr Stefans Anwalt in sachlichem Ton fort.

»Aber bitte, Ihr Mandant hat doch längst zugegeben, dass er an dem Tatsonntag bei dem Opfer Kunde war.«

»Er ist Stefan Heidmann, *nicht* Stefan Gabriel«, gab Patrick Auer zurück.

»Genau«, rief Stefan. »Bin ich nicht. Ich würde nie den Nachnamen meiner Ex benutzen, nie.« Fast glaubte er es jetzt selbst.

»Ach nein? Hat Ihnen das nicht einen zusätzlichen Kick gegeben? Offenbar endete die Beziehung zu Ihrer Expartnerin Frau Gabriel ja in einem Rosenkrieg.« Die Worte des Staatsanwalts waren noch lauter und schärfer. »Da liegt es doch nahe, auch ihren Namen in den Schmutz zu ziehen.«

»Herr Kollege, mein Mandant war Kunde bei einem angemeldeten Gewerbe, bitte unterlassen Sie solche Schmutz-Metaphern.«

»Genau«, rief Stefan. »Ich habe nichts Verbotenes getan. Das ist alles ein ganz normaler Markt, das läuft ganz normal über Angebot und Nachfrage.«

»Scht«, kam es von der Seite leise an sein Ohr. Sein Anwalt bedeutete ihm, ruhig zu sein, aber er konnte es nicht mehr. Er konnte die Worte, die seinen Mund anfüllten wie Wollknäuel, nicht herunterschlucken.

»Ich war's nicht. Herr Richter, das müssen Sie mir glauben«, schrie er. »Es muss doch so etwas wie Gerechtigkeit geben.«

Die Protokollantin sah von ihrem Laptop auf. Stefans Anwalt berührte ihn kurz am Arm, aber Stefan war noch nicht fertig.

»Sie können mich nicht weiter einsperren«, hallte seine Stimme durch den Raum. »Das ist *gesetzeswidrig*.«

»Herr Heidmann, die Auslegung des Gesetzes überlassen Sie bitte uns«, entgegnete der Richter kühl. »Die Haftanordnung basiert auf dem Gesamtbild eines erheblichen Tatverdachts.«

»Eben«, warf der Staatsanwalt ein, »gestützt auf zahlreiche Indizien. Ein weiteres ist, dass Frau Budischewski Herrn Heidmann, respektive Gabriel, offenbar erpresst hat. So ist der Angeklagte unter Druck geraten, hier liegt ein eindeutiges Motiv.«

»Falsch«, ging Stefans Anwalt dazwischen. »Es gibt Hinweise darauf, dass Frau Budischewski Geld von einer mit S.G. bezeichneten Person forderte, aber es gibt keinerlei Beleg, dass es sich bei dieser Person um meinen Mandanten handelt.«

»S.G. – Stefan Gabriel, wer denn sonst? Sie wollen doch nicht ernsthaft behaupten, dass der Kalendereintrag und diese Initialen reiner Zufall sind?«, konterte der Staatsanwalt.

»Warum nicht? Es gibt Tausende S.G. in Mannheim und Umgebung, hierauf lässt sich kein dringender Tatverdacht gründen.«

»In Kombination mit den anderen Indizien schon.« Die Hand des Staatsanwalts knallte auf die Tischplatte.

»Diese Indizien sind durchweg in ihrer Beweiskraft fragwürdig. Insofern muss die Unschuldsvermutung greifen«, gab Patrick Auer zurück. »Außerdem ist bei der Haftprüfung zu berücksichtigen, dass Herr Heidmann ein Unternehmen in Mannheim und ein stabiles soziales Umfeld hat. Er hat drei Kinder und erwartet mit seiner Lebenspartnerin ein viertes Kind.« Der Anwalt machte eine Pause, wie um seinen Worten Nachdruck zu verleihen.

Ein viertes Kind, hallte es in Stefans Ohren nach.

Der Richter notierte etwas.

»Eine schwangere Frau und bald vier Kinder, für die mein Mandant sorgen will, ja sorgen *muss*. Die Kinder haben absolute Priorität in Herrn Heidmanns Leben. Eine Fluchtgefahr ist also faktisch nicht gegeben.«

Stefan spürte einen heftigen Adrenalinstoß. Lebenspartnerin. Das vierte Kind. Doch, Fluchtgefahr war gegeben. Dieses Kind begleitete ihn wie eine quälende Pein. Es hatte sich in seinem Kopf eingenistet, ein Kind, das ihn mit einer Frau verband, die am Ende ihren Ehemann auf dem Gewissen hatte.

»Ich verweise also dahingehend auf Paragraf 116 der Strafprozessordnung, dass der Vollzug des Haftbefehls auszusetzen ist«, fuhr Stefans Anwalt fort, »wenn auch weniger einschneidende Maßnahmen den Zweck einer Untersuchungshaft erfüllen und sicherstellen, dass Herr Heidmann sich der Justiz nicht entziehen wird.«

»Ihm droht lebenslang, natürlich ist eine Fluchtgefahr gegeben«, schmetterte der Staatsanwalt. »Eine erhebliche sogar, Kinder hin oder her. Wenn wir jeden aus der U-Haft entlassen würden, der Kinder hat, wäre es deutlich leerer in unseren Gefängnissen.«

»Herr Heidmann«, ging der Richter dazwischen, »wollen Sie sich zu dem Tatverdacht äußern?«

Stefan schreckte auf. Jetzt sollte er etwas sagen? Er öffnete den Mund und holte Luft, aber was sollte er sagen, was war überzeugend? Sekunden verstrichen, lang wie Stunden. Dass er nicht der Täter war, hatte er ja schon gesagt, scheinbar reichte das nicht. Es musste etwas anderes sein. Fluchtgefahr, keine Fluchtgefahr, keine Ahnung, Leere im Kopf, Übelkeit, die ihm bis zum Hals stand. Stabiles Umfeld, dass er nicht lachte.

»Wir wollen heiraten«, schrie da plötzlich jemand. »Es ist schon alles vorbereitet, wir freuen uns so auf unser gemeinsames Kind.« Es war seine eigene Stimme, die Wollknäuel hatten sich in gelbgrüne Soße verwandelt, die aus seinem Mund sprudelte. »Ich würde niemals meine schwangere Frau im Stich lassen, ich würde mich nie absetzen.«

Er fing einen prüfenden Blick des Richters auf. »Ich hatte Sie gefragt, ob Sie sich zum Tatverdacht äußern wollen.«

Wieder nicht das Richtige gesagt, dachte Stefan. Was dann? Er stand vor einem verschlossenen Tor und musste das Losungswort finden, und zwar schnell. Aber er kannte es nicht.

Er hatte Daria nicht umgebracht, somit war es ein anderer gewesen.

»Es war jemand anderes«, sagte er. »Ich war es nicht, ich hatte keinen Grund. Sie hat mich nicht erpresst, wir hatten Spaß miteinander.«

Stefan hörte, wie sein Anwalt neben ihm leise Luft ausblies. Was? War das jetzt schon wieder falsch gewesen? Dann sollte der Herr Advokat doch verdammt noch mal das Passende sagen, das, was den Richter überzeugte.

»Ich habe Erkundigungen im Umfeld des Opfers eingezogen«, hörte Stefan seinen Anwalt. »Es ist sehr befremdlich, dass sich die Ermittlungen nicht auf den offenbar zweiten Kunden, der an dem Tatsonntag bei Frau Budischewski war und der im Kalender mit Dr. Ballmann bezeichnet wird, konzentrieren. Ich habe mit einer Freundin des Opfers gesprochen. Sie hat ihre Aussage zur besseren Nachvollziehbarkeit schriftlich gefasst und unterschrieben. Wenn Sie erlauben …«, Patrick Auer nahm ein Schriftstück aus dem Ordner, stand auf, ging vor zum Richter und reichte es ihm.

»Die Freundin Tatjana Weiler berichtete, dass Frau Budischewski ihre große Liebe verloren habe, den Mann, mit dem sie zusammenleben wollte. Frau Budischewski hatte Frau Weiler erzählt, dass dieser Mann verheiratet war, sich aber scheiden lassen wollte. Frau Budischewski hat weiterhin geäußert, dass sie mit der Ehefrau des Mannes noch eine Rechnung offen habe, dass diese schuld am Tod ihres Mannes sei.«

Stefan versuchte den Worten zu folgen, die letzten kamen ihm irgendwie bekannt vor. Gleichzeitig sah er, wie der Richter das Schreiben las, das Patrick Auer ihm gegeben hatte.

»Ich verweise in diesem Zusammenhang auf die beiden neben der Leiche sichergestellten blonden Frauenhaare, deren Ursprung in den Ermittlungen bisher ungeklärt blieb«, fuhr der Anwalt fort.

»Zwei Frauenhaare? Aber ich bitte Sie, das bedeutet doch gar nichts. Die können von der Putzfrau stammen oder von irgendeiner anderen Frau. Ich denke, in jeder Wohnung finden sich Haare von *irgendwelchen* Personen.« Der Staatsanwalt verschränkte die Arme vor der Brust und sah Patrick Auer herausfordernd an.

»Frau Budischewski hatte keine Putzfrau«, gab der zurück. »Und es handelt sich bei den Räumlichkeiten nicht um eine Wohnung, sondern um ein Massagestudio, das heißt, Frauen verkehrten kaum in den Räumen. Wir beantragen die Vernehmung von Tatjana Weiler als Zeugin. Ihre bereits schriftlich festgehaltene Aussage gibt neu hervorgetretene Umstände wieder. Ich bitte, dies zu Protokoll zu nehmen.«

Durch Stefans Kopf schwirrten Bienen, sie trugen Frauenhaare und webten sie zu Körben. Dann stach jemand mit einem Messer hinein. Verzweifelt versuchte er Zusammenhänge zwischen dem, was er wusste, was sein Anwalt sagte und was tatsächlich an diesem Sonntag passiert war, zu erkennen.

»Laut den Einträgen in Frau Budischewskis Kalender war Dr. Ballmann vor meinem Mandanten Kunde«, sagte Stefans Anwalt. »In der Wohnung des Opfers fand sich aber nur ein benutztes Kondom, nachweislich das von meinem Mandanten. Es erscheint uns fraglich, ob dieser Dr. Ballmann überhaupt Kunde war. Dennoch hatte er offenbar einen Termin ausgemacht. Ich sage Ihnen auch, warum.« Patrick Auers Stimme war energisch, Stefan fühlte sich an einen dieser amerikanischen Gerichtsfilme erinnert. »Der Täter oder die Täterin hatte nicht vor, Frau Budischewskis Dienstleistungen in Anspruch zu nehmen. Er oder sie hatte einen Termin vereinbart, um Frau Budischewski umzubringen. Die blonden Frauenhaare neben der Leiche, die Aussage, dass Frau Budischewski noch eine Rechnung offen habe mit der Ehefrau ihres Geliebten, die Geldforderungen an einen oder eine S.G. … Die Indizienlage weist in eine neue Richtung, faktisch ist sie entlastend für meinen Mandanten.« Der Anwalt schwieg einen Moment und ließ seine Worte wirken. Dann sagte er laut: »Der Täter oder die Täterin ist Dr. Ballmann, wobei dies mit hoher Wahrscheinlichkeit nicht der richtige Name ist. Vielmehr scheinen S.G. und Ballmann ein und dieselbe Person zu sein. Und das ist eben nicht mein Mandant Stefan Heidmann.«

»Unsinn«, rief der Staatsanwalt. »Ein fehlendes zweites Kondom bedeutet nichts. Doktor Ballmann kann nur eine Massage in Anspruch genommen haben, oder er hat das benutzte Kondom mitgenommen. Er wollte eben keinerlei Spuren hinterlassen.«

»Genau«, kam es messerscharf von Stefans Anwalt. »Weil *er* nämlich der Täter ist und nicht mein Mandant.«

Der Staatsanwalt stutzte, in seinem Gesicht lagen Überraschung und Ärger. Patrick Auer nutzte diesen Augenblick.

»Im Sinne von Paragraf 112 der Strafprozessordnung fehlt es an einem dringenden Tatverdacht. Selbst wenn dieser gegeben wäre, haben die Strafverfolgungsbehörden offensichtlich gebotene Untersuchungen unterlassen. Dies und die mindere Fluchtgefahr erfordern eine Aussetzung des Haftbefehls.«

In Stefans Ohren klangen die letzten Worte nach, wie ein Echo, das hin und her durch den Raum flog.

»Das ist doch alles nur konstruiert«, konterte der Staatsanwalt. »Jetzt soll der mysteriöse Herr X, oder die Frau X, es gewesen sein. Dabei haben wir belastbare Indizien für die Schuld des Angeklagten.«

»Aber ich war's nicht«, schrie Stefan. »Es war so, wie mein Anwalt gesagt hat.«

Er starrte den Richter an, versuchte, mit seinem Blick in dessen Gedanken zu dringen, als wolle er ihn hypnotisieren, ihn mit seinem Willen dazu bewegen, »Freispruch« über die Lippen zu bringen.

Dr. Dengler sah prüfend auf seine Unterlagen, seine Pupillen zuckten im Lesen hin und her. Schließlich hob er den Blick wieder über den Rand seiner Brille. Stefan hielt die Anspannung nicht mehr aus, gleich würde sein Kopf auseinanderfliegen. Dann wäre alles vorbei.

»In Anbetracht der bei der Indizienlage neu hinzugetretenen Umstände und angesichts der verminderten Fluchtgefahr gibt das Gericht dem Antrag der Verteidigung statt.«

Hatte Stefan das wirklich gehört? Er wusste nicht recht, ob die Wörter real gewesen waren oder nur eingebildet.

»Der Untersuchungshaftbefehl gegen Herrn Stefan Heidmann wird gegen eine Kautionszahlung von 30.000 Euro ausgesetzt.«

Stefan hörte ein ganz leises, kurzes »ja« neben sich. Es war von seinem Anwalt gekommen, und plötzlich verstand er.

Er war frei, er kam hier raus.

Mit verkrampften Händen fuhr er sich durchs Gesicht und krallte sie am Haaransatz fest. Er wollte Luft holen, aber es kam nichts in seine Lungen. Kurz darauf fiel er mit dem Oberkörper auf die Tischplatte und merkte, wie er vom Stuhl rutschte.

»Herr Heidmann?«, klang es noch wie durch Watte an sein Ohr, und Stefan spürte einen festen Griff an seinem Oberarm. Unwillkürlich kamen ihm die Griffe der Wärter ins Gedächtnis, aber dieses Mal versuchte sein Anwalt ihn festzuhalten. Dann verschwamm alles vor seinen Augen.

50. KAPITEL

Er war draußen, in Freiheit, es kam ihm vor, als sei er noch einmal neu auf die Welt gekommen. Förmlich badete er in dem Luxus, sich frei in der Stadt bewegen zu können. Er hatte in einem teuren Restaurant gegessen, eine Flasche Rotwein getrunken und danach in seinem Apartment zehn Stunden durchgeschlafen.

Am nächsten Tag war er in seine Firma gefahren, hatte seine verdutzten Mitarbeiter mit einem lauten »I'm back, ran an die Arbeit« begrüßt und anschließend in seinem Büro mit seiner Assistentin eine Flasche Sekt geöffnet.

»Mensch, Stefan, gut, dass du wieder da bist. Ich wusste ja, dass an den Verdächtigungen nichts dran ist«, hatte Sabine gesagt.

Sie stießen an, und anschließend ließ er sich auf den aktuellen Stand bringen. Oberste Priorität war, die wichtigsten Kunden abzutelefonieren. Stefan hatte dabei von einem üblen Justizirrtum gesprochen, »aber lassen Sie uns wieder zu wichtigeren Dingen kommen, das zuletzt von uns betreute Projekt …« Er musste retten, was noch zu retten war.

Bei dem Zahnarzttermin am Nachmittag war seine Zahnlücke provisorisch versorgt worden. Am Abend war er durch die Stadt gestreift, hatte wieder gut gegessen und saß nun in einer Bar in der Mannheimer Oststadt. Sein Körper war müde und schwer, und sein Kopf sehr langsam. Er schob einen Gedanken vor sich her, der ihm Angst machte: den an seine Kinder. Einerseits wollte er sie so schnell wie möglich wiedersehen, aber er fürchtete sich davor, ihnen gegenüberzutreten. Er wusste nicht, was sie wussten, vor allem bei Cosima war er unsicher.

Die sanfte Jazz-Musik rieselte in seine Ohren, das Licht war gedämpft, dunkles Holz und rotbraunes Leder dominierten den Raum. Neben ihm an der Theke saßen Männer in Anzügen, teils allein und teils in attraktiver weiblicher Begleitung.

Passt bloß auf, dass die morgen nicht tot in ihrer Wohnung liegt, dachte Stefan und bestellte sich noch einen Whiskey Sour. Kurze Zeit später fischte er die Cocktailkirsche aus dem gelblichen Getränk, hob das schwere Kristallglas an und trank. Die Eiswürfel bewegten sich leise klirrend nach vorn und kühlten seine Lippen. Gierig schmeckte er den säuerlich herben Cocktail und nahm zwei große Schlucke. Wie schon gestern Abend stieg ihm der Alkohol stärker als gewöhnlich zu Kopf, aber das Gefühl war angenehm betäubend.

Er stellte das Glas wieder ab und zog sein Handy aus der Tasche. Nach einem kurzen Zögern wählte er Regines Nummer. Der Rufton klang an sein Ohr, einmal, zweimal, wieder und wieder. Es ging niemand ran.

»Natürlich«, murmelte er, trank sein Glas leer und bestellte noch einmal das Gleiche. Jetzt die Andere. Es kam ihm erbärmlich vor, den Kindsmüttern hinterhertelefonieren zu müssen.

Mit zusammengekniffenen Augen ließ er seinen Zeigefinger über das Kontaktverzeichnis streichen, bis er zu dem Eintrag »Vincent-Mutter« kam. Schon vor einer Weile hatte er Christines Namen überschrieben. Er wählte, kurz darauf meldete sich die Ansage der Mailbox.

»Ich bin's, Stefan«, sagte er. »Ich bin zurück und möchte

morgen die Jungs sehen. Ich hole sie um halb fünf ab.« Nach einer kurzen Pause ergänzte er: »Wie du dich sicher erinnerst, gibt es eine gerichtliche Umgangsregelung.«

Er legte auf und dachte einen Moment nach. Dann schrieb er Regine eine Kurznachricht, dass er morgen zur gewohnten Zeit Cosima abholen wolle.

Zwei weitere Whiskeys ebneten Vorfreude und Furcht vor dem morgigen Tag in eine angenehme Gleichgültigkeit ein. Irgendwann ließ er sich ein Taxi rufen, fuhr nach Hause und legte sich ins Bett.

Sein Schlaf war tief und traumlos wie ein Koma.

Am nächsten Morgen kam er erst um halb zehn mit Kopfschmerzen ins Geschäft, betrieb weiter Schadensbegrenzung bei seinen Kunden und kümmerte sich um ein aktuelles Projekt, das seine Mitarbeiter hatten schleifen lassen. Er war zurück in seiner alten Welt, krempelte die Ärmel hoch und ging die Dinge an.

Fast hätte er sich wieder in Form gefühlt. Wenn nur dieses plötzliche Herzrasen und die Atemnot nicht wären, dachte er. Es überfiel ihn unvermittelt, wenn er am Schreibtisch saß und telefonierte, wenn er sich Unterlagen ansah oder mit seiner Assistentin sprach. Wenn er eigentlich an etwas ganz anderes dachte. Er musste sich dringend von seiner Hausärztin durchchecken lassen.

Der Tag verging rasend schnell, kein Vergleich zu den Tagen im Knast. Die Uhrzeit und sein Zeitempfinden kamen noch nicht wieder überein. Überrascht vom Nachmittag verließ er kurz nach 16 Uhr das Büro und fuhr los zu Christine.

Der Verkehr war wie immer um diese Zeit zäh, Stefan trommelte mit den Fingern nervös aufs Lenkrad. Dieses Stop-and-Go durch Häuserschluchten raubte ihm den letzten Nerv. Er ließ das Seitenfenster herunter, die herbstliche

Luft streifte seinen linken Arm und sein Gesicht. Einen Augenblick später zog sie ihm scheinbar den Atem weg.

Mit dem aufbrandenden Schreck sog Stefan energisch Luft ein, aber der Innenraum des Wagens begann, sich zu verengen, Stefans Hände zitterten. Er schloss sie fest um das Lenkrad und hatte das Gefühl, aus dem Sitz gehoben zu werden.

In der Realität bleiben, hämmerte es in seinem Kopf. Seine Söhne, Vincent und Aron. Gleich war er bei ihnen. Christine konnte sich nicht gegen die Umgangsregelung stellen. Einatmen, ausatmen, das zentnerschwere Gewicht auf der Brust loswerden.

Der Verkehr ging nicht voran, und Stefan war eingesperrt in seinem Wagen, konnte nicht raus, musste warten, bis die Autos vor ihm weiterfuhren. Bis irgendeine verdammte Ampel auf Grün schaltete.

Eingesperrt.

Panik überfiel ihn wie ein Krake. Stefans rechte Hand drückte auf das Gurtschloss, das schwarze Band surrte über seine Brust zurück, gleichzeitig riss er die Fahrertür auf und sprang aus dem Auto. Er japste nach Luft, riss die Arme hoch, ließ sie auf das Dach seines Wagens fallen und senkte den Kopf zwischen den Schultern nach unten. Spürte, wie sein Herzschlag in schnellem Rhythmus den Brustkorb erschütterte, sah, wie der graue Asphalt unter ihm ein Wellenmuster bekam.

Er hörte ein lautes Hupen, das ihm in Mark und Bein fuhr, und blickte auf. Der rote Kleinwagen vor ihm war weitergefahren, das bedeutete, er musste wieder in die Blechzelle einsteigen und auch ein paar Meter vorfahren.

»Reiß dich zusammen«, murmelte er, ließ sich auf den Fahrersitz fallen, knallte die Tür zu und fuhr vor.

»Frei.« Immer wieder flüsterte er das Wort vor sich hin, freifreifrei. Meter um Meter lavierte er sich weiter.

Nach qualvoll langer Zeit kam er auf die Speyerer Straße und konnte den Wagen etwas beschleunigen. Kurz darauf hielt er vor Christines Wohnung. Ihm war speiübel. Er stieg aus, wankte zur Haustür und drückte den Klingelschalter, auf dem sein Name überklebt worden war.

Ein paar Sekunden vergingen, gerade wollte er noch einmal klingeln, als er das Summen des Türöffners hörte. Ein Gefühl zwischen Erleichterung und Angriffslust überkam ihn.

Eilig stieg er die Treppen rauf, hatte Luftnot und Beine, die nachzugeben drohten. Christine stand an der offenen Wohnungstür. Er sah ihr ins Gesicht, sie blickte an ihm vorbei.

»Wo sind Vincent und Aron?«, keuchte er. »Ich hole sie ab.«

Christine verzog keine Miene. Was hat sie überhaupt mitbekommen, was weiß sie?, fragte er sich. Kannte sie die wahre Geschichte gar nicht und glaubte, dass er tatsächlich im Ausland gewesen war?

»Du kannst mit den Jungs auf den Spielplatz, aber wir kommen mit«, hörte er sie sagen. »Ich lasse dich nicht allein mit ihnen los.«

Was hatte die Frau gesagt? Er brauchte keine Aufpasser, es waren *seine* Söhne. Blut schoss ihm in den Kopf.

»Du gibst mir jetzt die Jungs mit«, knurrte er, »oder …«

»Oder was?«, unterbrach ihn Christine scharf. »Entweder, du bist mit dem Vorschlag einverstanden oder du siehst die Kinder heute nicht.« Jetzt blickte sie ihm direkt ins Gesicht.

Er zögerte, die grünen Augen waren fest auf seine gerichtet, er wusste, dass Christine nicht nachgeben würde. Wieder wurden ihm Bedingungen diktiert, wieder saß sie am längeren Hebel. Er schäumte vor Wut. Aber ihm war klar, dass er sich im Moment nicht durchsetzen konnte, er konnte die Jungs nicht mit Gewalt mitnehmen. Außerdem gab es offenbar noch jemanden in der Wohnung, *wir kommen mit …*

»Okay«, grollte er.

»Gut, warte.« Christine ging zurück in den Flur und rief die Namen der Kinder. »Schaut mal, wer wieder zurück ist«, meinte sie in einem Ton, der ihn an Weihnachten erinnerte.

Kurz darauf flogen ihm Vincent und Aron entgegen. Er hob beide hoch und drückte sein Gesicht in Vincents Haar. Eine Welle der Rührung überlief ihn.

Aus den Augenwinkeln sah er einen Mann hinter Christine stehen, beide traten aus der Wohnungstür heraus.

»Hallo, ich bin Ralph«, sagte der Mann, Stefan sagte nichts. Er nahm seine Söhne links und rechts an die Hand und ging mit ihnen die Treppe herunter, gefolgt von Christine und diesem Ralph.

Muss ich wissen, wer der Mann ist?, überlegte Stefan. Aber im Prinzip war es ihm gleichgültig.

Am liebsten wäre er mit seinen Jungs einfach weggefahren, weit weg. Er hielt ihre kleinen Hände fest, und als die Haustür hinter ihnen ins Schloss fiel, füllte der Gedanke, mit ihnen in einer steifen Brise am Meer entlang zu laufen, ihn völlig aus.

»Papa, wieso warst du so lange weg?«, fragte Vincent.

»Ich musste ganz dringend ins Ausland, weißt du. Aber jetzt bleibe ich hier.«

Prüfend sah Vincent ihn an und nickte dann.

Gemeinsam mit den Jungs ging er zu dem nahe gelegenen Spielplatz an der Torwiesenstraße. Hinter ihm liefen Christine und der Mann. Das Bild von zwei Gefängniswärtern kam Stefan zurück in den Sinn und brachte glühenden Zorn mit sich. Er versuchte, es zu ignorieren, er wollte sich das Wiedersehen mit seinen Söhnen nicht verderben lassen.

Auf dem Spielplatz angekommen, tobte und lachte er mit den Jungs. Ein paar Mal gelang es ihm, die beiden Gestalten, die in einiger Entfernung auf einer Bank saßen, zu vergessen. Sein Herz ging ihm auf mit seinen Kindern. Als er auf die Uhr sah, war fast eine Stunde vergangen. Er eilte zu Christine.

»Ich muss gegen 18 Uhr Cosima abholen«, sagte er.

»Kein Problem, dann gehen wir mit den Jungs nach Hause.«

»Nein«, entgegnete Stefan. »Ich möchte, dass Vincent und Aron ihre Schwester wiedersehen.«

Christine schien nachzudenken und zuckte schließlich mit den Schultern. »Du kannst mit ihr wieder herkommen, wir warten so lange hier.«

»Was soll das Theater?«, polterte Stefan. »Ich habe das Recht, die Kinder mit zu mir zu nehmen.«

»Du bist auf Kaution frei.« Christines Stimme war leise und eindringlich. »Solange die Sache nicht vom Tisch ist, stellst du keine Bedingungen.«

Stefan stutzte. Woher wusste sie das mit der Kaution? Er öffnete den Mund, aber schloss ihn wieder. Schließlich drehte er sich um. »Ich komme gleich mit Cosima wieder, und wir spielen weiter«, rief er den Jungs zu. Dann lief er los zu seinem ein paar Hundert Meter entfernten Wagen.

Dort angekommen wollte er gerade die Autotür öffnen, als sein Blick plötzlich angehalten wurde und festhing wie eine Fliege auf der Klebefalle.

Ein kalter Schauer überlief ihn. Dort stand sie, auf der anderen Straßenseite. Sie fixierte ihn, beobachtete ihn unverhohlen. Ihr fahles Gesicht war umrahmt von strähnigem Haar, und sie steckte in weiter Kleidung, die wie ein Sack an ihr herunterhing. Die Mutter seines vierten Kindes. Sein Alptraum, sein größter Fehler.

Autos fuhren vorbei, trennten stakkatoartig den Blickkontakt und gaben ihn wieder frei. Dann sah Stefan, wie sie die Straße überquerte und auf ihn zukam.

»Hallo«, ihre Miene war hölzern. »Schön, dich zu sehen.«

»Cosima wartet, ich muss los, lass uns ein anderes Mal sprechen.« Er schluckte, durch seinen Hals ging kaum etwas durch.

»Ich glaube nicht, dass du mich einfach hinten anstellen kannst. Ich lasse mir nichts mehr gefallen. Du bist mir noch eine Erklärung schuldig.«

»Bitte, Sylvia, es geht jetzt nicht, lass uns in den nächsten Tagen in Ruhe reden.« Stefan versuchte, Zeit zu gewinnen.

»Freuen sich deine Kinder schon auf ihr kleines Geschwisterchen?«, fragte Sylvia.

»Lass die drei da raus, das geht nur uns etwas an.«

»Wieso nur uns? Wolltest du nicht eine Familie mit mir gründen?«

»Was?«, entfuhr es Stefan. Doch nicht mit dieser Wahnsinnigen.

»Ich glaube dir sogar, dass du Daria nicht umgebracht hast«, fuhr Sylvia tonlos fort. »Wenn ich doch nur glauben könnte, dass du gar nicht bei ihr warst, an diesem Sonntag, bei diesem billigen Flittchen in Seidenwäsche.«

»Wie?«, fragte Stefan entgeistert.

»Es wäre so schön, wenn du mich nicht hintergangen hättest«, kam es weiter zwischen Sylvias blassen Lippen hervor. »Wenn du nicht diesen schlimmen Fehler begangen hättest.«

Fehler? Das Wort beschleunigte Stefans Puls. Ärger stieg in ihm auf und das deutliche Gefühl, zum Angriff übergehen zu müssen.

»Fehler? Das sagst du?«, schnauzte er kalt. »Was ist denn mit deinem Mann passiert? Da hattest du doch deine Finger im Spiel! Es wird Zeit, dass du dafür zur Rechenschaft gezogen wirst.«

»Phh«, machte Sylvia mit einer verächtlichen Handbewegung. »Das war ein Unfall, mich kann da niemand belasten.«

»Irrtum«, konterte Stefan. »Ich kann. Und jetzt verschwinde oder ich rufe die Polizei.« Der letzte Teil des Satzes verschaffte ihm eine eigenartige Befriedigung. Er riss die Fahrertür auf, stieg ein und ließ den Motor an. Nichts wie weg, dachte er, parkte aus und beschleunigte so schnell es ging.

Er musste Cosima abholen, musste an seine Kinder denken, an nichts anderes. Das Problem mit Sylvia würde er irgendwie lösen, aber nicht jetzt. Später. Morgen.

Etwa 20 Minuten darauf läutete er bei Regine. Es tat sich nichts. Er klingelte nochmals. Abrupt wurde die Tür geöffnet, Stefan stand Regine gegenüber. Ihre Blicke trafen sich, und er konnte zusehen, wie Ablehnung und Härte in ihr Gesicht traten.

»Was willst du hier?«

»Es ist Mittwoch, ich hole Cosima ab.«

»Du?« Es klang, als sei sonst immer jemand anderer gekommen. »Hast du meine Nachricht nicht bekommen?«

»Welche Nachricht?«, blaffte er zurück und fügte in drohendem Ton an: »Ich habe ein Recht darauf, meine Tochter zu sehen.«

»Ach?« Mit einem feindseligen Ausdruck verschränkte Regine die Arme vor der Brust. »Ein Recht? Bei deinem Lebenswandel? Bei den Leuten, mit denen du *verkehrst*? Deine verrückte Freundin hat Cosima vor der Schule abgepasst und ihr erzählt, dass du im Gefängnis sitzt, weil du eine Frau umgebracht hast.«

»Wie bitte?« Stefan rang nach Fassung.

»Ich versuche hier alles, damit Cosima keinen bleibenden seelischen Schaden nimmt«, fauchte Regine. »Wir haben die Therapiestunden bei Frau Gaisberg aufgestockt. Diese irre Sylvia hat Cosima völlig aus der Bahn geworfen.«

Stefan fühlte ein starkes Pochen in der Schläfengegend.

»Auch Frau Gaisberg sagt, Cosima braucht Ruhe.« Regines Mund verzog sich zu einem schmalen Strich. »Dich zu sehen wäre absolut abträglich für ihr Gleichgewicht.«

Peng. Mit einem lauten Knall schlug die Tür vor Stefan zu. Er sah auf die Front aus braunem Holz und konnte es nicht fassen. Jetzt wurde ihm plötzlich Cosima vorenthalten? Und was hatte Sylvia während seiner Abwesenheit getan? Brandbomben gezündet, alles verwüstet. Ihm wurde übel, er wollte seine Tochter sehen. Energisch presste er seinen Daumen auf den Klingelknopf, einmal, nochmals, wieder und wieder.

Schließlich wurde die Haustür erneut aufgerissen.

»Lass es, Stefan«, keifte Regine ihn an. »Cosima ist bei einer Freundin, du wirst sie heute nicht abholen. Und jetzt verschwinde, oder ich rufe die Polizei.«

Stefan traute seinen Ohren nicht, *ich rufe die Polizei*? Damit die was tun sollte? Ihn abführen und wieder einsperren? Ein Reißen ging durch seine Brust, seine Hände ballten sich zu Fäusten, alles in ihm wollte Regine an die Gurgel. War er nur noch von Metzen umgeben, falschen, gefährlichen Weibern? Schon flog die Haustür vor ihm wieder zu. Wie eine Zellentür.

»Aaarrr«, schrie er auf, schwenkte mit dem rechten Bein nach hinten und trat mit voller Wucht gegen das Holz. Der Schmerz fuhr direkt bis ins Gehirn, füllte für einen Augenblick den Kopf ganz aus, blockierte das Gefühl, gleich durchzudrehen.

»Ich komme wieder«, brüllte er und schlug mit der Faust gegen die Tür. »Verlass dich drauf.«

Ein paar Sekunden lang stand er da und wusste nicht, was er tun sollte. Dann dachte er an seine Söhne, er musste zu ihnen.

Wie betäubt ging er zu seinem Wagen, stieg ein und fuhr los.

Mit Regine hatte er noch Sex gehabt? Bilder stiegen in ihm auf, die ihm nun Übelkeit verursachten. Er gab Gas.

Plötzlich drohte sein Herzschlag auszusetzen. Heftig trat er auf die Bremse, hinter ihm quietschte und hupte es. Das Bild vor der Windschutzscheibe verschwamm vor seinen Augen.

Stefan blinzelte und versuchte, wieder klar zu sehen. Da vorn war eine Parkbucht am rechten Straßenrand. Er fuhr darauf zu und setzte den Wagen hinein. Panisch riss er die Fahrertür auf, sprang heraus und schnappte nach Luft.

Dieses billige Flittchen in Seidenwäsche.

Woher wusste Sylvia, dass Daria Seide getragen hatte?

»Du hast den gleichen Fehler gemacht wie Marco«, hallte es in Stefans Kopf.

Irgendetwas rüttelte sich in seinem Gehirn zurecht wie angefaulte Äpfel, die hintereinander in den Trichter einer Saftpresse rollten. Es war tatsächlich der *gleiche* Fehler gewesen. Marco war der Mann, mit dem Daria zusammen gewesen war, mit dessen Ehefrau sie noch eine Rechnung offen gehabt hatte, dessen Ehefrau die Initialen S.G. trug. Sylvia Greiner. Natürlich, Stefans Anwalt hatte es doch gesagt, wie hatte er es nicht verstehen können? Sylvia war bei Daria gewesen, hatte sie in ihrem Studio gesehen, und wahrscheinlich hatte Sylvia nicht nur Marco, sondern auch Daria auf dem Gewissen.

Stefan zog sein Handy aus der Sakkotasche und wählte die Nummer seines Anwalts. Nach zweimaligem Läuten hörte er ein Klicken und anschließend eine sonore Stimme auf dem Anrufbeantworter: »… außerhalb der Öffnungszeiten der Kanzlei … die Möglichkeit eine Nachricht zu hinterlassen …«, dann kam ein Piepton.

»Ich weiß, wer es war«, schrie Stefan. »Wer Daria umgebracht hat. Die Irre war's, Sylvia Greiner, die, die mich im Gefängnis besucht hat.« Stefan stockte. Die, die ein Kind von mir erwartet, schoss es ihm in den Sinn, und eine Stahlkralle schloss sich um seinen Brustkorb. Er krümmte sich zusammen. »Also, wahrscheinlich war sie es«, keuchte er. »Es könnte sein. Ich muss mit Ihnen sprechen.«

Er hielt das Telefon vom Ohr weg und drückte auf das rote Hörersymbol. Kalter Schweiß rann über seine Stirn, er wischte ihn mit dem Handrücken weg und stieg ins Auto.

Zusammenreißen, dachte er, gefasst bleiben, die Jungs brauchen gleich einen fröhlichen Vater.

Er fuhr los und versuchte, sich zu sammeln. Nervös sah er auf seine Armbanduhr, er wollte die wenige Zeit mit Vincent und Aron nutzen und sich nur um sie kümmern. Das mit Sylvia musste er morgen früh mit seinem Anwalt besprechen.

51. KAPITEL

Ihre Beine waren schwer, der ganze Körper bewegte sich nur mit großer Mühe von der Stelle. Sylvia schlurfte zurück zu ihrem Auto, das sie um die Ecke geparkt hatte. Alles war anstrengend, und wieder musste sie handeln. Wusste Stefan tatsächlich etwas über Marcos Unfall? Etwa von Daria? Sylvia öffnete die Wagentür und stieg ein. Am Rückspiegel baumelten neue Babyschuhe, in Weiß, das passte zu Jungen und Mädchen.

Sie hatte Stefan noch einmal gegenübertreten wollen, ihm ins Gesicht sehen müssen. Jeden Abend war sie an seinem Apartment vorbeigefahren, wie eine Jägerin auf der Pirsch. Da er Daria nicht umgebracht hatte, war es gut möglich, dass er irgendwann aus dem Knast kam. Und gestern hatte sie es dann gesehen, die heruntergelassenen Rollos in der Wohnung und Stefans Auto, das am Straßenrand parkte.

Sie hatte vermutet, dass er heute bei Christine aufkreuzte, um seine Söhne abzuholen. Sie hatte gewartet, und tatsächlich war er gekommen. Als er dann gefolgt von einer Frau und einem Mann mit den Jungs das Haus verließ, hatte sie weiter abgewartet, seinen Wagen, zu dem er unweigerlich zurückkehren würde, im Blick.

Das Wiedersehen mit ihm war nicht gut gewesen.

Sylvia presste ihren Rücken gegen den Fahrersitz und ließ die Seitenscheibe herunter. Erschöpft schloss sie die Lider. Griff nicht gerade ein warmer Sommerwind ihr Haar auf?

Vielleicht konnte sie noch einmal von vorn anfangen, wenn alles Alte vorbei war und sie nichts mehr mit der Vergangenheit verband.

»Schmetterling, du kleines Ding …«, hörte sie unvermittelt hinter sich eine helle Mädchenstimme singen. Langsam drehte Sylvia sich um und öffnete die Augen. Die Rückbank war leer.

»Fang neu an«, sagte die Männerstimme direkt an Sylvias Ohr. »Befrei dich.«

»Das wäre schön«, antwortete Sylvia, und ein anderes Bild kam ihr in den Sinn. Drei Kinder liefen über eine Wiese und lachten, ein Mädchen in einem geblümten Kleid und zwei kleine Jungen in kurzen Hosen. Sie rannten auf einen Bach zu, hinter dem der Wald begann. Der Himmel war leuchtend blau, das satte Azur des Spätsommers. Als die Kinder den Bach erreicht hatten, gingen sie mit nackten Füßen hindurch, das Mädchen hielt einen Jungen links und einen rechts an der Hand.

»Ihr müsst aufpassen, hier gibt es spitze Steine«, sagte sie.

»Brr, und das Wasser ist kalt«, lachte der ältere der beiden Jungs.

»Kalt«, echote Sylvia. Dann startete sie den Motor und fuhr los.

Christine war unruhig, das Wiedersehen mit Stefan hatte sie aufgewühlt. Sein Gesicht war schmal und grau geworden, ein grauer Wolf, von dem sie nicht wusste, ob er einen Menschen auf dem Gewissen hatte.

»Äußerst unwahrscheinlich«, hatte Ralph schon vor Tagen zu ihr gemeint. »Geh davon aus, dass er's nicht war. Das ist auch für Vincent und Aron besser. Nach allem, was Patrick mir erzählt hat, kannst du davon ausgehen.«

Einerseits war Christine Ralph dankbar gewesen, aber ein Restzweifel war geblieben. Und ihr Autounfall war immer noch ungeklärt. Sie hatte lange mit Ralph darüber gesprochen, war innerlich zerrissen. Rechtlich gesehen blieb Stefans Umgang mit den Kindern unberührt, wenn man ihm kein Verbrechen nachweisen konnte – und das war der wahrscheinlichere Fall. Dass er mit seinem Plan, die Jungs zu sich zu holen, durchkam, bezweifelte Ralph. Aber allein der Gedanke, ihre Söhne jemandem mitzugeben, der versucht hatte, sie umzubringen, war für Christine kaum auszuhalten. Doch sie musste es aushalten, und dabei fragte sie sich selbst, wie weit *sie* eigentlich gehen würde, um mit ihren Söhnen zusammenleben zu können.

Sie hatte gesehen, wie sehr Vincent seinen Vater vermisste, während der in Untersuchungshaft saß, hatte es jeden Tag vor Augen gehabt, das stumme, traurige Warten ihres Sohnes. Jetzt war Stefan wieder auf freiem Fuß, aber wenn Christine ihn mit ihren Söhnen sah, überlief sie ein Schauer. Sie wusste nicht, wie es weitergehen sollte.

Gedankenverloren drückte sie Ralphs Hand, er lächelte ihr zu. »Komm, Chris, eine Runde kicken, bevor Stefan zurückkommt.« Schon stand er auf und lief zu Vincent und Aron.

Als Stefan wieder zum Spielplatz kam, tobte dieser Ralph mit seinen Söhnen herum. Es wurmte ihn, sollte ihm gezeigt werden, dass es schon einen Ersatzpapa gab?

»Hey, Jungs«, rief er laut. Vincent und Aron kamen auf ihn zugelaufen.

Etwa eine Dreiviertelstunde später wollte Christine aufbrechen. Er widersprach, aber sie diktierte einfach die Zeit. Unwillig ging er mit seinen Söhnen an der Hand zurück zu ihrem Haus. Aron weinte. »Bei Papa bleiben«, jammerte er, auch Vincent sah traurig aus. So lange hatten sie auf ihn verzichten müssen, Stefan wollte sie zumindest über Nacht bei sich behalten. Aber er wusste ja, dass Christine kein Einsehen zeigte.

An der Haustür angekommen, verabschiedete er sich von den Kindern.

»Tschüss, Papa.« Vincent lächelte ihn traurig an, Aron klammerte sich an seinem Bein fest.

»Komm, Kleiner, du musst jetzt zur Mama. Aber ganz bald darfst du wieder zum Papa«, sagte er.

Aron ließ noch immer sein Bein nicht los.

»Schatz, gleich gibt's Abendessen, und danach lesen wir in dem Ritterbuch weiter«, hörte er Christine sagen. Aron zögerte ein wenig, dann ließ er Stefan los und stapfte in den Hausflur. Ohne ein weiteres Wort schloss Christine die Tür. Wieder dieses Geräusch, das sich seit der U-Haft tief in Stefans Gehirn eingebrannt hatte. Dauernd wurden Türen vor ihm zugeschlagen, jetzt verschwanden seine Kinder dahinter. Mit Wut im Bauch ging er zu seinem Wagen und fuhr zu seiner Wohnung.

Es war kurz nach halb acht, sie hatte ihn früher erwartet. Wahrscheinlich hatte er eben die Jungs wieder bei ihrer Mutter abgeliefert. Wie brav er ist, dachte sie, hält sich an die Regelung, die er so gehasst hat. Ein Windbeutel, ein Schaumschläger, ein Mann, dessen Wort nichts gilt. Wo war Cosima? Er hatte sie doch abholen wollen. Offenbar hatte die Giftspritze Regine sie ihm nicht mitgegeben.

Sylvia saß hinter dem Steuer ihres Autos und hatte sich in Position gebracht.

Stefan war noch rund 30 Meter von dem Haus, in dem sein Apartment lag, entfernt. Er ging auf dem Gehweg und sah auf seine teuren braunen Lederschuhe, Luxus aus Italien. Man sollte mitnehmen, was geht, dachte er. So gesehen hatte ihn sein Knastaufenthalt um diese Erkenntnis reicher gemacht. Zügig lief er weiter, eigentlich war die Gegend hier in Ordnung, die Häuser gut in Schuss, kleine Vorgärten, Hofeinfahrten.

Wie aus dem Nichts drang plötzlich das Geräusch eines hochgedrehten Motors an sein linkes Ohr, gerade, als er auf dem breiten Gehweg an einer der Einfahrten vorbeilief. Reflexartig schnellte sein Kopf herum. Seine Pupillen registrierten einen silbergrauen Wagen, der wie ein massives Geschoss von der gegenüberliegenden Straßenseite auf ihn zuraste, in die Einfahrt hinein, obwohl er doch dort ging. Für eine Sekunde sah er ein verzerrtes Gesicht hinter der Windschutzscheibe und meinte, es zu erkennen. Dann traf ihn ein Schlag wie mit einer Abrissbirne, die Hälfte seines Körpers wurde zusammengedrückt. Er kippte über eine glatte Oberfläche, unter der es vibrierte, fast gleichzeitig schlug sein Kopf dumpf auf. Etwas brach, er spürte es noch. Dann war es dunkel.

Sylvia starrte auf sein verformtes Gesicht, das aussah wie das einer zerknautschten Handpuppe. Es gab einen dumpfen Schlag, als der Kopf gegen die Windschutzscheibe knallte. Getroffen. Erlegt.

Sein Körper blieb auf der Motorhaube liegen, sie starrte, und plötzlich hatte sie das Gefühl, er läge auf ihrem Körper. Ekel erfasste sie, weg da, runter. Energisch knallte sie den Rückwärtsgang rein und setzte nach hinten. Die leblose Puppe rutschte von der Haube und faltete sich auf dem

Boden der Einfahrt zusammen, Arme und Beine verbogen in alle Richtungen.

Befriedigung erfasste Sylvia. Dann folgte der Fluchtimpuls. Sie musste hier weg.

Ihre Hand ruckte mit dem Schaltknüppel nach vorn, Sylvia schlug das Steuer scharf ein und gab Gas. Der Wagen schnellte vorwärts, sie drückte das Gaspedal weiter herunter und raste die Straße entlang, 1-, 200 Meter. Der Motor drehte hoch, sie klemmte dicht hinter dem Lenkrad und klammerte es fest, als wolle sie etwas aus dem Kunststoff herauspressen.

Weiter vorn hielten Autos, die nächste Kreuzung, die rote Ampel, Stadtverkehr. Ein Wutschrei entfuhr ihr. Entschlossen riss sie das Steuer nach links und zog an den wartenden Autos vorbei. Irgendjemand begann zu hupen, dann noch jemand. Sie gab Gas und richtete ihren Blick auf die Straße, die hinter der Kreuzung geradeaus weiterging.

Ein Auto kam von links angeschossen, sie hörte kreischende Bremsen und wieder ein lang gezogenes Hupen. Der rote Wagen rutschte quer an ihr vorbei. Gleichzeitig kam etwas Schwarzes von rechts, ein hoher Geländewagen. Eine Sekunde später krachte es ohrenbetäubend im hinteren Teil ihres Autos. Sylvia spürte einen harten Schlag, ihre Hände umklammerten noch immer das Lenkrad und wurden mit ihm mitgerissen, ihr ganzer Oberkörper sackte nach links weg. Etwas in ihrem Rücken schien zu brechen, ein wahnsinniger Schmerz durchzuckte sie. Noch immer schoss ihr Wagen weiter, hielt sich ihr Fuß auf dem Gaspedal.

Sie sah den Laternenpfosten, der auf sie zukam, ein senkrecht stehendes lang gezogenes Projektil.

»Weg«, schrie sie, und eine ihrer verkrampften Fäuste hob sich ein Stück, wie um den Pfosten aus dem Weg zu wischen. Doch es ging nicht.

Der Wagen knallte frontal dagegen, überall splitterndes Metall und Glas, Sylvias Kopf wurde herumgeschleudert. Dann kam die schwarze Nacht.

52. KAPITEL

»Vincent, gibst du mir bitte mal die Flasche rüber?« Christine streckte ihre Hand aus und nahm kurz darauf den Blutorangensaft an. Sie war umgestiegen, mit Grapefruit verband sie schlechte Erinnerungen.

»Kann ich mal probieren?«, fragte Liv und sah Christine mit großen meerblauen Augen an.

»Ich kenn den schon. Voll sauer«, sagte Vincent trocken und winkte ab. »Aber kannst es ja versuchen.«

Christine goss einen Schluck in Livs Becher. Sie hob ihn an ihre Lippen und trank. Einen Moment später schüttelte sie ihre rötlichen Locken und verzog das Gesicht, »iihh!« Vincent und Aron lachten.

»Tja, sauer macht lustig«, sagte Ralph und legte den Marmeladentoast, den er gerade geschmiert hatte, auf Arons Teller. Dabei sah er Christine an und grinste.

Die fühlte plötzlich einen Anflug von Schwindel. Déjà-vu,

in einem anderen Leben, einer anderen Zeit. Damals mit Stefan.

Der Vater ihrer Söhne hatte niemanden umgebracht, so viel wussten sie. Seine letzte Nachricht auf dem Anrufbeantworter von Ralphs Kanzlei hatte zu der Täterin geführt. Ein DNA-Abgleich mit den am Tatort gefunden Haaren hatte den Mordverdacht bestätigt. Sylvia Greiners Haus war durchsucht worden, und aus wirren privaten Notizen hatte sich schließen lassen, dass sie auch den Tod ihres Ehemannes verursacht hatte.

Immer noch schauderte Christine, wenn sie an diesen Mittwoch zurückdachte, an dem Stefan nach der U-Haft die Kinder erstmals wieder gesehen hatte. Es war in der Nachbarschaft seines Apartments passiert, kurz nachdem er von ihnen aus aufgebrochen war. Aber man hatte sie erst am nächsten Morgen benachrichtigt. Da standen zwei Polizeibeamte vor ihrer Tür, teilten ihr mit, was passiert war, und stellten ihr etliche Fragen. Sie hatte das Lachen ihrer Kinder am Frühstückstisch gehört und wie betäubt geantwortet. Kurz darauf hatte sie es mit stockender Stimme Ralph erzählt, am Nachmittag hatten sie es den Kindern gesagt.

»Chris?« Sie spürte eine warme Hand auf ihrer und kehrte innerlich an den Frühstückstisch zurück. »Alles in Ordnung? Ich glaube, du kannst den Saft ganz allein trinken«, meinte Ralph mit einem Schmunzeln.

»Puh, da bin ich aber froh«, sagte Christine, blinzelte und biss in ihren Toast. Die Marmelade war gut, Rosen-Marille.

»Mama, wir sind fertig, dürfen wir aufstehen?«, fragte Vincent, Christine nickte.

»Komm, Liv.« Zusammen mit Ralphs Tochter verschwand ihr großer Sohn in einem der Kinderzimmer. Aron rutschte von seinem Stuhl und lief hinterher.

»Schatz, was machen wir heute mit unseren drei Kleinen?«, fragte Ralph.

Christine dachte kurz nach. »Hast du Lust, nach Heidelberg zu fahren? Altstadtbummel, Spaziergang am Neckar? Oder mit den Kindern hoch auf den Königstuhl?« Sie mochte die Stadt seit ihrer Studienzeit dort.

»Klar«, antwortete Ralph. »Lass uns gleich nach dem Frühstück los.«

53. KAPITEL

»So, was sehen Sie auf diesem Kärtchen? Schauen Sie noch einmal genau hin.« Die blondgelockte Frau lächelte ihn aufmunternd an.

»Grmpf. Schi?«

Nachsichtig schüttelte sie den Kopf. »Sehen Sie mal, hier oben ist ein Segel, sagt Ihnen das etwas?« Ihre halbmondförmigen Augenbrauen hoben sich fragend nach oben. »Wasser, Wind, Meer?«

»Sch«, kam es aus seinem Mund, »schsch.«

»Ja, so ähnlich ist das Geräusch des Windes.« Jetzt lächelte die Lockige, sie hatte einen wirklich schönen Mund. »Das hier ist ein Segelboot.«

»Ah«, machte er.

»Nun wiederholen Sie bitte.« Der Mund kam näher an ihn heran, und ein Zeigefinger mit rotlackiertem Nagel deutete auf die vollen Lippen. »Schauen Sie, wie ich es mache.«

Das tat er ohnehin.

»Seee – gelll – booot.« Die Lippen zogen sich in die Breite, rutschten wieder ein Stück zusammen und formten sich danach zu einem runden Kussmund.

»Ooht«, sagte er, dabei beugte er sich ein Stück vor.

»Ja genau.« Wieder lächelte die Blonde. Ihre Zähne waren auch schön. »Jetzt noch See – gell«.

»See«, versuchte er es, »elll«.

»Ja, das klappt doch schon gut, Herr Heidmann.« Ihre Stimme lobte einen Fünfjährigen. »Für heute machen wir Schluss, wir sehen uns morgen.« Kurz legte sie ihre Hand auf seinen Arm, ein wohliger Schauer überlief ihn. »Ihr Sprachzentrum braucht noch etwas Training, aber das wird schon wieder.« Sie stand auf, trat hinter ihn und wendete mit einer geübten Bewegung seinen Rollstuhl. »Helfen Sie bitte mit.« Ihre warmen Hände legten seine auf die Antriebsräder.

Er erinnerte sich, er musste kräftig nach vorn abrollen, damit er vorwärtskam. Die Muskeln seiner Arme spannten sich an, und er glitt auf die Tür zu, die die Frau gerade öffnete.

»Tschüss, Herr Heidmann, bis morgen.«

»Üüsch«, sagte Stefan, bewegte sich durch den Türrahmen und wendete den Stuhl nach links. Zügig rollerte er einen langen Flur entlang, der viele ockergelbe Türen auf beiden Seiten hatte. Soweit er wusste, gab es da vorn in dem Raum etwas zu essen und zu trinken. Eigentlich hatte er dauernd Hunger. Wenn er an sich heruntersah, wurde der Blick auf die Oberschenkel von seinem Bauch eingeschränkt. Aber jenseits der Körpermitte gab es ohnehin nicht mehr viel zu sehen.

Er fuhr durch die offene, doppelflügelige Glastür in den Aufenthaltsraum. Auf der Anrichte links an der Wand standen eine Obstschale und drei rote Thermoskannen, daneben Mineralwasser und Orangensaft. Er hatte keine Lust auf Äpfel oder Bananen, er wollte etwas Richtiges.

An den weißen Kunststofftischen saßen ein paar andere Bewohner der Reha-Einrichtung. Stefan kümmerte sich nicht um sie, wozu auch? Zielstrebig steuerte er auf die Thermoskannen zu. Kaffee und ein Stück leckere Torte wären okay, aber er sah keinen Kuchen. Enttäuscht nahm er eine der gestapelten weißen Porzellantassen und goss sich Kaffee ein. Das meiste landete in der Tasse, die braune Pfütze drum herum störte ihn nicht.

Er zog ein abgewetztes graues Tablett von dem Ständer neben der Anrichte, packte es auf seine Oberschenkel und stellte den Kaffee darauf. Anschließend schlug er den Weg zu einem der Tische ein.

Er war drei oder vier Meter weit gekommen, als sein Oberkörper in einem plötzlichen Ruck nach vorn schnellte. Der heiße Kaffee kippte um und ergoss sich über das Tablett, ein braunes Rinnsal tropfte über den Rand auf seine Beine.

Zuerst traute er seinen Augen nicht. Die Medikamente, die er nahm, machten ihn manchmal so müde, dass sich am helllichten Tag Traumbilder einschlichen. Aber das hier war kein Traum.

Am Tisch vor ihm saß eine blonde Frau krumm wie ein Fragezeichen in ihrem Rollstuhl, das strähnige Haar glich stumpf gewordenem Lametta. Ihr Gesicht war seltsam verzogen, aber er erkannte sie auf Anhieb.

»Eehh«, entfuhr es ihm, so laut, dass sie den Kopf hob. »Eehh, neee«, rief er.

Ihre Blicke trafen sich, etwas in ihren glasigen Augen blitzte auf.

»Arrgh«, machte er. »Weg!«

Ihr schiefer Mund formte sich zu einem Grinsen, das ganze Gesicht hellte sich auf.

»Hallo, Stefan«, sagte sie leicht verwaschen. »Schön, dich zu sehen.«

Sein Herz raste, er fuchtelte panisch mit einer Hand in der Luft. »N… ein, weg!«

Sie sah ihn weiter an, ihr Kopf wackelte. »Aber wieso denn, Stefan? Ich bin's doch, deine Sylvia.«

Voller Entsetzen wendete Stefan seinen Stuhl, um aus dem Raum zu flüchten. Seine Finger rutschten an den Antriebsrädern ab.

»Hallo, Papa.«

Wieder zuckte er zusammen. Vor ihm standen seine Söhne, der große und der kleine. Sie trugen dunkelblaue Anoraks und sahen ein bisschen aus wie … Matrosen?

Vincent kam auf ihn zu und drückte sich an ihn. »Papa, dein Kaffee ist umgefallen«, sagte er.

Stefan sah auf seine nasse Hose und danach in das sommersprossige Gesicht seines Sohnes.

»Soll ich das Tablett wegstellen?«, fragte Vincent. Stefan nickte. Am Eingang des Raums sah er Christine, sie brachte die Kinder immer her. Aber jetzt stand sie an der Tür, als wolle sie ihm den Weg versperren. Seine Panik steigerte sich, eingeklemmt zwischen zwei irren Weibern. Er war bereit, alles umzufahren, was sich ihm in den Weg stellte.

»Ommt«, sagte er zu seinen Söhnen, »aus, Luft.« Gleichzeitig bewegte er seinen Stuhl nach vorn.

»Ich glaube, Papa will an die frische Luft«, meinte Vincent zu seiner Mutter.

»Ist gut«, antwortete die und trat aus dem Türrahmen hinaus in den Gang.

So schnell er konnte fuhr Stefan an ihr vorbei. Seine Jungs liefen links und rechts von ihm, Christine folgte ihnen in einiger Entfernung, aber er drehte sich nicht um.

Auf dem langen Flur wurde Stefan schnell, die Geschwindigkeit tat gut, er musste Abstand zwischen sich und das eben Gesehene bringen, Kilometer, Lichtjahre. Er bog um eine Ecke und rollte einen weiteren Gang entlang, voller Abscheu und Entsetzen.

Endlich fuhr er mit seinen Jungs aus dem Gebäude heraus. Wenig später erreichten sie den schmalen Weg, der in eine kleine Grünanlage führte. Es war kalt geworden, der Himmel war grau wie Blei. Stefan freute sich immer, wenn seine Söhne da waren, oft lachten sie zusammen.

Seine Söhne. Die Kinder.

Manchmal kam Cosima ihn auch besuchen, sie wurde ebenfalls von ihrer Mutter gebracht. Es schien ihm, als habe er vor nicht allzu langer Zeit noch was mit der gehabt, aber sie sprach nichts mehr mit ihm. Er konnte ja ohnehin nicht mehr viel reden.

Plötzlich spürte Stefan sein Herz noch kräftiger pochen, unwillkürlich schüttelte ihn ein röchelndes Lachen.

Dieses Wrack von Frau da drin war mit Sicherheit nicht mehr schwanger. Kein viertes Kind. Wenigstens das nicht.

»Alles in Ordnung, Papa?«, fragte Vincent.

»Ja ja«, gurgelte er und schnappte nach Luft, »uper.«

»Na, ihr drei, ist heute nicht ein schöner Tag?«

Stefan fuhr herum. Sylvia war ihnen gefolgt und stand mit ihrem Rollstuhl in ein paar Metern Entfernung hinter ihnen.

»Hallo, Sylvia«, sagte Vincent zurückhaltend, Aron drückte sich an seinen Vater.

»Stefan, es tut mir so furchtbar leid, was passiert ist.« In Sylvias Gesicht lag die blanke Pein. »Aber es war doch nicht meine Schuld. Mir ist auf einmal am Steuer schwarz vor Augen geworden. Dann ist dieser schreckliche Unfall passiert. Ich kann mich selbst nicht erinnern, kurz darauf bin ich ja auch verunglückt. Ohnmacht durch plötzlichen Blutdruckabfall, hat der Arzt gesagt.«

In Stefans Kopf reihten sich die gehörten Wörter aneinander, aber ihnen fehlte ein Zusammenhang. »Eh?«, machte er.

»Hat dir denn niemand die Wahrheit gesagt?« Über Sylvias Wange lief eine Träne. Stefan starrte mit offenem Mund.

»Ich musste doch diese Blutdrucktabletten nehmen. Ich war doch schwanger. Stefan. Unser *Kind.*« Sylvia schluchzte auf. Vincent und Aron sahen sie mit großen Augen an.

Stefan verstand nicht, seine Erinnerung war löchrig wie ein Schweizer Käse. Er versuchte, seinem Gehirn Informationen zu entlocken. Tabletten? Ja, da war was mit Tabletten gewesen, eine weiße Schachtel mit einer roten Blume darauf. Blutrot.

»Stefan, wir sind doch eine Familie.«

Unsicher musterte Stefan Sylvia, ihren flehenden Ausdruck, die nach ihm ausgestreckte Hand. Ihre braunen Augen waren ganz hübsch. Ihre Figur auch. Immer noch. Eigentlich hatten sie es schön miteinander gehabt. Sie war so anschmiegsam gewesen, daran konnte er sich erinnern.

»Guck mal, Papa, ein Eichhörnchen«, rief Vincent und zeigte in Richtung des Tiers.

»Hm«, brummte Stefan, »sch…ööhhn.« Diese Biester huschten hier draußen überall herum.

Sagt man nicht, dass der Teufel eins ist, dachte er. Ein Eichhörnchen? Eine Nichtigkeit, ein Zufall, der das Schicksal besiegelt. Eine unglückliche Fügung. Eine Kreislaufschwäche mit fatalen Folgen?

Das Tier hob seine Vorderpfoten, sah zu ihnen hin und huschte davon. Sein buschiger Schwanz verschwand hinter einem der Baumstämme.

»Hm«, machte Stefan wieder, »äh hm.« Er musste erst einmal nachdenken. Überlegen. Die Dinge ordnen und verstehen.

Aber vielleicht konnte er mit Sylvia noch einmal ganz von vorn anfangen.